Yvonne Schymura

Vicki Baum

So herrlich lebendig

Romanbiografie

HERDER

FREIBURG · BASEL · WIEN

HERDER spektrum Band 6817

Für
Kurt Werner Pulla
(1955–2015)

MIX
Papier aus verantwortungsvollen Quellen
FSC www.fsc.org
FSC® C083411

Originalausgabe 2017

www.herder.de

Satz: Arnold & Domnick, Leipzig
Herstellung: CPI books GmbH, Leck

Printed in Germany

ISBN 978-3-451-06817-1

Inhalt

Eins

Endlich frei sein, endlich!

I

Ein Schrei zerriss die *schläfrige Sonntagnachmittagsstille.* Er durchzog das elegante Schlafzimmer, schwappte über die Diele mit dem Perserläufer, breitete sich in allen Zimmern aus, machte auch vor der Eingangstür nicht halt. Er drang zur Belästigung der Nachbarn durch Böden und Wände, stieß zum Fenster hinaus auf die Straße. In der Küche fiel der Tochter des Hauses die Wärmflasche, die sie gegen die Rückenschmerzen der kränklichen Mutter gerade befüllte, aus der Hand. Das siedende Wasser ergoss sich über ihre Finger und der brennende Schmerz verband sich augenblicklich mit dem infernalischen Schrei, der gar nicht enden wollte, auch nicht menschlich klang, eher wie ein Tier – im Todeskampf.

»Was ist denn jetzt wieder los?«, entfuhr es Vicki. Sie wickelte ein Küchenhandtuch um ihre verbrühte Hand, stieß die Tür auf und lief ins Schlafzimmer. Auf dem Bett krümmte sich die Mutter. Ein hilfloses Bündel, vor Schmerzen fast ohnmächtig. Erbarmungswürdig, wenn sie nicht ohne Unterlass kreischen würde.

Vicki fuhr ein kalter Schauer über den Rücken. Sie stürzte ans Bett, ergriff die Hand der Kranken, schrie gegen den Klagelaut an: »Was ist los? Was ist?« Die aufsteigende Panik trieb ihre Stimme in die Höhe. »Bitte! Bitte hör' auf zu schreien«, flehte sie, bereit, alles zu tun, die Ursache des Ungemachs sofort abzustellen, wenn es denn eine gab, denn der blanke Irrsinn brauchte keinen Grund.

Schaudernd dachte Vicki an den Tag zurück, als ihre Mutter versucht hatte, sich aus dem Fenster zu stürzen. Zwölf Jahre war es her, seit sie in die Privatheilanstalt Inzersdorf gebracht wurde. Vicki war erst sieben Jahre alt gewesen. Niemand hatte ihr irgendetwas erklärt. Sie lag mit Scharlach im Bett, als ihre Mutter verschwand und durch eine furchteinflößende Pflegerin ersetzt wurde. Wochenlang hatte Vicki geglaubt, Mama wäre gestorben und der Vater getraue sich nicht, ihr die traurige Nachricht zu sagen. Schließlich löste die Putzfrau die Sache auf: Die Madame war nicht tot, sie war verrückt und ins »Narrenhaus« gebracht worden. Seither war die Mutter nervös und kränklich gewesen, doch der blanke Irrsinn hatte seine Fratze nicht noch einmal gezeigt. Bis heute?

Vicki streichelte den nach hinten gekrümmten Kopf, allein, um sich nicht die Ohren zuhalten zu müssen. »Es ist gut, Mama. Alles wird gut. Beruhige dich.« Streng und freundlich redete sie auf die Mutter ein und konnte nicht einmal sagen, ob ihre Stimme den Vorhang aus Schmerzen und Schreien überhaupt durchdrang.

Ein Arzt! Ein Arzt musste her. Sofort. Vicki wand die Hand aus der Umklammerung, stürzte die Treppe hinunter und klopfte an die Tür von Dr. Kotnik in der ersten Etage, der war zwar nicht ihr Hausarzt, aber er hätte sicher geholfen, wäre er nicht übers Wochenende mit der Frau und den zwei goscherten Buben aufs Land gefahren. Die Mutter kümmerte das nicht, sie schrie und schrie, verlangte einen Arzt, eine Morphiumspritze. Vicki konnte den Ärger kaum zurückdrängen: »Bitte, bitte, nimm dich zusammen, *probier' es doch. Ich hole Dr. Popper, ja ja, er wird dir sicher etwas geben, Morphium, bestimmt, ganz bestimmt«, versicherte sie, als ob sie nicht gewusst hätte, dass die Mutter sich niemals zusammennehmen konnte und wollte, sich nie beherrschen würde.*

Still betete Vicki zu einem Gott, an den sie nicht glaubte, und zu ihrem Großvater, den gütigen, kleinen alten Juden, der seit dreizehn Jahren tot war, er möge der Mutter eine Ohnmacht schicken, egal was, wenn nur das Schreien aufhörte. Als sie die Wohnungstür erneut öffnete, stand die Hausmeisterin davor und reckte neugierig den grindigen Hals hinein: »Was ist denn da los?«, fragte sie. »Was soll das Spektakel?«

»Nichts ist los«, erwiderte Vicki und trat einen Schritt vor die

Tür. »Die Mama hat sich den Rücken verrenkt. Ich muss einem Arzt telefonieren.«

»Das G'schrei muss aufhören!«, bestimmte die Alte und empfahl: »Der Justizrat in der Zweiten hat einen Fernsprechapparat.«

Zwei Etagen tiefer öffnet die Schwester des besagten nach kurzem Klopfen. Sie war eine grillenhafte Person, die Vicki oft dabei beobachtet hatte, wie sie beständig vor sich hinmurmelnd immer drei Schritte vor und zwei zurück die Treppe erklomm. Nun schauderte ihr vor der Kontaktaufnahme, aber die gellenden Schreie der Mutter trieben sie voran. Sie murmelte etwas von starken Rückenschmerzen und bat, den Telefonapparat benutzen zu dürfen. Man führte sie in die düstere Wohnung.

Dr. Popper war nicht in der Stadt und als läge ein Fluch auf diesem sonnigen Spätsommersonntag, war auch kein anderer Arzt zu sprechen. In ihrer Verzweiflung wäre Vicki vielleicht einfach davongelaufen, hätte das Fräulein ihr nicht so ruhig und verständnisvoll zur Seite gestanden. So lief sie den restlichen Nachmittag, bis in den Abend hinein immer wieder die zwei Etagen hinunter zum Telefon und wieder zur Mutter hinauf, ohne dass die unmenschlichen Schreie auch nur für eine Minute ausgesetzt hätten.

Rettung kam kurz vor zwei Uhr nachts in Gestalt eines sehr jungen Mannes, dessen Gesichtsausdruck und Achselzucken nichts als blanke Hilflosigkeit verrieten. Seine Autorität als Arzt bewies er schließlich, als er mit der lautstark geforderten Morphiumspritze herausrückte. Offenbar war er zu dem Schluss gekommen, dass hier eine Süchtige auf Entzug tobte und so verabreichte er ihr eine gehörige Portion des süßen Gifts.

Binnen Minuten ebbten die irren Schreie ab, bis sie zu einem kläglichen Wimmern wurden. Ruhe. Fast schon Stille. Doch die Pause währte nur kurz. Kaum hatte der junge Arzt das Haus verlassen – Vicki hatte nicht einmal Zeit gehabt, sich einen Tee zu bereiten –, ging der Albtraum weiter: Schrille Schreie, nun begleitet von krampfartigem Würgen, Erbrechen und wildem Schluchzen. Entgegen der voreiligen Diagnose des Mediziners hatte Mathilde Baum noch niemals Morphium erhalten. Ihre unsagbaren Schmerzen rührten, wie ihr Hausarzt einige Zeit später feststellen sollte, von einer Wirbelsäulenentartung. Krebs. Die Metastasen hatten an diesem Schreckenstag die Wirbelsäule erreicht und ein Todesurteil über sie verhängt. Zunächst aber wehrte sich ihr Körper vehement gegen die hochdosierte Arznei, die endlosen Stunden der Nacht hindurch bis zum Anbruch des neuen Tages. Und von da an jeden Tag, denn der Körper war jung und verweigerte dem Tod einen schnellen Triumph.

II

Der Sessel stand noch immer da, wo Vicki ihn vor Monaten platziert hatte, nah am Krankenbett, das noch immer kein Sterbebett war, aber eines sein würde – früher oder später. Vicki stellte die Notenmappe an die Wand. Sie kam vom Wiener Konzertverein, wo sie seit drei Monaten als Harfenistin für das Berufsorchester engagiert war. Und das mit nur neunzehn Jahren. Noch dazu als einzige Frau unter achtzig Männern. Der Gipfel ihrer Karriere. Fast fünfzig Auftritte hatte sie im letzten Monat absolviert. Wenn sie nicht probte oder spielte, war sie bei der Mutter. Tagsüber zwischen den Proben und nachts, wenn sie den Schmerzensschreien ihrer Mutter nicht entrinnen konnte.

Vicki setzte sich in ihren Sessel. Sie klagte nicht. Einer musste der Mutter in ihrem Todeskampf beistehen und ihr Vater konnte es nicht. Er verabscheute Krankheiten, fürchtete Ansteckung, hatte umgehend seine Reisetasche gepackt und war zu seiner Mutter gezogen. Seither kam er einmal die Woche zu einer kurzen Visite. Vicki genoss die Abwesenheit des großen Tyrannen.

Erschöpft legte sie den Kopf ans Polster, betrachtete den ausgemergelten Körper der Kranken. Morphiumgetränkter Schlaf. Wie lange noch? Jeder Atemzug, den sie tat, riss Oberkörper und Kopf energisch mit sich, wie viele würden die magere Gestalt noch erschüttern, ehe das schwache Fleisch seinen Dienst einstellte?

Vicki saß einfach da und wartete, dass die Qual wieder aufbrandete oder ein für alle Mal endete. Bis zur nächsten Dosis dauerte es noch über eine Stunde. Dr. Popper hat ihr eingeschärft, es mit den Injektionen sehr genau zu nehmen. Nicht weniger als vier Stunden durften zwischen zwei Spritzen liegen, auch wenn die Wirkung schon nach der Hälfte der Zeit nachließ und die letzte Stunde vor dem rettenden Gift von Stöhnen und Schreien erfüllt war.

Draußen, vor dem Fenster trieb der Wind graue Wolken über den Himmel. Es war Februar und so düster, als würde es niemals Frühling werden. Wen kümmerten die Knospen und Triebe, wenn das Leben sich so qualvoll festkrallte an einen Körper, der seit Monaten unrettbar verloren war.

Irgendwann ging es los. Ein Stöhnen weckt Vicki aus ihrem substanzlosen Dämmerzustand. Im Zimmer war es dunkel, bis auf das kleine Nachtlicht. Das Stubenmädchen musste es inzwischen entzündet haben, die fröhliche Flamme durch einen grünen Schirm vor den Augen der Kranken verborgen. Wie spät mochte es sein? Mathilde starrte mit wildem Blick zur Decke. Die wahnsinnige Qual war zurück. Vicki spürte einen Augenblick reglos dem Brennen nach, das hinter ihrer Schläfe saß, da formte sich schon der Schrei in der trockenen Kehle der Kranken, schon brach er hervor, hallte durchs Zimmer. Dienstpersonal und Nachbarn war der Lärm längst zu einer vertrauten Belästigung geworden. Jeder Tag war durchschnitten von seinem infernalischen Rhythmus. Die arme Mama, *die niemals auch nur die geringste Selbstbeherrschung besessen hatte, nichts, was sie ein wenig hätte stützen können, nichts von solchen unwägbaren Kräften wie Selbstzucht und Disziplin, keine Interessen, keine Liebe, keine Religion*. Die arme Mama. Längst hatte sie sich den *Folterqualen des Schmerzes* willenlos überlassen.

Dieser markerschütternde Schrei riss Vicki endgültig hoch. Schnell öffnete sie das Schubfach vom Nachtkästchen, fand die Ampulle in ihrer Kassette. Routiniert brach sie das Glas, zog die Flüssigkeit mit der Spritze auf, hob die Haut am Oberschenkel an, der von den Einspritzungen schon ganz gesprenkelt war, stach zu und wartete, bis das Stöhnen leiser wurde und die Stille zurückkehrte. Selige Morphiumstille. Ruhe für die nächsten Stunden.

Vicki schlich zur Tür. Auf dem Gang roch es nach Fichtennadeln. Vetl, die gute Seele, hatte ihr ein Bad eingelassen. Im Wasser würde sie den steifen Körper entspannen und den Krankenzimmergeruch von sich waschen. Danach würde sie im wattierten Morgenrock, den Frau Gross ihr für die kalten Winternächte genäht hatte, wieder in ihrem Lehnstuhl sitzen, am Bett der Mutter. Hier verbrachte sie ihre Nächte. Jede Nacht seit dem verhängnisvollen Spätsommersonntag. Sie wird ein wenig lesen, darüber einschlafen, bis zum nächsten Stöhnen, zur nächsten Spritze oder bis die Morgensonne sie einstweilen von den Tochterpflichten entband.

III

Müde trottete Vicki die Eingangsstufen hinunter. Sie machte einen tiefen Atemzug, erleichtert dem Krankenzimmer für ein paar Stunden zu entkommen. Brennend schnitt die Luft ihr in der Lunge, Eis glitzerte im Rinnstein und die Sonne stand blassrot hinter der grünweißen Kuppel der Karlskirche. Wie im Schlaf bog Vicki von der Nibelungen- in die Operngasse ein. Sie fühlte sich wie erschlagen; die schlaflose Nacht steckte ihr noch in allen Gliedern. Unzählige Male war sie diesen Weg gegangen, zur Schule, zum Konservatorium, jetzt zur Orchesterprobe. Einen Augenblick wunderte sie sich über den Herrn im Seidenzylinder, der ihr erwartungsvoll ins Gesicht blickte. Kurze Beine, großer Kopf, blonde Haare die wässrigen Augen verschwanden fast hinter einer clownhaften Nase, die zu allem Überfluss von der Kälte rot gefroren war.

»Mein Gott, Herr Dr. Prels, woher kommen Sie denn?«, fragte Vicki überrascht, die Bekanntschaft vom gestrigen Abend gleich am Morgen wiederzutreffen.

Er deutete auf ein Café. »Ich hab' dort im Café auf Sie gewartet«, erklärte er mit einem freundlichen Blinzeln. »Ich hab' dort ein Gedicht für Sie geschrieben.«

»Tatsächlich?«, fragte Vicki. »Dann lassen Sie mal sehen.«

Prels schüttelte abwehrend den Kopf. »Leider ist es ganz misslungen.«

Blitzschnell zog er einen Zettel aus der Manteltasche, zerriss ihn in kleine Schnipsel und warf sie in den Wind, ehe Vicki danach greifen konnte. *»Erstes Gebot: ›Du sollst niemals zu schreiben versuchen, wenn du verliebt bist.‹ Aber was kann ein Mensch sonst machen, wenn's ihn fast zerreißt?«*

»Sie sind wohl ein ganz G'scheiter, was?«, spottete Vicki. »Soll mich das etwa neugierig machen?«

»Eh. Und? Hat's geklappt?«

»Nein!«, sagte sie bestimmt. »Obwohl ich gern gesehen hätte, was auf dem Zettel stand. Bestimmt war es die letzte Wäscherechnung. War sie wenigstens bezahlt?«

Der Dichter griff sich dramatisch ans Herz: »Das hat gesessen! Und recht haben Sie. Der Herr sei mir gnädig. Ich bin verdammt, ein Fräulein mit hellseherischen Fähigkeiten zu lieben.«

Vicki deutete lächelnd eine Verbeugung an, und wandte sich zum Gehen. Im Orchester missbilligte man Verspätungen und sie wollte sich diesbezüglich nichts zu Schulden kommen lassen.

Aber Prels ließ sich nicht so leicht abwimmeln. Er deutete auf das Eis im Rinnstein, das unschuldig glitzerte. »*Rutschen Sie auch so gern?*«

Dieser Kerl war doch wirklich zu amüsant. »Natürlich. Wer nicht.« Vicki war noch keinen Schritt weitergekommen.

»*Fein. Dann wollen wir rutschen.*« Er stülpte sich den Zylinder auf den Kopf, nahm ihre Hände überkreuz wie ein Eislauflehrer und zog sie die Straße hinunter. Lachend und mit roten Wangen erreichten sie den Musikverein. Beim Abschied wurde Prels kurz ernst: »*Sie haben so müde ausgesehen. Eines Tages erzählen Sie mir, was mit Ihnen los ist, ja?*«

Vicki winkte ab. Sie hatte noch nie jemandem von ihren persönlichen Verhältnissen erzählt. Niemand wusste von der kranken Mutter, den schlaflosen Nächten, der überwältigenden Erschöpfung und wie die Sinnlosigkeit in ihrem Inneren wütete. Sie hatte das alles mit einem harten Panzer ummantelt, einer Schutzhülle, an der sie nicht zu rütteln wagte. Fing man einmal an zu sprechen und zu klagen, dann gab es kein Halten mehr. Das Selbstmitleid würde sie einfach wegspülen. *Und nichts veranlasst die Leute schneller dazu, einem ihre Sympathie zu entziehen, als wenn man zeigt, dass man sie nötig hat.*

»Es ist nichts«, behauptete sie.

»*Keine Ausflüchte. Jeder trägt irgendeine Last.*«

»Und Sie?«, fragte Vicki ungläubig.

»Sicher! Ich bin der einzige Sohn einer hysterischen, verwitweten Mutter.«

»Und ich bin die einzige Tochter einer Totgeweihten.« So schnell die Worte heraus waren, so schnell bereute sie sie wieder. Grußlos entzog sie sich und ging eilig die Treppe hinauf, von wo ihr der Kammerton schon entgegenschlug.

Was war das nur für ein Vogel?, fragte sie sich. Als sie drei Stunden später wieder herunterkam, stand Max Prels noch immer aufgeweicht und mit Schnee auf dem Mantel beim Eingang. Vicki schnappte empört nach Luft: »*Herrgott, Sie haben doch nicht wieder auf mich gewartet?*«

»*Warum nicht? Ich habe Ihnen Maroni mitgebracht.*« Er nahm ihre Hand *und führte sie in seine tropfnasse Manteltasche zu einer warmen, kleinen Tüte.* Die Esskastanie duftete himmlisch. Vicki steckte sich gleich zwei in den Mund. Wie lange hatte sie keine Maronen mehr gehabt? Seit der Großvater gestorben war, der die Leckerei wie Prels in einer kleinen warmen Tüte in seiner Manteltasche trug.

»*Sehen Sie? Ich habe es gewusst. Maroni ist das, was Sie brauchen*«, stellte Prels befriedigt fest. »*Ihre Lippen sind genau die von einem verhinderten Maroni-Vielfraß. He, nicht so gierig! Lassen Sie mir auch noch ein paar übrig!*«

So hatte es angefangen mit dem Max Prels und seither war er eigentlich immer da gewesen.

IV

Auf den Dachböden des 4. Bezirks stiegen die Dienstboten jeden Morgen gegen sechs Uhr aus den schmalen Betten. Lautlos kleideten sie sich an und wuschen sich die Müdigkeit mit kaltem Wasser aus den Augen. Mali mochte einen Augenblick am offenen Dachfenster stehen, den Strahlen der Morgensonne nachspüren und den Vögeln lauschen, die wie sie munter ihr frühes Tagewerk begannen. Vielleicht sprach sie ein kleines Gebet, denn dem Herrn sollte man immer danken, ganz besonders für so einen schönen, klaren Morgen wie heute.

Kurz darauf waren ihre Schritte auf der Stiege vom Gesindetrakt zu hören. Leicht schlurfend, mit der Waschschüssel auf der Hüfte ging sie der morgendlichen Stille entgegen. Die Herrschaften schliefen noch, was Mali als gottgewollte Ordnung begrüßte. Sie schürte das Feuer im Küchenherd und setzte den großen Wasserkessel auf. Die gnädige Frau würde in zwei Stunden aufstehen und ein Bad nehmen, das nach Kiefern duftete. Bis dahin war noch einiges zu tun. Aber zuallererst bereitete sie sich ein Butterbrot und eine große Tasse Malzkaffee.

Die Wohnzimmertür war heikel. Aber Mali hatte herausgefunden, dass sie die Tür leicht anheben musste, um sie lautlos zu öffnen. Sie zog die schweren Vorhänge zurück, machte die Fensterflügel auf und ließ frische Luft herein. Dann schaute sie sich um. Die letzte Nacht hatte Spuren hinterlassen. Mali stellte Wein- und Likörgläser auf das mitgebrachte Tablett, brachte die übervollen Aschenbecher hinaus und wischte Tische und Kommoden ab. Sie schüttelte die Kissen auf, glättete die Deckchen und versicherte sich, dass weder Staub noch Asche auf den Sockeln der Lampen lagen. Bei den Büchern war sie unsicher. Sie wagte nicht, die aufgeschlagenen Exemplare, die zuweilen in der Sofaritze klemmten, ins Regal zu räumen. So stapelte sie die Bücher nur auf dem Beistelltisch am Fenster. Noch schnell mit dem Besen durch das Zimmer, dann war alles picobello: Die Möbel aus einfachem Holz schimmerten, die Sonne spiegelte sich in den Fensterscheiben, Boden und Silber glänzten und nicht einmal der Ofen zeigte Spuren von Gebrauch.

Kaum war Mali mit ihrer Arbeit im Haus fertig, lief sie, den Dackel Lumpi an der Leine führend, für frische Semmeln und Stangerln zum Bäcker an der Ecke. Auf dem Rückweg kaufte sie der greisen Alten an der Kirche ein Sträußchen Feldblumen ab. Das hatte die Frau Doktor ausdrücklich gewünscht. Mali gefiel das. Man musste den armen Leutchen helfen, wo man konnte.

Als Vicki erwachte, war schon heller Tag. Sie blinzelte der Morgensonne entgegen, die durchs Fenster schien, blieb noch einem Moment liegen und wunderte sich über die Stille im Raum. Die Uhr tickte, die Vögel zwitscherten, draußen auf dem Gang hörte sie Mali ihrer Arbeit nachgehen, doch es fehlte das leise Gurgeln, das sie jede Nacht begleitete und mittlerweile zur Gewohnheit gehörte – bis dass der Tod sie scheidet, oder jemand dieses kleine, absurde Experiment für beendet erklärt. Sie hob Kopf und Blick über den Wust von Spitzenkissen und stellte fest: Sie war allein.

Ihr »Ehemann« – ein Begriff, der sich nur in Anführungszeichen denken ließ – war nicht da. Ohne Ankündigung und Erklärung und zum allerersten Mal in den sieben Wochen ihrer Ehe hatte Dr. Max Prels vor ihr das Bett verlassen.

Schnell war ihr klar geworden, Max gehörte eher zu der Sorte Mensch, der dem kurzen Kampf am frühen Morgen erliegt und weiterschläft, zu spät erwacht und sich um all das nicht kümmert. Vicki wusste nicht, was sie davon halten sollte. Mochte es nun gut sein oder schlecht. Sie nutzte die Gunst der Stunde. Ohne weitere Umschweife drückte sie den kleinen Elfenbeinknopf der elektrischen Klingel, die dicht am Kopfende ihres Bettes angebracht war. Seit sieben Wochen reizte sie der matte Schimmer dieses Knöpfchens, den zu drücken der gurgelnde Schlaf ihres Gatten sie bisher abgehalten hatte.

Es dauerte nur Sekunden, bis Mali ihren runden Blondschopf zur Tür reinsteckte: »Guten Morgen!«, grüßte sie freundlich. »Was kann ich für Sie tun?«

»Ach, bring mir doch eine Tasse Tee«, bat Vicki und kicherte innerlich ob der weinerlichen Nachdrücklichkeit ihrer Forderung. Sie zupfte das Kopfkissen zurecht und streckte sich noch einmal aus.

Sieben Wochen Ehe. Das war nun wirklich keine große Leistung. Beschlossene Sache, seit sie Max Prels auf der staubigen Couch seines Studios ihre Jungfräulichkeit geschenkt hatte. Diese legendenumrankte Opferung erwies sich als überraschend nüchterner Akt. Für sie war es ohnehin nur eine gute Gelegenheit gewesen, das lästige Hymen loszuwerden und dem treuen Gefährten durch schwere Zeiten ihren Dank zu erweisen.

Die Eheschließung hätte sich als gleichfalls nüchterner Akt der Entjungferung anschließen sollen, doch als Minderjährige – neun Monate trennten sie von ihrem 21. Geburtstag – brauchte Vicki dazu die Zustimmung ihres Vaters. Der egozentrische Alte hatte sich natürlich geweigert und ein opernhaftes Drama aufgeführt: »Nur über meine Leiche heiratest du diesen verworfenen Bohemien!«, noch heute klang ihr das Brüllen in den Ohren. »Wie kommt das Schlamperl überhaupt dazu, ihren Freier ins Haus zu führen. Hat deine Mutter dich keinen Anstand gelehrt, du Hatschen, du Liederliche!« Getobt und gepoltert hatte er, ihr jeden Kontakt zu diesem Nichtsnutz verboten und wutentbrannt die Wohnung für die nächste Binokelparty verlassen.

Die Vorzüge dieser Verbindung waren dem Herrn Papa erst aufgegangen, als Vicki an einer schweren Streptokokken-Infektion erkrankte. Nur Wochen nach dem Tod der Mutter war sie zusammengebrochen. Der Hals war es, immer der Hals. Sie hatte das so lange wie möglich ignoriert, bis nichts mehr ging. Alle möglichen Spezialisten standen kopfschüttelnd an ihrem Bett, sahen zu, wie das Fieber sie aufzehrte, und konnten sich weder auf eine Diagnose noch auf eine Behandlung einigen. Man bangte um ihr Leben.

Reflexartig hatte der Vater seine schwarze Reisetasche gepackt, wollte sich davonmachen, halb gelähmt von der Angst vor Ansteckung. Doch die Mutter war tot, niemand war da, der sich kümmerte. Der Anstand zwang ihn, zu bleiben. Wie gerufen kam da der dummdreiste Dichter, der sich in das Herz seiner Tochter geschlichen hatte. Er erbot sich und nichts war dem Vater lieber, als dem Schwiegersohn in spe die Pflege der Kranken aufzubürden.

Wochenlang war Vicki zu schwach gewesen, auch nur den Löffel zum Mund zu führen. Max hatte sie gefüttert. Er stützte sie, als sie das Laufen wieder lernte, brachte ihr die ersten Zuckerkringel mit, als sie nach Monaten endlich wieder essen konnte.

Nach der Genesung schaute der Vater dann nicht mehr so genau hin. Dass Max die Frage der Mitgift mit einer wegwerfenden Handbewegung vom Tisch fegte, hatte dem Vater imponiert. Da fragte er nicht mehr nach Religion und Stellung und wunderte sich auch nicht, wie ein Redakteur des *8-Uhr-Abendblattes* monatelang am Krankenbett seiner Braut hatte ausharren können. Vicki schmunzelte bei dem Gedanken daran, denn sie selbst hatte auch nie darüber nachgedacht, wovon der Herr Doktor eigentlich lebte.

Mali brachte ein kleines Silbertablett herein. »Haben Sie gut geschlafen, gnädige Frau?«, fragte sie freundlich und zog die Vorhänge auf.

Die herrschaftliche Ansprache fuhr Vicki noch immer heiß durch den Körper. Aber so war es ja nun. Sie war die Dame des Hauses. »Geschlafen habe ich offensichtlich wie ein Stein, Mali. Der Herr Doktor ist mir wohl entwischt.«

»Der Herr Doktor ist schon ganz früh aufgebrochen. Seine Mutter hat nach ihm geschickt.«

Ach, die Schwiegermama, dachte Vicki, und begrub die Hoffnung, Max könnte schon beruflich unterwegs sein. Erst nach der Eheschließung war ihr klar geworden, dass ein Mann, der so viel Zeit und Energie in eine Eroberung steckte, unmöglich einer geregelten Arbeit nachgehen konnte. Das konnte nur, wer keine Pflichten und Termine hatte. Denn der studierte Jurist Dr. Max Prels war eigentlich gar kein Redakteur. Er hatte seine sichere Stellung als Beamter der kaiserlich-königlichen Staatsbahn aufgegeben, weil er den Traum vom Schreiben leben wollte. Er war Schriftsteller, freier Journalist und ein echter Wiener. Und als solcher saß er im Kaffeehaus, spielte Schach und Karten, trieb sich in der Oper herum oder im Theater. In ruhigen Stunden entwarf er vielleicht ein Buch oder schrieb einem Artikel, doch die meiste Zeit wartete er auf den großen Durchbruch. Vicki hatte Texte von ihm gelesen und war ganz überzeugt, dass der Erfolg nicht lange auf sich warten lassen würde. Bis dahin waren sie ein vielbeschäftigtes Paar, das sich in beruflicher Hinsicht keinesfalls im Weg stehen wollte.

Der herbe Tee schmeckte köstlich und hatte genau die richtige Temperatur. Vicki holte ein Notizheft aus dem Nachtkästchen. Darin hatte sie die Termine der nächsten Wochen notiert: Samstag 24. April 1909. 9 Uhr Probe. 19.30 Uhr Konzert, Großer Saal.

Nach den Monaten der Krankheit hatte sie an der Harfe wieder ganz von vorne beginnen müssen, mit den allerersten Übungen für Anfänger. Aber es tat gut, mit frischem Geist daranzugehen. Sie machte schnell Fortschritte und war nun auch in die Öffentlichkeit zurückgekehrt. Die ganze Stadt war im Haydn-Fieber, denn der alte Meister wäre Ende Mai hundert Jahre alt geworden. Nun erklangen seine Kompositionen das ganze Frühjahr aus allen Sälen und Salons. Der Wiener Konzertverein gab eine Vorstellung nach der anderen. Manchmal gleich zwei oder drei pro Tag. So konnte Vicki schnell wieder Fuß fassen. Sie *war glücklich und das Leben schmeckte süß*. Umso mehr, seit sie sich vom Joch der väterlichen Tyrannei befreit hatte. Morgens Probe abends Konzert und nachmittags ein Stündchen für die Damen der Gesellschaft. Das Geld reichte gerade aus. Wer sich einen Mann wählte, der den Redakteur nur spielte und sich mit Buch- und Konzertbesprechungen über Wasser hielt, der musste selbst für den Lebensunterhalt sorgen. Dass sich das Geldverdienen für eine Frau ihrer Herkunft eigentlich nicht ziemte, machte die Sache besonders reizvoll und sie gedachte in Dankbarkeit ihrer seligen Mutter, die gegen den Widerstand des Vaters die Ausbildung zur Harfenistin vehement durchgesetzt hatte.

Vicki legte das Notizbuch zurück ins Schränkchen und griff nach dem Schulheft, das sie dort verbarg. Das Fieber hatte ihr so viele Erinnerungen in den Kopf gespült, die sie einfach aufschreiben musste. Niemand sollte davon erfahren, denn sie verband damit keine Ambitionen und wollte ungern mit Max und seinen Freunden aus dem Café Kremser konkurrieren. Sie blätterte das Heftchen auf und las die erste Seite: *Die kleine Martha hatte Halsweh gekriegt und durfte in Mamas großem breiten Bett liegen; lang ausgestreckt lag sie da, den Rücken wohlig in die guten, weichen Federkissen gedrückt und unter den langen gesenkten Wimpern warf sie verächtliche Blicke auf ihr mageres Gitterbettchen, das schmal und bescheiden, das harte flache Rosshaarkissen unter einer Pikeedecke versteckend, sich gleichsam frierend an die Wand lehnte.*

Wie von selbst hatte sich das Ganze zu einer kleinen Erzählung entwickelt. Die Geschichte einer Krankheit, geschrieben aus der Sicht eines Kindes. Schatten der Vergangenheit, die sie mit der Niederschrift ein für alle Mal hinter sich zu lassen hoffte. Das Schreiben war, anders als das Harfespielen, ein tägliches Vergnügen geworden. Ein amüsanter Zeitvertreib, ohne Sinn und Ziel, dem sie sich gerne widmete, wenn sie alleine war, so wie jetzt.

Eine Stunde später ging Vicki mit dem Teetablett in der Hand in die Küche. Einen kurzen Moment war Mali irritiert, weil die Dame des Hauses ihr das Geschirr persönlich in die Küche brachte. Mit erwartungsvollem Blick nahm sie das Tablett entgegen und fragte nach weiteren Wünschen. Mali war eine echte Perle: Wäsche waschen, Teppich klopfen und Silber putzen hatte sie ohne weitere Anweisungen gut im Griff. Ordnung und Sauberkeit ließen nichts zu wünschen übrig. Die Böden waren geputzt, die Lampen gereinigt, die Betten täglich ausgeklopft. Vicki sorgte nur für ein paar Details: Sie bestimmte, welche Blumen auf dem Tischchen stehen sollten und ob es Braten oder Butterbrote zum Abendessen gab.

Außerdem schrieb sie die Einkaufsliste für das kleine Barschränkchen. Vicki holte nun einen kleinen Notizzettel aus der Tasche ihres Hausmantels und übergab ihn dem Mädchen. Alkoholische Getränke mussten stets in ausreichender Menge vorhanden sein. Der Wohnungsschlüssel lag unter der Fußmatte, die Freunde waren zu jeder Zeit willkommen. *Und sie kamen meist am Abend. Dann gab es Gelächter und Witzeleien und ernsthafte Diskussionen bis tief in die Nacht hinein. Manch einer enthüllte seine zarte Seele und mach einer musste sich gefallen lassen, dass sie zerpflückt wurde.*

»Und Zigaretten brauchen wir noch«, erklärte Vicki augenzwinkernd. »Halten Sie das Kästchen immer randvoll. Wir wissen nicht, wann der Herr Doktor ins Schreiben kommt und es wäre ein Desaster, wenn er dann wegen Zigaretten das Haus verlassen müsste.«

V

»Küss' die Hand, Gnädigste!« Vicki genoss den großen Auftritt am Tisch. Die Herren waren geflissentlich aufgesprungen. Konta drückte ihr mit ironischem Zwinkern einen Schmatzer auf den Handrücken, Csokor verbeugte sich tief, während er seinen Platz neben Max räumte und Konradin von links einen Stuhl hinüberreichte.

»Verehrteste!« Max grüßte herzlich mit angedeuteter Verbeugung.

»Meine Herren!« Vicki nickte den Anwesenden zu und nahm Platz.

Das Café Kremser war dem Ehepaar Prels zum liebsten Schlupfwinkel geworden. Es lag ganz in der Nähe zum Musikverein und Vicki kam jeden Tag mehrmals daran vorbei. Das war sehr praktisch, auch wenn das Kremser nicht gerade die erste Adresse für Kaffeehausliteraten war. Da musste man schon ins Cenral, wo Peter Altenberg und Anton Kuh residierten.

Max hatte sich nun aber am guten, alten Kärntnerring niedergelassen. Hier teilte er sich den engen Schankraum mit den adretten Herren vom Wintersportclub und den Malern der zweiten Garde. Dazwischen saßen bürgerliche Damen mit großen Hüten beim Mokka und die kleinen Angestellten versuchten bei Schach und Zeitungslektüre einen Hauch Boheme zu erhaschen. *Hier in der rauchigen Luft wartete er auf Ideen für das nächste Feuilleton, schärfte den Geist durch treffende Bemerkungen in angeregtem Gespräch mit Freunden.* Am Stammtisch informierte er sich über die *letzten Neuigkeiten, den neuesten Klatsch. Hier wurden die Bonmots und Witze vom Stapel gelassen, die man sich anderntags genüsslich in der Stadt erzählte.* Hier träumte man von zukünftigen Erfolgen, prophezeite der Konkurrenz das nächste Fiasko; *hier stritten sich junge und nicht mehr so junge Hitzköpfe erregt über Mädchen und politische Meinungen und in der Zurückgezogenheit der Herrentoilette wechselte Geld den Besitzer – diskret erbeten, zögernd geliehen.* Eine Damentoilette gab es übrigens nicht, obwohl immer mehr Frauen und Mädchen in die geheiligten Räume des Kaffeehauses eindrangen.

In der Fensternische, mit Blick auf den Ring, wo die Elektrische in regelmäßigen Abständen ihre Bahnen zog, hatte sich die übliche Runde versammelt: Max Graf, Theodor Csokor, Robert Konta, dazu ein paar Ambitionierte, deren Namen sich nie ins Buch der Zeit einschreiben werden: Franz Konradin, Hermann Glaßmeier und Georg Wolter. Kettenrauchende Männer, zusammengeschweißt durch große Erwartungen und den Glauben an eine verheißungsvolle Zukunft, die sich einstweilen mit Musikkritiken, Lehrtätigkeit und Journalismus über Wasser hielten.

»Was für ein kolossaler Unsinn läuft da gerade bei der *Kronen Zeitung*?«, fragte einer. Und verwickelte seinen Nebenmann in eine heftige Diskussion über Menschen, von denen Vicki noch nie gehört hatte.

Diese rührte währenddessen vergnügt in ihrer Tasse herum. Der Ober hatte ihr die Ermattung an der Tür schon angesehen und war mit der heißen Stärkung schnell bei der Hand gewesen. So waren die Sitten im Café Kremser. Dem aufmerksamen Ober war es eine Ehre, seinen Gästen die augenblickliche Neigung jederzeit vom Gesicht abzulesen. Unermüdlich wurden die angeschlagenen, zerkratzten, kleinen Marmortische blank gewischt und Wassergläser nachgefüllt. Die richtigen Getränke und die gewünschten Zeitungen brachte er selbstverständlich ohne Aufforderung, denn er kannte die Gewohnheiten und Vorlieben seiner Kundschaft.

Das Fräulein Baum, das nun eine Frau Prels war, konnten weder Melange noch Mokka erfreuen. Sie trank Tee, heute einen *starken schwarzen, mit einer doppelten Portion Zucker, einem Scheibchen Zitrone – und einem kleinen Kännchen Rum. Diese barbarische Mischung hatten bereits ihr Vater und ihr Großvater geschätzt.* Der erfahrene Ober wusste das natürlich.

Vicki genoss die Fürsorge und die charmante Flirterei der Herren. Der Rausch der Unabhängigkeit hatte seit der Hochzeit nicht nachgelassen. Das Glück kribbelte ihr durch den Körper, wenn sie an ihrem Platz in der Fensternische saß und den Tassen beim Klimpern, den Gästen beim Lachen und den Tischherren bei ihren feurigen Debatten lauschte. Unglaublich, dass sie wirklich frei war, frei von der väterlichen Aufsicht, von den Streitereien und Beleidigungen, von allen Pflichten, die sie sich nicht selbst auferlegt hatte. Sie fühlte sich wie ein Kind, das die Schule schwänzte.

Da trat ein junger Mann im adretten Straßenanzug an ihren Tisch. »Meine Herren, wehrte Dame,« Konradin war gleich aufgestanden und präsentierte den Besucher mit ausholender Geste. »Darf ich Ihnen den brillanten Otto Soyka vorstellen?« Der junge Mann verbeugte sich geniert, aber Konradin ließ sich nicht bremsen: »Noch studiert er – selbstverständlich auf Wunsch seines verstorbenen Vaters – Maschinenbau an der Technischen Universität. Aber schon in wenigen Jahren werden Sie ihn als Autor weltbekannter Romane kennen.«

»Noch einer von denen«, brummte Graf. »Seit der Reiter-Josef nach Salzburg zurückgekehrt ist, sinkt die Zahl der Musiker auf ein rekordverdächtiges Tief und Literaten werden immer mehr.«

»Immerhin haben Sie mit unserer berühmten Lieblingsharfenistin einen vielbeachteten Star in ihren Reihen!«, erwiderte Csokor.

Soyka setzte sich auf den Stuhl, den der Ober hinter ihm abgestellt hatte. Am Tisch ging das Gespräch unbeirrt weiter. »Haben Sie schon *Königliche Hoheit* gelesen?«, fragte Max in die Runde. Er schrieb an einer kleinen Rezension für ein gänzlich unbedeutendes Blättchen, das allerhöchstens von ein paar alten Damen im Vorarlberg gelesen wurde. Sofort entbrannte eine heiße Diskussion um Standesunterschiede und das glückliche Ende des lang erwarteten Romans. Vicki sagte nichts. Sie bewunderte Thomas Mann, seit sie die ersten Kapitel der *Buddenbrooks* gegen den Willen ihres Vaters heimlich gelesen hatte.

Bücher, Poesie, Tagträumen, Blumen, Spielen und Freundschaften – die Willkürherrschaft im Hause Baum hatte derartige Zerstreuungen streng verboten. Aber Vicki hatte Wege zur Literatur gefunden. Ihre *Buddenbrooks* hatte sie seither in Ehren gehalten. Erst versteckt hinter der Kommode im Schlafzimmer der Eltern. Mittlerweile natürlich längst frei zugänglich.

Max präsentierte sein Urteil für die provinzielle Leserschaft mit Wiener Blasiertheit, als wäre es der Weisheit letzter Schluss: »So gut als wie die *Buddenbrooks* ist's fei' net.«

Das wiederum konnte Vicki so nicht stehen lassen. Sie schätzte ihren Gemahl, fand aber wenig Gefallen am feinsinnigen Kannibalismus mit denen die Herren am Tisch sich gegenseitig zerfleischten. Ein richtiggehendes Blutbad konnte das werden. Aber Thomas Mann war eben Thomas Mann und sie würde verhindern, dass er einem solch plumpen Gemetzel zum Opfer fiel. Sie richtete sich auf und hob die Brauen. »Meine Herren, als Frau und Leserin kann ich Ihnen versichern, ein schlechter Thomas Mann ist immer noch besser als fünf hochgeistige Feuilletons. Ich habe die *Neue Rundschau* jedenfalls nicht wegen der kleinen Schreiberlinge abonniert.«

Rundherum brach Gelächter aus.

»Das hat gesessen!«

Max fasste sich theatralisch ans Herz, stimmte aber herzlich ins Gelächter ein und auch Vicki konnte sich das Lachen nicht verkneifen. Otto Soyka wagte einen Vorstoß: »Wehrte Frau Prels, ich muss Sie fragen, was wollen Sie eigentlich mit diesen alten Journalisten?«

Neugierig wandte sich Vicki dem Neuankömmling zu. Er war tatsächlich jünger als die anderen und offensichtlich vorlaut. Sein Jungenhals ragte stolz aus dem geschlossenen Kragen, die Haare trug er in langen Wellen und die überraschend hellen Augen schauten aufmerksam hinter einem Kneifer hervor. Dieser kesse Einwurf brachte ihm die Aufmerksamkeit der Gruppe ein und er sonnte sich einen Augenblick lang in diesem Erfolg, ehe er fortfuhr: »Sehen Sie, Gnädigste, die alten Herrschaften haben doch keine Träume. Die sitzen hier tagaus, tagein im Kaffeehaus, trinken ihren Mokka und ihren G'spritzten und machen schlecht, was andere geleistet haben. Das ist doch nur Palaver. Aber wir Jungen – ich zähle die Dame selbstverständlich dazu –, wir Jungen, wir haben noch Kraft und Zeit, das Große zu erreichen.«

»Na, da schau her«, sagte Max mit freundlichem Spott. »Die Jugend weiß es besser. Das ist ja mal eine Überraschung.«

Soyka ließ sich nicht beirren: »Ich schreibe gerade an einem futuristischen Detektivroman. Er spielt in New York. Die Großstadt mit all ihren modernen Errungenschaften wird darin selbst zum Mordinstrument. Ein Urgrund von Korruption und Verbrechen! Das wird einschlagen, eine ganz große Sache.«

»Was Sie nicht sagen.« Max zwinkerte Vicki zu. Soyka erkannte, dass er hier keine Verbündeten machen würde. An Max gewandt fragte er: »Was sind denn Ihre Pläne?«

Dieser schaute zu Vicki und antwortete: »Nun ich wüßt' zwar nicht, was Sie das angeht, aber ich werde schon in Kürze eine Zeitschrift herausbringen.«

Vicki lächelte wissend. Das war die schöne, alte Geschichte, die ihr Ehemann schon oft an diesem Tisch erzählt hatte. Ein ambitioniertes Blättchen sollte dereinst erscheinen, das literarische und musikalische Themen verband. Vicki mochte es, wenn Max davon erzählte. Was war der Mensch ohne Träume? Und er hatte so wenige Ambitionen, da war es gut zu wissen, dass er das Träumen nicht ganz aufgegeben hatte.

»Was Sie nicht sagen«, frotzelte Soyka. »Und wann soll es so weit sein?«

Darauf antwortete Max nicht. Die Schwachstelle in seinem Plan war allgemein bekannt. Er brauchte einen Finanzier, jemand der bereit war, in seine Idee zu investieren. Nur wer?

Seine gelegentlichen Versuche Investoren für seine Sache zu gewinnen, waren erfolglos geblieben. Vicki legte ihm tröstend die Hand auf den Schenkel. »Seien Sie lieber freundlich, Soyka, denn wenn es so weit ist, werden dort ausgewählte Autoren zusammenkommen. Dann werden Sie Prels hinterherrennen, dass er Ihre kleinen Geschichtchen veröffentlicht.«

VI

Max drückte eine weitere Zigarette aus. Der Aschenbecher quoll über, die Luft war zum Schneiden. Seit vier Stunden saß er hier und hatte noch immer nichts Vorzeigbares zu Papier gebracht. Mühevoll legte er den Füller auf den Tisch. Lieber hätte er ihn gegen die Wand geworfen. Stattdessen zündete er sich eine weitere Zigarette an, rauchte und starrte düster vor sich hin.

Da war es nun wirklich keine Hilfe, dass Vicki an der Tür auftauchte. Es blieb ihm nicht verborgen, dass sie vor der undurchdringlichen Luft, die blau und fest im Zimmer stand, zurückwich. Sie nahm einen tiefen Atemzug, hielt die Luft an, ehe sie sich aufmachte, wie ein Taucher, der sich vom Beckenrand in die Tiefe abstieß. Den Blick aufs Ziel gerichtet ging sie geradewegs zum Fenster, öffnete beide Flügel weit. Der Zigarettenrauch wirbelte auf und flog zum Fenster hinaus, ließ Wut und Verdrossenheit zurück, die den Raum schlimmer als vorher vergifteten.

»Liebling, so kann doch kein Mensch arbeiten!«, sagte sie. Ihre aufgesetzte Freundlichkeit blieb ihm nicht verborgen. Vicki leerte den Aschenbecher, sammelte die zerknüllten Blätter vom Boden auf, brachte ihm aus der Küche eine Tasse Kaffee und Wein in einem der Bleikristallgläser, die sie bei ihrem Gastspiel in Prag gekauft hatte, und ... glotzte ihm über die Schulter. Und das hasste er wirklich. Es gab ja auch nichts zu sehen. Max schob die fünf noch nicht ganz verworfenen Anfänge unter das *Abendblatt* und knüllte das vor ihm liegende Papier zusammen.

Er gab vor zu lesen, während sie hinter seinem Rücken ein paar Bücher ordnete. Was sollte dieses Herumscharwenzeln? Warum ging sie nicht einfach? Die Demütigung trieb ihm ein Stöhnen durch die Kehle, ein Husten sollte die Qual verbergen. Die Sätze wollten einfach nicht fließen. Er fühlte sich wie Gustave Flaubert, der sich angeblich auf der Suche nach dem richtigen Wort wochenlang am Boden wand. Aber er war vermutlich nicht Flaubert. Jedenfalls wollte er kein Meisterwerk schaffen. Er versuchte lediglich, diese gottverdammte Kurzgeschichte niederzuschreiben.

Endlich setzte sich Vicki mit einem Buch auf das Sofa. Der Abgabetermin war in drei Tagen und sein Kopf war leer. Da war nichts. Nichts! Wie konnte er jemals hoffen ein Schriftsteller zu werden, wenn er nicht eine kleine Kurzgeschichte zustande brachte? Als läge das Gehirn in Schockstarre. Da kam kein Wort heraus und schon gar kein spritziger kleiner Kommentar. Es war die reinste Qual. Er konnte es nicht. Unfähig. Hatte noch nie etwas Anständiges zu Papier gebracht, etwas Wertvolles. Er hangelte sich mit gelegentlichen Kleinigkeiten durch und musste viel zu oft Freunde angehen, die Mutter um Hilfe bitten, oder bei Tante Dorothea vorbeigehen – das Pfandleihaus an der Dorotheenstraße beherbergten alle kleinen Erbstücke seines Vaters: die Taschenuhr, den Füller mit der goldenen Miene, die Manschettenknöpfe und den Ring. In der Not hatte er sich sogar an Vickis Kleinmädchenschmuck vergriffen. Eine dünne Silberkette mit einem Opalanhänger hatte er versetzt. Natürlich wollte er es zurückholen. Mit dem Geld für die Kurzgeschichte, die einfach nicht entstehen wollte.

Max legte die Zeitung zur Seite und schaute aufs Papier: »Der junge Mann mit der Lederschürze stapelte die Äpfel in seinem Kasten, als wäre jeder ein kostbares Gut ...«

Er nahm den Stift, setzte einen Absatz hinzu. Ließ den Stift wieder fallen. Er hatte kein Talent. Lächerlich zu glauben, dass er einmal etwas auf die Beine stellen würde.

Er wollte aufstehen und gehen, ins Kaffeehaus, zu einer Partie Schach. Um der Wahrheit die Ehre zu geben, das hatte er in den letzten zwei Wochen jedes Mal getan, wenn er eigentlich hätte arbeiten sollen. Es war nicht unwahrscheinlich, dass Vicki absichtlich hier saß, um diesen Fluchtweg abzuschneiden.

Was machte sie eigentlich zu Hause? Sie hatte doch sonst keine Zeit stundenlang hier herumzusitzen. Immer Termine. Proben. Konzerte. Unterricht. Aber jetzt saß sie hier, wie festgenagelt. Ein Buch auf dem Schoß. Was las sie da? *Der Weg ins Freie.* Schnitzler. Ja, der konnte natürlich schreiben. Und er selbst? Er bekam nicht einmal diese Kurzgeschichte hin, wer wollte da von Romanen träumen?

Der Abgabetermin. Er konnte nicht schon wieder einen verstreichen lassen, schon wieder kein Honorar, schon wieder auf ihre Kosten leben. Ein erwachsener Mann, der sich von seiner Ehefrau aushalten lässt. Lächerlich. Das war er: eine lächerliche Figur.

Wenn sie erfuhr, dass er ihre Kette zu Tante Dorothea gebracht hatte, würde sie wütend sein. Wer konnte es ihr verübeln? Vielleicht verließ sie ihn ja sogar. Recht hatte sie. Es war ja kein Geheimnis, dass sie ihn nicht liebte. Sie hatte es immer gesagt und er hatte es akzeptiert. Versuchte, es zu akzeptieren. Nein, eigentlich versuchte er, es zu ändern. Noch so ein Feld, auf dem er nicht sehr erfolgreich war: die Liebe. Dabei konnte er sich selbstverständlich nicht beklagen. Sie sorgte sich tadellos um ihn. Nie war die Wohnung so sauber. Nie hatte er mit dem kärglichen Einkommen so gut gegessen. Sogar Blumen ließ sie aufstellen, die Hemden waren frisch gewaschen und geplättet, die Betten sauber und ausgelüftet. Das war schon ein ganz anderes Leben.

Dankbar sollte er sein, dass sie bei ihm war. Er sollte ihr sein ganzes Talent zu Füßen legen, sich abrackern, ihr alles bieten, was sie sich nur wünschen mochte. Und nicht ihre Kette versetzen. Er seufzte vernehmlich.

Vicki gab vor zu lesen, konnte sich aber nicht konzentrieren, weil sie doch deutlich sah, welche Qualen ihr armer Max durchlitt. Wie sollte sie ihm helfen? Auf Ansprache reagierte er sehr empfindlich. Sie wagte es kaum. Aber still dasitzen und zusehen, wie er litt, das konnte sie auch nicht. Sie suchte nach ein paar tröstenden Worten, nach einer Hilfe, einer Idee. Da, er raschelte schon wieder unnötig mit irgendwelchen Papieren herum. Würde er sich ihr doch anvertrauen.

Sie könnte ihn mit Material versorgen. Schließlich war es in den vergangenen Monaten schon vorgekommen, dass eine ihrer Beobachtungen zu einer seiner Geschichten, Artikel und Kritiken wurde. Das war doch selbstverständlich. Jede kleine Unterhaltung, jede Begebenheit oder Anekdote konnte Ausgangspunkt für so einen Text sein. Sie selbst hatte nun schon einige Geschichten geschrieben, nachdem sie die *Frühen Schatten* für beendet erklärt und in den Tiefen der Wäschekiste vergraben hatte.

Vicki goss an der improvisierten Bar noch einen kleinen Rotwein ein und brachte ihn zum Tisch. Dort stand sie, mit hängenden Armen, unsicher, denn Max brummte nur ein »Danke«, wandte sich ansonsten aber nicht zu ihr um.

»Mein Lieber«, begann sie, »so geht es doch nicht weiter.«

Er sah sie an und sein Gesichtsausdruck war so verloren und traurig, dass sie ihm gleich die Hand auf den Arm legte.

»Ich weiß«, stimmte er zu, drehte sich um und drückte sein Gesicht an ihren Bauch.

Wie ein Kind, dachte sie, ganz und gar bereit, ihn aus seiner Misere zu befreien.

»Hör mal, Ideen entstehen doch nicht, wenn man im stickigen Raum aufs Papier starrt. Ideen entstehen aus dem Leben, aus lebendigem Gespräch, aus Bewegung und Unterhaltung.«

Max reagierte nicht, drückte den Kopf weiterhin an ihren flachen Bauch, als wäre er ein Vogel Strauß, sie der Sand und irgendein Problem auf diese Weise zu lösen. Eigentlich fürchtete er nur, sie würde ihn auf einen ihrer geliebten Spaziergänge zerren. Solchen Humbug lehnte er selbstverständlich ab. Er war schließlich kein Hund, dem man zu seinem Wohlergehen durch den Park führen musste. Wie bin ich nur an so eine Wanderratte geraten?, fragte er sich und war ganz zufrieden in seiner Position. Sie war doch eine Gute, freundlich und hilfsbereit. Vor allem auch inspirierend. Wie oft war ihm in den letzten Monaten bei einem Gespräch mit ihr die zündende Idee gekommen? Wahrscheinlich hatte sie recht.

Zu charmanter Unterhaltung war er jedoch nicht aufgelegt. Er hatte Kopfschmerzen, war angetrunken und müde. Auf ihre Versuche ein Gespräch in Gang zu bringen, reagierte er einsilbig und abweisend. Wenn diese elende Kurzgeschichte doch nur nicht morgen auf die Post müsste.

»Gibt es denn nicht irgendetwas, das ich tun kann?«, fragte Vicki.

»Du könntest mir diese Kurzgeschichte schreiben. Wie wäre das?« Max lachte bitter.

»Das kann ich natürlich nicht«, sagte Vicki. »Aber du kannst es selbst tun. Schreibe doch über den Schuhputzer vom Grand Hotel oder diese Geschichte über den Dreijährigen mit seiner Trompete. Aus den Anekdoten, die du mir allein in den letzten zwei Tagen erzählt hast, könntest du zehn Kurzgeschichten machen.«

Max seufzte und starrte wieder auf die Tischplatte.

Lumpi trottete ins Zimmer, schaute sich müde um und sprang auf das Sofa. Vicki setzte sich neben das Tier, streichelte das schüttere schwarze Fell und überließ Max seiner Arbeit.

»Wann musst du denn einreichen?«, fragte sie nach einer Weile.

»Gestern«, antwortete Max. Natürlich, dachte Vicki, als hätte ein Journalist je eine andere Antwort auf diese Frage gegeben. Aber das sagte sie lieber nicht, denn Max kam ins Reden.

»*Der letzte Termin ist der Neunte*«, ahmte er die tiefe, grantige Stimme seines Redakteurs nach. »*Ich hab' nicht die leiseste Ahnung einer Idee. Was soll ich bloß machen? Und Mutter schreit nach Geld, und wenn ich nicht baldigst 35 Kronen ausspucke, verfällt bei Tante Dorothea der Anspruch auf meine goldene Uhr – das einzige Erbstück von meinem Vater ... und ... und«*

»*Moment mal*«, unterbrach Vicki. »*Vielleicht könntest du von meinen Sachen eine Idee – ich meine – einen Augenblick ...*« Sie verließ das Zimmer, aber Max hörte ihr gar nicht zu, er war aufgestanden und wanderte durch den Raum.

Im monströsen Vorzimmerschrank, den Vicki von den Großeltern mütterlicherseits geerbt hatte, lagerte sie Unmengen an Zeug und einen kleinen Karton mit Texten. Nach einigem Suchen förderte sie einen Packen Schulhefte und ein dickes Notizbuch zu Tage. *Sie waren nicht gut genug, um zu bestehen, aber doch auch nicht schlecht genug, um sie leichten Herzens fortzuwerfen.*

Mit dem Paket ging sie zu Max, der sich in der *Zwischenzeit mit einem weiteren Liter nachtschwarzen Kaffees der Vergiftung* ein Stück näher gebracht hatte. Wie sollte sie nur anfangen? Schüchtern suchte sie nach Worten und stammelte eine Entschuldigung. Max, unwillig über die erneute Störung, sah sie unfreundlich an.

»Es tut mir leid, Lieber«, stammelte sie. »Aber vielleicht ... *Also, manchmal schreibe ich auch ein wenig. Nur dummes Zeug, natürlich,* aber vielleicht hilft dir ja irgendwas davon«, sagte sie und hielt ihm die Bücher hin. Sofort fühlte sie sich unwohl.

»Was ist das?«, fragte Max. Erstaunt nahm er den Stapel entgegen und blätterte eines der Hefte auf.

»Ich habe ein paar Sachen geschrieben«, sagte Vicki. »Nichts Großes. Ein paar Beobachtungen, eher Notizen. Da ist nichts wirklich Gutes dabei, aber vielleicht kannst du ja etwas davon gebrauchen und was draus machen.«

Max blätterte. Jede Seite war mit ihrer sauberen, leicht schrägen Handschrift bedeckt. Max sagte nichts.

»Sei nicht sauer. Vielleicht hat ja irgendwas davon Potenzial. Dann machst du daraus eine Geschichte und gut ist.«

Max las und brummte.

»Natürlich will ich mich nicht mit dir vergleichen. Ich hab' ein paar Erinnerungen aufgeschrieben. Aus Spaß und dann kamen noch ein paar andere Sachen hinzu.«

Max lachte auf. »Das ist ja wunderbar!«

»Wirklich?« Vicki atmete auf. »Und du bist mir nicht böse?«

»Warum sollte ich dir böse sein?« Er suchte ihren Blick. »Du bist meine Rettung. Schon wieder.«

Vicki lächelte erleichtert und nahm seine Hand.

»Was haben wir denn hier?«, fragte er und nahm das erste Heft wieder zur Hand.

Sie übergab das Material, froh, helfen zu können, in seine treuen Hände und floh ins Schlafzimmer, denn sie war viel zu aufgeregt, um zuzusehen, wie er Seite für Seite durchblätterte. Max aber las den gesamten Stapel an Heften durch. *Dann wählte er eine Geschichte aus, änderte zwei Kommata in Semikolons, dachte sich für das Geschreibsel einen flotten Titel aus, unterschrieb mit seinem Namen und trug die Geschichte noch am selben Abend eigenhändig zum Briefkasten.* Für heute war er gerettet.

VII

Wie ein Baldachin überspannte der Rauch den Schankraum des Café Kremser. Darunter brummte das Geschäft. Vicki saß allein in ihrer Fensternische. Der Ober hatte ihr das Abendblatt neben die Tasse gelegt, darin eine hübsch geschriebene Kritik ihres Mannes, und eine illustrierte Zeitschrift mit einer Reportage über die niederländischen Kolonien im Fernen Osten. Schließlich ließ er ihr noch ein Glas Selterswasser bringen. Seinem aufmerksamen Blick war offensichtlich nicht entgangen, dass sie verteufelte Kopfschmerzen und elende Langeweile hatte. *Gerade deswegen gab sie sich betont lustig und lebendig.*

Die Pflicht wollte kein Ende nehmen: Probe, Arbeit, ins Kaffeehaus, nach Hause, zum Konzertsaal, zur finanzstarken Schickeria. Immer die gleichen Leute, die gleichen Gesichter, die gleichen Gespräche. Sie schloss für einen Moment die brennenden Augen, doch gleich schlüpfte jemand gegenüber auf die Bank. Es war Konradin, der Gute. Er bildete nur die Vorhut der Tafelrunde, die sich in der nächsten halben Stunde hier einfinden würde.

»Wo ist denn der Herr Gemahl?«, fragte er und klopfte mit unruhigen Fingern auf den Tisch.

»Unterwegs«, antwortete sie munter und brachte kommentarlos ihr Teekännchen vor den hektischen Händen in Sicherheit, zwischen die der Ober gerade einen Mokka abstellte.

»Ärger im Baumhaus? Sie sind doch nicht etwa unglücklich?«

»Unglücklich?«, fragte Vicki mit breitem Grinsen. »Das ist ein *Limonadewort.* Sagen Sie nicht unglücklich, Herr Schriftsteller. Sagen Sie tragisch oder leidvoll oder verzagt.«

Er lachte, ließ sich gerne necken. Vor einigen Wochen hatte sie ihm in einem persönlichen Moment ihre Leidenschaft fürs Schreiben gestanden. Hatte eine kleine Geschichte mit dem Titel *Alter Schlosspark* ersonnen. Eine Parodie auf die romantischen Geschichtchen, die man überall zu lesen bekam. Sie war recht stolz auf dieses kleine Werk und hatte es nach München geschickt, wo die Satirezeitung *Licht und Schatten* ihr tatsächlich den Preis für die beste heitere Novelette zusprach. Thomas Mann und Ludwig Thoma waren in der Jury gesessen und hatten ihr tausendfünfhundert Mark zugesprochen. Als Vicki den Brief erhielt, musste sie einfach jemandem davon erzählen. Max kam dafür nicht infrage, weil er eh schon so verunsichert vor sich hin tippte. Aber Konradin war ein freundlicher Geist ohne eine Spur von Neid und er war, so wie heute, zufällig als Erster im Café gewesen. Seither teilten sie dieses kleine süße Geheimnis und machten sich einen Spaß daraus, sich gegenseitig mit der Wahl der passenden Begriffe zu übertrumpfen.

Die anderen Herren kommentierten diese heraufziehende Freundschaft gehässig. Eineinhalb Jahre war Vicki nun mit Max verheiratet und hatte sich noch immer keinen Liebhaber genommen. Vicki wusste um die wilden Spekulationen, in der ihr einmal die Rolle der Temperamentlosen, dann die der Unschuld zukam. Warum war Frau Prels nicht interessiert? Diese Frage war Gegenstand saftiger Diskussionen. Allgemein vertrat man die Ansicht, die Sexualität einer Frau müsse »erweckt« werden und die meisten der Herren, die regelmäßig an ihrem Tisch verkehrten, hatten sich auf die eine oder andere Weise erboten, diese Aufgabe zu übernehmen. Aber Vicki hatte kein Interesse an derlei Abenteuer, die garantiert sofort und mit schlüpfrigen Details gewürzt die Runde machen würden.

Ihre Freundschaft zu Konradin könnte jedenfalls nicht harmloser sein und war doch Ursache für leises Misstrauen und Eifersucht. Er war ein enger Freund ihres Mannes, ein häufiger Gast in ihrer Wohnung und, *wenn sie bei einer Spätaufführung Harfe spielte, kam ihm die große Auszeichnung zuteil, den Dackel Lumpi auf seine kleine Abendpromenade zu führe*n.

»Verehrteste!« Schon trat der nächste Ritter an den Tisch. Csokor verbeugte sich und nahm neben Konradin Platz. »Entschuldigen Sie die Verspätung!«

»Verspätung? Waren wir denn verabredet?«, fragte Vicki.

»Prels hat mich für sechs Uhr einbestellt.«

»Was Sie nicht sagen.«

Vicki wusste nichts von einer Verabredung am Abend, Max hatte sie nicht dazu gebeten. Aber sie war ja ohnehin immer hier, da war es unnötig, sie extra einzubestellen.

»Es geht ums Geschäft«, sagte Csokor und Vicki schwieg verwundert. Ein geschäftlicher Termin im Kremser? Was mochte das bedeuten? Sie warf dem Ober einen Blick zu, der sogleich ein Glas Himbeersaft brachte. Die Müdigkeit stach ihr heimlich in die Stirn.

»Wie schlecht die Luft hier ist«, murmelte sie. Die Herren schwiegen und zogen an ihren Zigaretten. Da schob sich Max durchs Gedränge, im Schlepptau einen Mann, der von so unvorhergesehener Schönheit war, dass Vicki kurz der Atem stockte.

»Liebe Freunde, liebe Vicki, darf ich euch Godfried Altmann vorstellen«, poussierte Max. »Ein junger Mann aus gutem Hause und ein alter Bekannter.«

Altmann verbeugte sich überaus korrekt.

»Ich störe hoffentlich nicht?«, fragte er an Vicki gewandt und zog sich einen Stuhl heran.

»Natürlich nicht.« Sie räusperte sich, um ihrer Stimme mehr Kraft zu verleihen. »Ich freue mich, Sie kennenzulernen.«

Ein unbekanntes Lächeln hatte ihre Augen erfüllt. Max war das nicht verborgen geblieben. Er ergriff ihre Hand – nicht ohne Absicht, wie ihr schien.

Man kannte sich von der Universität. Und schon entschwand das Gespräch zu den wundersamen Studienjahren, mit Zimmern bei alten Witwen und namhaften Professoren, von denen noch nie jemand gehört hatte. Vicki lauschte amüsiert. Sie hatte ihre Ausbildung unter den strengen Augen des Vaters absolviert: Sechs Stunden Schule, sechs Stunden Harfe und zwei Stunden Klavier, Chorprobe, Orchesterprobe, Auftritte und die Pflege der Mutter, da blieb kaum Zeit für einen gelegentlichen Besuch in der Oper oder ihre heimliche Leseleidenschaft. Was sollte sie darüber schon erzählen?

Godfried Altmann saß gelassen da, hörte artig zu und sagte wenig. Er machte ihr nicht den Hof, versuchte nicht, sie ins Gespräch einzubinden oder durch studentische Heldentaten zu beeindrucken. Auch zwinkerte er ihr nicht verschwörerisch zu. Eine angenehme Überraschung, denn junge Männer aus gutem Hause wollten üblicherweise mit großen Gesten und lauten Stimmen Eindruck hinterlassen, wenn sie an diesen Tisch geführt wurden.

Verstohlen sah Vicki ihn an. Zwischen den bleichgesichtigen Kaffeehausgestalten war Altmann ein frischer Luftzug. Die dunklen Augen, von langen Wimpern umrahmt, passten nicht so recht zur muskulösen Gestalt im modischen Anzug. Sein Haar leuchtete, als wäre es von der Sonne gebleicht, sein Gesicht zeugte von Spaziergängen und Tennispartien. Die Hände lagen stark und ruhig auf der Tischplatte. Wie schäbig wirkten dagegen Max' gelbe Nikotinfinger. Vicki wand ihre Hand aus seiner, steckte sie hinter ihren Rücken. Prels hatte es bemerkt. Er straffte seinen Rücken, begrüßte Glaßmeier und Graf, die nun ebenfalls angekommen waren, und ergriff schließlich feierlich das Wort: »Wir sitzen nun schon so lange jeden Tag hier im Kaffeehaus zusammen und malen uns aus, wie wir dereinst unser Glück machen werden.«

»Ob der Herr Gemahl mich nun bald zur ehrbaren Frau machen wird?«, scherzte Vicki und verbarg dahinter ihren Ärger um die Heimlichtuerei und den inszenierten Auftritt. Warum wusste sie nicht, was hier angekündigt wurde?

»Vielleicht will er sie auch nur ihrer natürlichen Bestimmung zuführen«, prustete Glaßmeier, dessen geile Dummheit Vicki schon lange auf die Nerven ging.

Augenblicklich durchbrach Max das ausbrechende Geraune: »Nein, Glaßmeier.« Und dann an Vicki gewandt: »Du musst entschuldigen, mein Herzblatt, heute geht es nicht um meine unerschöpflich Liebe zu dir. Es geht um meine andere Liebe.« Mit ironischem Brauenheben schaute Vicki von ihrem Mann zu Altmann, der aufmerksam aber schweigend wartete, bis dieser seine kleine Ansprache fortsetzte.

»Sie alle wissen, ich suche einen Enthusiasten, der eine gute Idee erkennt, wenn er sie sieht und bereit ist, ein Risiko einzugehen.« Max sprach mit heiligem Ernst und ballte eifrig die Fäuste.

Vicki dämmerte es. Ja konnte es denn möglich sein, dass Altmann Max' Sache unterstützen wollte?

»Kurz und gut liebe Freunde, liebe Vicki, *Ton und Wort* wird nicht länger ein Hirngespinst sein. Wir legen los.«

Max schickte einen triumphierenden Blick in die Runde, aus der sogleich freundlicher Zuspruch tönte.

»Das ist ja wunderbar!«

»Herzlichen Glückwunsch!«

»Das wird groß!«

Vicki strahlte. *Ton und Wort* würde also Wirklichkeit werden. Sie umarmte den Gatten und wandte sich Altmann zu, dem sie zu dieser zukunftsweisenden Idee beglückwünschte. Sie ignorierte das Ziehen im Magen, als er ihr einen Augenblick zu lang in die Augen schaute. Seine Hand war kühl und kräftig, als könnte er fest zupacken, aber keine Schreibmaschine bedienen. Sie lächelte, nahm ihre Hand wieder an sich und spürte plötzlich ihr wild pochendes Herz. Lächerliches Herz, dachte sie, aber deswegen hörte es nicht auf, heftig zu schlagen.

VIII

Der Regen stürmte in kleinen Sturzbächen die Straße hinab, floss Vicki aus der Rinne ihres nassen Hutes direkt in den Kragen und von dort den Rücken herunter. Der Wollmantel war vollgesogen und hing wie ein Bleigewicht an ihren dünnen Schultern. Der lange Rock sog das Wasser vom Boden auf. Vicki schleppte sich die Gersthofer Straße entlang. Sie war auf dem Weg in den 18. Bezirk zur Musikstunde von Grete und Finschi Löw – ein Fußmarsch von über einer Stunde durch den peitschenden Regen. Die Kälte jagte ihr durch den Körper, die Zähne klapperten, der Hals kratzte bereits.

Sie hatte es satt. Den Regen, die Stadt, die Menschen, die Suppe, die sie sich eingebrockt hatte, und die leider keine echte Suppe war, eine würzige Rinderbrühe mit Grießnockerl zum Beispiel oder eine schöne sämige Erdäpfelsuppe, wie Mali sie immer gemacht hatte. Sie seufzte. Der Hunger stieg ihr sauer in die Kehle. Vicki presste die Lippen aufeinander. Sie war eine Idiotin. Das konnte jeder sehen. Nicht nur, weil sie ohne Schirm und Gummischuhe durch dieses Schweinewetter rannte und bestimmt Fieber bekommen würde. Sie hatte alles gegen die Wand gefahren, ihre Ehe, ihre Stellung und die Sache mit Godfried sah auch schon nicht mehr so rosig aus. Sie verfluchte sich für ihre Dummheit, aber mehr noch schimpfte sie auf die verdammte kleine Zeitschrift, die ganz eindeutig die *Wurzeln allen Übels* war.

Viel zu lange hatten sie an dieser desaströsen Idee festgehalten, das *Monstrum gefüttert, wie die Azteken ihre blutrünstigen Götter.* Dabei war es von Anfang an dem Untergang geweiht: nie genug Autoren und die unendlichen Kämpfe mit den Druckern, die ihr Geld immer zu spät bekamen. Als die Bankkonten leer waren, zog Vicki auf *entwürdigende Bittgänge durch die Familie.* Dem Onkel ihrer Mutter hatte sie Geld aus den Rippen geleiert, zu vernünftigen Zinsen und mit dem Versprechen, es innerhalb eines Jahres zurückzuzahlen. Aber die Rechnungen nahmen kein Ende. Bis dann plötzlich alles zu Ende war, von dem schönen Traum nichts mehr übrig, als bittere Worte und die elenden Schuldscheine.

Die Ehe mit Max war ebenfalls untergegangen. Erstaunlich, wie leise und unscheinbar die ersten Anzeichen von Verfall sich in ihr Leben geschlichen hatten. Zuerst starb Lumpi. Eines Tages hatten seine Äuglein allen Glanz verloren, das Schnäuzchen war warm, das Fell stumpf. Zitternd lag er in der Hutschachtel, die Vicki ihm als Körbchen eingerichtet hatte. Der Tierarzt diagnostizierte Tuberkulose und war gleich mit der Giftspritze bei der Hand.

Als Nächstes verloren sie Mali. Die Gute hatte sich auf der Feier ihres Katholischen Jungfernbunds hinreißen lassen. Schwanger, natürlich. Vicki fand das Mädchen nach einem Wochenendausflug in ihrer Kammer, bewusstlos und halb verblutet. Sie hatte versucht, selbst einen Abort herbeizuführen. Nur mit Mühe ließ sich Dr. Popper daran hindern, die Polizei zu informieren. Die Unterbringung in einer Privatklinik, die das Geheimnis wahren würde, war so absurd teuer, dass die Prels'schen Finanzen von chaotisch ins katastrophale abrutschten. Die Wohnung rutschte gleich hinterher, denn um Vickis Qualitäten als Hausfrau war es nicht gut gestellt. Sie verabscheute Hausarbeit. Innerhalb kürzester Zeit hausten sie zwischen ungemachten Betten, schmutzigen Handtüchern, zerdrückten Kleidern, Staub und Schmutz. Max versuchte sich der Unordnung entgegenzustellen, aber sie war größer als er. Vicki war permanent überlastet. Neben ihrem üblichen Pensum an der Harfe schrieb sie jetzt unermüdlich für die Zeitschrift: Gedichte, Erzählungen, Konzertkritiken, Reportagen aus dem Musikleben, mal im eigenen Namen, mal unter Pseudonym, weil ja nicht alle Artikel von der gleichen Autorin stammen konnten. Max hatte seine literarischen Möglichkeiten längst erschöpft, er konnte nichts zum Inhalt beisteuern. Er war Eigentümer und Chefredakteur, trieb Autoren auf und Geld.

Und dann hatte Max ihre Perlenkette verkauft. Ein unverzeihlicher Übergriff auf ihren persönlichen Besitz. Die Kette war ein Erbstück ihrer Großmutter gewesen und das einzige Schmuckstück, das Vicki je geliebt hatte. Sie war von außerordentlich Länge und sehr elegant, hing ihr bis zu den Knien oder in vier Schlingen um den Hals. Max hatte sie heimlich genommen. Nicht einmal gefragt hatte er sie, dabei wusste er um die besondere Bedeutung.

Rückblickend war das wohl das Ende gewesen. Godfried drängte seit Monaten auf Trennung, weil er endlich selbst in die Rolle des Ehemanns schlüpfen wollte. Er sprach Max ohne ihr Wissen an und frage, ob er in eine Scheidung einwilligen würde. Max hatte ihr am Frühstückstisch davon erzählt. Sie war verblüfft, aber wo es nun einmal raus war, wollte sie auch die Antwort hören.

»*Und? Würdest du?*«, fragte sie und Max hatte sie lange angesehen, mit seinen wässrigen Augen, die ihn oft einfältig erscheinen ließen, aber so ausdruckstark wurden, wenn er sie auf diese Weise ansah.

»Was soll ich darauf sagen? *Wenn ich sagen würde, es macht mir nichts aus, wäre das nicht gerade galant, wenn ich aber sage, es macht mir etwas aus, ich liebe dich und will dich nicht verlieren, dann säßen wir erst recht in der Tinte.*«

Sie musste ihm recht geben.

»Ein guter Ehemann wird wohl nicht mehr aus mir«, gab er zu. »Und es macht mir auch nichts aus, wenn du einen Liebhaber hast. Das haben alle. *Aber, mein Herz, ich möchte nicht, dass du mit einem Verlobten herumspazierst. Einverstanden?*«

So waren sie fürs Erste verblieben. Bis die Wanzen kamen. Anfangs dachte sie noch, es wären einfache Mückenstiche, aber die Biester legten nachts eine regelrechte Straße auf ihrem Körper an. Irgendwann war klar: Bettwanzen. Noch jetzt schüttelte sie sich bei dem Gedanken. Natürlich wusste sie, dass Schädlinge in Wien keine Seltenheit waren. Die Plage traf reich und arm gleichermaßen, aber für sie war das Maß voll, *ein Zeichen absoluter Verkommenheit.* Und so war es dann entschieden. Sie hatten die Ehe aufgelöst und sich neben der Schuldenmisere auch noch mit den *grotesken Komplikationen ihrer Scheidung* rumgeschlagen.

Wie zum Hohn fuhr klappernd eine Tram an ihr vorbei. Zwölf Kreuzer für eine Fahrt. Zwölf Kreuzer, die sie früher achtlos dem Schuhputzer gegeben hatte, naja vielleicht nicht ganz achtlos, aber doch unbeschwert. Diese Zeiten waren vorbei. Nun stand sie da, allein, ohne Geld und mit einer erschreckenden Schuldensumme bei ihrem Großonkel Donat, der sie jedes Mal spöttisch begaffte und dem sie jeden Heller zurückzahlen würde, und wenn sie darüber verhungerte. Godfried wollte sie noch immer heiraten, aber ein absurdes Gesetz verbot geschiedenen Frauen ein Jahr lang die neuerliche Eheschließung. Da der strahlende Ritter bereits ganz schön an Glanz verloren hatte, war dies zwar eine ärgerliche Schikane, aber kein Weltuntergang.

Woran sie bei dem Unterfangen überhaupt nicht gedacht hatten, war die gesellschaftliche Ächtung. Selbstverständlich war das ein fades Thema und sie würde auch mit müdem Lächeln drüber hinwegsehen, wenn es ihr nicht an die Existenz ginge. Als gefallene Frauen verlor sie nicht nur wichtige Soloaufträge, sondern fand auch keine Wohnung. Wochenlang war sie herumgerannt, ehe ein Vermieter ihr ein kleines Zimmer zugestand, selbstverständlich zu einem horrenden Preis. Sie hatte den Gürtel eng geschnallt: *morgens eine Tasse Tee mit einer Scheibe trocken Brot. Zum Nachtmahl eine Tasse Tee mit einer Scheibe trocken Brot und für zehn Heller Blumenkohl oder zwei Eier. Mehr gab's nicht. Kein Mittag, nichts zwischendurch, keinen Apfel, keine Würstchen, solche kostspieligen Genüsse waren verboten.* Ohne die große Mahlzeit, die sie am Ziel dieses Sintflut-Marsches erwartete, wäre sie wahrscheinlich verhungert.

Als Musiklehrerin musste sie sich offensichtlich daran gewöhnen, von Luft und Musik zu leben, denn für ihre Arbeit erhielt sie fast nichts. Darum konnte sie es sich nicht leisten, auch nur ein einziges Angebot abzulehnen. Sie nahm alles an, spielte in Kirchen und Synagogen, bei Hochzeiten und Bar-Mizwas, gab Solokonzerte und erteilte Privatunterricht, wo immer es möglich war.

Als sie die Treppen zur Wohnung der Löws hinaufging, wusste sie wieder, welch großes Glück diese Schülerinnen für sie bedeuteten: Schon im Flur roch sie das süße Gebäck, das drinnen sicher auf sie wartete. Sie klopfte mit ihrer nassen Hand an die Tür. Das Mädchen mit Haube und Schürze öffnete und grüßte freundlich. Vicki trat ein. Sie überreichte den tropfnassen Mantel, trocknete sich die klammen Hände am Taschentuch ab und ließ sich von der Wärme umfangen. Libussa Löw residierte wie immer am Esstisch, der wegen seiner enormen Größe nur in der lichtdurchfluteten Glasveranda einen Platz gefunden hatte. Die Wohnung war, wie bei den meisten Familien des Wiener Mittelstands, zu klein für alle Mitglieder und so war der große Salon zum Musizieren eingerichtet worden.

»Guten Tag, Frau Libussa. Wie schön, Sie wiederzusehen«, grüßte Vicki und hielt die Augen starr auf die Fenster gerichtet, an denen der Regen in kleinen Bächen hinabrann. Keinesfalls würdigte sie der prächtigen Jause eines Blickes, die auf dem Tisch für sie bereitstand, sonst hätte sie sich unversehens draufgestürzt.

»Meine liebe Vicki, was ist Ihnen zugestoßen?«, fragte Frau Libussa erschrocken. »Ausziehen!«, befahl sie. »Sie holen sich ja den Tod in den nassen Sachen!«

Sofort stand das Personal bereit, riss ihr die Schuhe von den Füßen, entwand ihr auch gleich die tropfnassen Strümpfe und den Rock. »Die Sachen werden in der Küche getrocknet und gebügelt!«

Im knisternden Unterrock, der glücklicherweise ganz anständig aussah, setzte sich Vicki auf den gepolsterten Stuhl, den man ihr wies. Sie schämte sich der schäbigen Kleider und der Löcher in den Schuhsohlen, doch derartige Albernheiten konnte sie sich nicht leisten und die Familie sah großzügig darüber hinweg. Ein gebieterischer Blick von Seiten der Mutter setzte nun auch die Töchter in Bewegung, die mit freundlichem Hallo eine Decke um Vickis Schulter legten und eine heiße Tasse Tee brachten, um die sie ihre klammen Finger schloss.

Innerhalb weniger Minuten war Vicki umhüllt von gemütlicher Wärme. Der Ofen knisterte, die mitleidigen Blicke verschwanden. »Greifen Sie zu!«, hieß es, und Vickis Magen schmerzte beim Anblick von Würstchen und Eiern, Suppe und Heringssalat, Krapfen und Buchteln, Käse und Konfitüre. Am Kopf des Tisches thronte, wie immer, Frau Libussa. *Sie war einer der Menschen, um die sich Sagen und Legenden ranken, die geborene Matriarchin, die große Urmutter des Mythos.* Gütig, lustig und weise; vor allem nährend. Vicki bewunderte ihre Lebenskraft, ihren Humor und den Tatendrang, mit dem sie die ganze Familie beherrschte und jeden ihrer Schützlinge in gesicherte Verhältnisse brachte. Sie hatte die abgezehrte Vicki unter ihre Fittiche genommen, fütterte sie mit Nestwärme, Zuneigung und mit Rindsbraten.

Vicki bediente sich leicht befangen an den angebotenen Köstlichkeiten, erinnerte sich an ihre gute Kinderstube und erkundigte sich nach der Reise, die Frau Libussa in den letzten zwei Wochen unternommen hatte: »Bitte erzählen Sie mir doch, wie geht es ihren Söhnen in Deutschland?«

Und diese erzählte, von Ernst Maria, der im Leipziger Opernhaus eine Stellung angenommen hatte und nun einer jungen Schauspielerin verfallen war, die ihm der Familie entfremdete. Und von Richard Johann, von allen nur Hans genannt, der in Darmstadt einer glänzenden Zukunft entgegenblickte.

»*Und Darmstadt*«, sagte Frau Libussa *und baute mit Händen und Worten einen ganzen kleinen Kosmos auf, »Du kannst dir gar nichts Reizenderes vorstellen als Darmstadt! So sauber überall, so sauber – man könnte vom Straßenpflaster essen. Und so hell und warm und jeden Tag Sonnenschein.«*

Vicki hörte andächtig zu, ein klein wenig abgelenkt von den Marillenknödeln, deren fruchtige Süße sie das Elend der letzten Stunden vergessen ließ.

»Der Großherzog, ein echter Theaternarr. Er lässt keine Vorstellung aus. Da geben die Musiker natürlich ihr Bestes. *Es ist einfach unglaublich, wie gut die Opernaufführungen sind und wie begeistert das Publikum.«*

Während Frau Libussa von der Schönheit Darmstadts schwärmte, von der Großzügigkeit des Herzogs, den prunkvollen Bauten und der Freundlichkeit der Menschen, während Vicki mit tropfender Nase, Kopfschmerzen und klebrigen Fingern dasaß und sich diese Schönheit vorstellte, entfuhr ihr seufzend: »Ach Darmstadt, da wäre ich auch gerne!«

»Ja?«, fragte Frau Libussa, »ich könnte dem Hans schreiben. Ich glaube, er hat gesagt, im Orchester suchen sie gerade einen Harfenisten. Ein ganz wunderbares Ensemble, lauter junge Menschen. Da passen Sie sehr gut hinein!«

Später fragte sich Vicki, ob die begeisterte Schilderung vom schönen Darmstadt mit Hintergedanken vor ihr ausgebreitet worden war. Einstweilen aber war das Thema vergessen. Der Teller Buchteln wurde näher an das ausgehungerte Vögelchen gerückt, das alle Kraft aufbot, ihre gute Erziehung nicht zu vergessen und die Süßspeisen wie ein Berserker in sich hineinzuschlingen. Unterdes schwärmte Frau Libussa von ihrem Ausflug ins Darmstädter Umland, wo gerade Zwetschgen- und Traubenernte stattgefunden hatte und die Menschen so freundlich gewesen waren.

»Geh, Grete, bring mir das Ding, das Hans mir geschenkt hat«, wandte sie sich schließlich an die Tochter und zu Vicki gewandt: »Ich bin sicher, das wird Sie genauso entzücken wie mich.« Dann holte sie aus einer großen Schatulle ein kleines hessisches Dorf in Miniaturformat heraus. Lauter *Fachwerkhäu-*

ser, Ställe und Scheunen, eine Kirche mit spitzem Turm. Dazu *Zäune und Gärten und Schweine und Kühe, ein Heuwagen mit zwei Ackergäulen.* Ein Meisterwerk der Spielzeugmacherkunst. Vicki war entzückt.

»Darf ich?«, fragte sie und gemeinsam stellten sie ein schönes Dorf auf den Jausentisch. Der Unterricht war einstweilen vergessen.

Nachts lag Vicki mit vollem Magen und Fieber wach und stellte sich das schöne Darmstadt vor und den Herrn Hofkapellmeister Richard Lert, den man damit betraut hatte, Wagners *Ring* in einem ganz neuartigen Stil herauszubringen.

Einige Wochen später traf sie ihn zum ersten Mal bei einer Weihnachtsfeier. Ein fescher junger Mann mit leicht schütterem Haar, hohen Wangenknochen und grünen Katzenaugen. Er war das Gegenteil seiner ätherischen Mutter, stand am Klavier, blätterte durch die Partituren und beobachtete sie unauffällig, zu reserviert und zu höflich, sie direkt anzusprechen. Was hatte seine Mutter da wieder für ein armes Hascherl aufgegabelt? Nach dem Essen tauchte er dann plötzlich neben ihr auf, hielt ihr ein Stück Papier unter die Nase und forderte: »Signieren Sie hier!«

Vicki war verwirrt und unterschrieb, ohne zu wissen, was sie da in der Hand hielt.

»Ich sehe Sie dann also im März in Darmstadt«, verkündete er, verbeugte sich kurz und war schon fast entschwunden, als Vicki ihn am Ärmel festhielt.

»Bitte, was?«, fragte sie überrascht. »Sagen Sie mir nicht, ich habe meine Seele an den Teufel verkauft?«

»Nun Gnädigste, Sie waren durchaus etwas nachlässig bei der Durchsicht dieses Dokuments. Ich kann Ihnen jedoch versichern, mit dem Teufel bin ich nicht im Bunde.« Er lächelte spitzbübisch, als er hinzufügte: »Wenn alles gut läuft, werden Sie allerdings im nächsten Jahr nach meiner Pfeife tanzen.«

Vicki sah sich das Papier noch einmal genauer an. »Das ist ja ein Vertrag«, stammelte sie.

»Um genau zu sein, es ist ein Vorvertrag«, sagte Lert. »Mein Wort mag Gewicht haben, aber am Ende entscheidet der Großherzog. Wenn Sie im März allerdings so gut spielen, wie meine Mutter in ihren Briefen beständig behauptet, dann, bin ich sicher, wird dem Engagement am Darmstädter Opernhaus nichts im Wege stehen.«

Vicki musste nachdenken. Wien, ihr Orchester, ihre Schüler zu verlassen, war ihr nie in den Sinn gekommen. Aber jetzt rollten Frau Libussa und Hans Lert ihr geradezu einen roten Teppich aus. Raus aus der ganzen Misere. Sie sah den Weg deutlich vor sich: *Die letzten Schulden bezahlen, die Bande einer absterbenden Liebelei zerschneiden, ein neues Leben beginnen. Endlich frei sein, endlich!*

Zwei

In haltlosen Zeiten

I

Ihre Koffer hatte Vicki bei der Aufbewahrung abgegeben. Nun stand sie ein paar Minuten still vor dem Portal des Hauptbahnhofs. »Darmstadt«, flüsterte sie leise und atmete den Geruch dieser unbekannten Stadt ein. Die Luft war mild, der Vorplatz trat dem Dampf der Eisenbahnen mit einem Hauch von Beetrosen entgegen. Dahinter zeigte sich die Stadt geschäftig. Ein Dachgewimmel mit Türmen und Erkern, schmalen Gassen und breiten Alleen. Irgendwo dahinten lag das Schloss mit seinem Park. Auch eine Technische Hochschule gab es hier, dort hatte vor ein paar Monaten die erste Frau ihr Ingenieursdiplom erhalten.

Vicki straffte die Schultern und machte sich auf den Weg. Da war sie nun. Befreit von der Last der Vergangenheit, nur noch sich selbst verpflichtet. Sie lächelte den unbekannten Häusern entgegen, den Straßen durch die sie noch nie gegangen war, der fremden Stadt, in der sie sich nun Tag für Tag aufs Neue allein dem Leben stellen würde.

Bisher war sie nie allein gewesen. Immer hatten andere den Takt ihres Lebens vorgegeben: Mama, Papa, Max, schließlich Godfried – der sich dann doch als ganz schlechte Wahl entpuppt hatte. Die glänzenden Gefühle der ersten Monate waren stumpf und hässlich geworden, als das Geld ausblieb. Das Ende war dann ganz plötzlich gekommen. Ein Streit. Eine Ohrfeige wie aus dem Nichts. Halb erschrocken, halb erstaunt hatte sie ihn schweigend angesehen. In dem Moment wussten sie es beide. Godfried retournierte sein Zugbillet und Vicki war froh, dieser Falle entkommen zu sein.

Allein und frei und bereit sich neu zu erfinden. Hinter einer dieser Straßen lag das Theater, in dem sie jede Woche Harfe spielen würde, alles Weitere war ungewiss. Alle Beschäftigungen, Gewohnheiten und Freuden würde sie sich selbst suchen.

Der Schlossteich glitzerte. Die berühmten schwarzen Schwäne hatten sich einen Schattenplatz gesucht. Ein paar Darmstädter spazierten durch die Sonne. Sie wirkten heiter, als gäbe es keine Sorgen. Ganz in der Nähe ging ein stattlicher junger Mann am Wasser entlang, groß, mit markanten Gesichtszügen. Auch er sah zum See hinüber, und als er den Kopf den Schwänen zuwandte, entdeckte Vicki in ihm den einzigen Menschen, den sie hier kannte. Überrascht blieb sie stehen. Ihr Herz machte einen kleinen Sprung und ein kleines unwissendes Lächeln umschmeichelte ihren Mund. Dabei gab es für so ein überschwängliches Gefühl eigentlich keinen Anlass. Der großgewachsene Mann im grauen Sommermantel war der Dirigent und Konzertmeister Richard Johann Lert, der Sohn ihrer Mentorin und Freundin Libussa Löw, der nichts weniger getan hatte, als ihr diesen neuen Weg, diese Freiheit, diesen Umzug zu eröffnen.

»Herr Chorleiter«, sagte Vicki und winkte ihm zu.

Der Angesprochene schaute zunächst irritiert. Es kam vor, dass er von jungen Damen im Park angesprochen wurde. Als er nach einigen Augenblicken das Wiener Gesicht richtig zugeordnet hatte, grüßte er freundlich: »Fräulein Baum? Das ist ja eine Überraschung.« Seine angenehme Stimme war ihr schon in Wien aufgefallen.

»Allerdings.«

»Gehen Sie auch gerade zum Theater?«

»Ja«, sagte Vicki und beendete kurzerhand ihren Stadtbummel. Sie konnte sich genauso gut sofort beim Theater melden.

»Schön. Ich führe Sie hin«, sagte Lert und gemeinsam setzten sie seinen Weg fort, die Nachmittagssonne im Rücken. »Gefällt es Ihnen gut in Darmstadt?«

»Ich bin gerade erst angekommen.« Vicki kam sich albern vor, weil ihre Stimme so einen überschwänglichen Klang hatte.

»So?«, fragte Lert. »Und Ihr Verlobter sucht Ihnen gerade eine Unterkunft?«

Vickis Stirn legte sich in Falten. »Ich bin alleine angereist«, erwiderte Vicki. »Herr Altmann und ich gehen getrennte Wege.«

»Um Gottes willen, Fräulein Baum. Das sind keine guten Nachrichten.«

»Ja«, sagte Vicki und wusste nicht, was sie sonst sagen sollte. Wenn sie aus ihrer Scheidung von Max Prels eines gelernt hatte, dann, dass man bei persönlichen Trennungen durchaus auf die Meinung der Leute Rücksicht nehmen musste. Wenn es notwendig war, die verlassene Braut zu mimen, dann würde sie das tun. Und ansonsten auf die Diskretion des Herrn Lert hoffen.

Sie legte einen Klang von Tapferkeit in ihre Stimme und sagte: »Es war besser so.«

Er schaute sie kurz an, aber sie erwiderte seinen Blick nicht, sondern sah vor sich auf den Gehweg, wo sie ihre Schatten schlank und zügig voreinander hertrieben.

»Schicksal des Menschen, wie gleichst du dem Wind!«, sagte er nachdenklich.

Vicki nickte ihm freundlich zu. »Sie halten es mit dem weisen Goethe, aber ich denke lieber an Gottfried Kinkel, der sagt: ›Sein Schicksal schafft sich selbst der Mann‹. Und für die Frau gilt das natürlich auch.«

»Selbstverständlich!«, Lert lachte.

»Um ganz ehrlich zu sein, ich bin gar nicht unglücklich über den Weg, den das Schicksal gewählt hat.«

Hätte Lert nun herübergeschaut, dann hätte er vielleicht einen Hauch von Röte in ihrem Gesicht gesehen, den Vicki selbst ganz sicher der Aufregung des Tages zurechnen würde. Sie fühlte sich sehr leicht, fast schwebend, wie sie so nebeneinander herliefen, dem neuen Leben entgegen. Da erreichten sie schon den Rand des Parks, sahen schon die herrschaftlichen Säulen am Haupteingang des Hoftheaters.

»Haben Sie denn schon ein Zimmer gefunden?«, fragte Lert.

»Nein, ich bin tatsächlich erst seit einer Stunde in der Stadt. Mein Koffer steht noch am Bahnhof.«

»Ich frag' ja nur, weil ich Ihnen da behilflich sein kann. Ich kenne eine nette Familie, die vermietet. Ganz in der Nähe.«

Sie betraten das Theater nicht durch den imposanten Haupteingang, sondern durch eine kleine Tür an der Seite und stießen unversehens auf den Großherzog Ernst Ludwig von Hessen-Darmstadt, der mit Vorliebe den musikalischen Produktionen lauschte und sich nicht scheute im Bereich des Bühnenbilds und beim Kostümdesign auch eigene Ideen einzubringen.

Vicki hatte Seine Königliche Hoheit bereits im Frühjahr kennengelernt, als ihr Solo bei einem der seltenen Empfänge im Schloss über ihre Aufnahme ins Orchester entschieden hatte. Der Großherzog höchstpersönlich hatte sich um Beleuchtung und passenden Hintergrund gekümmert und aus diesem Grund Informationen über ihre Garderobe erbeten. Dem Zufall und ihrem leeren Geldbeutel war es zu verdanken gewesen, dass sie für diesen Anlass ausgerechnet ein Ballkleid ihrer Großmutter im Gepäck hatte: gestreifte Seide in *unverschämtem Rosa und Grün*, mit Schleppe und Rosengirlande am Dekolletee. Ein Aufzug, der den Großherzog in Begeisterung versetzte.

»So etwas sieht man nur noch im Museum!«, hatte er geschwärmt und war ihr den ganzen Abend hinterher gelaufen, hatte ganz unherrschaftlich an ihrer Schleppe und den Hemdsärmeln gezupft.

Ob ihr Spiel überzeugte, war ungewiss, doch ihre Aufnahme ins Orchester fand die uneingeschränkte Zustimmung Seiner Majestät. Vicki unterzeichnete einen Dreijahresvertrag und trug seither den begehrten Titel: *Großherzogliche Hof- und Kammermusikerin*.

Heute war Seine Königliche Hoheit allerdings beschäftigt und so nahm er die Ehrerbietung rasch entgegen. Vicki und Lert setzten ihren Weg in die Verwaltung fort, wo Vicki ihre Ankunft kundtat, ein paar Formulare unterzeichnete und dann hinter der Bühne auf Lert wartete, der ihr noch heute zur perfekten Unterkunft verhelfen wollte.

Etwa eine Stunde später verließen sie gemeinsam das Theater, liefen erneut durch den Schlossgarten, nun der tiefstehenden Sonne entgegen, am See vorbei, auf dem die Schwäne noch immer ihre Bahnen zogen. Im Westen grenzte der Park an die Frankfurter Straße. Von dort ging eine Gasse ab, die sich im Verlauf eines Kilometers zu einer breiten Allee auswuchs. So weit kamen sie aber nicht, denn ihr Begleiter steuerte direkt auf die Tür des ersten Hauses zu. Ein zweistöckiger Bau mit Mansarde und gusseisern verzäuntem Vorgärtchen vor den zweiflügligen Fenstern. Er klopfte an die verschnörkelte Eingangstür und eine Frau mit blonden Haaren und einem plappernden Zweijährigen auf dem Arm öffnete.

»Herr Chorleiter, was für eine Freude«, grüßte sie mit strahlenden Augen.

»Frau Diehl, guten Tag«, erwiderte Lert.

Die Besucher wurden hereingebeten, das Kind auf dem Boden abgesetzt. »Darf ich Ihnen etwas anbieten?«, fragte sie und wies beide an, ins Wohnzimmer zu treten.

Lert winkte ab. »Ich möchte Ihnen Hedwig Baum vorstellen. Sie hat die ausgesprochene Ehre ab September am Hoftheater zu musizieren. Eine talentvolle Person und eine Freundin meiner Familie.«

Die beiden Frauen nickten sich lächelnd zu.

»Nun, Frau Diehl, dürfte Fräulein Baum Ihre Wohnung in der zweiten Etage besichtigen?«

Zu dritt gingen sie nach oben. Im ersten Raum stand ein großes Bett, ein Schminktisch, ein Kleiderschrank, die Waschkommode verbarg sich hinter einem Wandschirm. Im anderen Zimmer standen ein Sofa, ein Tisch samt Stühlen und ein Sekretär. Platz für die Harfe gab es auch.

»Zwei Zimmer!« lachte Vicki. »So ein sündhafter Luxus!« Aber die Fenster gingen auf den Schlossgarten hinaus, sie konnte sogar den Teich mit den Schwänen sehen, und weil sie alle Schulden zurückgezahlt hatte und in Kürze ein statthaftes

Gehalt bezog, sagte sie kurzerhand ja und mietete diese luxuriöse Zweizimmerwohnung mit der herrschaftlichen Aussicht.

Darmstadt war Liebe auf den ersten Blick. Seine eigene, sehr schöne Atmosphäre war getragen von der Liebe zur Kultur, die an jeder Ecke spürbar war. Gefördert wurde das kulturelle Leben vom Großherzog selbst, der Architekten, Verleger, Maler und Dichter in die Stadt holte – natürlich auch Komponisten und Musiker. Dann schlich er während der Proben auf leisen Sohlen hinter der Bühne herum und saß mit großer Selbstverständlichkeit jeden Abend in der Hofloge. Seine Untertanen folgten seinem Beispiel. Das Theater war immer ausverkauft. *Eine Ehre für jeden Bühnenmenschen und symptomatisch für die Kleinstaatengebilde der alten Zeit, die zwar kein hochmaterialistisches Wirtschaftswunder produzierten, wohl aber eine reiche Kultur an Ideen, Gedichten und Symphonien.*

Vicki berauschte sich an ihrer Freiheit. Jede Bewegung war leicht. Wenn sie morgens die Augen öffnete, jauchzte sie leise und strampelte vor Freude. Endlich besaß sie ihr eigenes Reich, ihr eigenes Leben. Wie herrlich war es, die Tür hinter sich zu verschließen und den Tag geschützt vor den Blicken eines anderen zu verbringen. Sie konnte die ganze Nacht im Bett lesen und dann bis mittags schlafen oder sich nachts auf Zehenspitzen durch den Flur auf die Straßen schleichen.

Sie konnte sich jeder Laune hingeben. Alle Pflicht nahm sie leicht, seit das Hoftheater sie aus dem Korsett der immer gleichen Symphonien erlöst hatte. Deutschland war im Wagnerfieber. Mit dem Jahreswechsel 1913/14 endete die Schutzfrist für die Opern des Meisterkomponisten. Für ihre Inszenierung mussten nun keine Tantieme mehr entrichtet werden. Gleichzeitig verlor Bayreuth das Monopol auf die *Parsival*-Aufführungen. Opernleiter im ganzen Land, die geschworen hatten, den Willen des

Meisters zu ehren und seine Werke niemals außerhalb der Wagnerstadt zu inszenieren, vergaßen unverzüglich ihr Geschwätz von gestern und bedienten auf über fünfzig Bühnen das hungrige Publikum.

Darmstadt war da keine Ausnahme. Der Großherzog selbst stürzte sich freudig in die Arbeit, entwarf Bühnenbilder und Kostüme, ließ Orchesterraum und Notenpulte neu streichen und lauschte den endlosen Proben. Das Orchester mochte kleiner und weniger bedeutend sein als der Wiener Konzertverein, dafür versammelte es junge Kräfte, die sich an neue Ideen und Interpretationen heranwagten. Richard Lert inszenierte erfrischend anders und Vicki freute sich, endlich ein neues Opernrepertoire ergründen zu dürfen.

Sie fühlte sich ganz anders als in Wien, jung und wohl. Auch der Freundeskreis, der sich hier zusammenfand, unterschied sich auf erfrischende Weise von der Wiener Tafelrunde. Keine Schwätzer und Snobs sondern nette, gescheite junge Menschen aus ganz unterschiedlichen Stellungen. Dirigenten, wie Erich Kleiber und Hans Oppenheim, der Schauspieler Armin Wassermann, ein Bruder des bekannten Schriftstellers, außerdem ein junger Dramaturg aus Prag und ein schüchterner Apotheker mit zerfurchtem Gesicht, der unendlich dankbar war, dass man ihn in die Runde ehrwürdiger Künstler aufgenommen hatte. Auch Richard Lert gehörte irgendwie dazu. Vielleicht waren die offenen Türen, auf die der Chorleiter stieß, Vicki zu verdanken. Die junge Frau hatte naturgemäß keine Probleme Anschluss zu finden und verband die zwei Welten – die neuen Freunde und die alten – problemlos miteinander, so auch beim täglichen Mittagessen.

Die herzensgute Frau Libussa hatte ihren Hans beauftragt, das »Vickerl« im Auge zu behalten und so richtete er zum gegenseitigen Vorteil und Nutzen aller Beteiligten, bei seiner eigenen Hauswirtin einen Mittagstisch ein, den Vicki gerne nutzte und dem sich, dank der freundlichen Atmosphäre und der hervorragenden Kochkünste seiner Wirtin, schnell andere Orchestermitglieder anschlossen.

Hans Lert wohnte nördlich des Parks in der Möllerstraße, in einer eher heruntergekommenen Gegend. Das Haus war schlicht und dünstete permanent den Geruch von Kohl und Zwiebeln aus. Trotzdem spazierte Vicki jeden Tag am Teich vorbei, erklomm die Stufen zur Haustür, setzte sich an den gedeckten Tisch und ließ sich das Mittagessen schmecken.

Sie mochte Hans, diesen stattlichen Mann, der sich in so vielen Dingen von den anderen unterschied. Er war ein paar Jahre älter als sie, klug und kompetent, kantig und feinfühlig und hatte auf dem Kopf beinahe alle Haare eingebüßt. In vielem erinnerte er sie an Wien – aber an die guten Seiten, und an die Herzlichkeit, die sie in seinem Elternhaus erfahren durfte. Und obwohl er in der strengen Hierarchie des Theaters einige Stufen über ihr stand, ließ er sie das nie spüren. Eine gewisse Steifheit machte sich äußerlich bemerkbar. Stets war er adrett gekleidet. Selten fehlte die Weste unter dem gut sitzenden Anzug, aber Farbe und Form entsprachen nie der aktuellen Saison, was im modebewussten Kreis der Musiker einen nachlässigen Eindruck machte. Vicki hatte das Gefühl, als würde er mit dem Kopf in den Wolken leben. Aber nicht in einer dieser profanen Regenwolken, sondern in einer Wolke, die ganz und gar aus Musik bestand.

Während die anderen sich angeregt unterhielten, schwieg Hans versonnen, gerade so, als hätte er etwas Wichtigeres im Kopf. Kam das Gespräch aber auf einen bestimmten Komponisten oder eine Inszenierung, war er sogleich Feuer und Flamme. Argumentierte gekonnt, dirigierte mit der Gabel in der Luft herum, stieß dabei wahrscheinlich das Wasserglas um, und, während er aufsprang, um das Schlimmste zu verhindern, fiel auch noch der Stuhl krachend zu Boden.

»Wie ein tollpatschiger Schuljunge«, tadelte dann die Wirtin, die sich in ihrer Position diese freundliche Rüge erlauben durfte.

Nachdem sie das Malheur beseitigt hatten, setzte Hans seinen Vortrag fort und Vicki fühlte jedes Mal einen angenehmen Stich, wenn ihre Blicke sich trafen. Es war eine Weile her, seit ihr ein Mann gefallen hatte. Seit dem Desaster mit Godfried hatte sie sich jeden Gedanken an eine neue Beziehung verboten. Zunächst sah jedes ihrer Liebesabenteuer wie ein Schritt in die Freiheit aus: Max rettete sie aus dem Haus ihres Vaters und Godfried aus der Tristesse ihrer Ehe. Aber mit der Zeit erwiesen sich die Beziehungen dann als ebenso anstrengend, wie der Zustand, den man durch sie beendet hatte. Sie wollte sich nun nicht mehr anpassen müssen, diese Zeiten waren vorbei.

Aber ein kleiner Flirt mit dem wolkenverhangenen Chorleiter Hans war natürlich einigermaßen aussichtslos und so gönnte sie sich das feine Prickeln zum Vergnügen und genoss es mit jeder Pore ihres Körpers.

Die Mahlzeit endete und die Musiker verabschiedeten sich nach und nach, Vicki blieb. Manchmal spazierte sie zusammen mit Hans zum Oberwaldhaus hinaus, wo er zum Nachtisch eine Unmenge Kuchen verdrückte. Manchmal lud er sie aber auch in seine Kammer ein. Erwartungsvoll saß Vicki dann in dem ärmlich eingerichteten Raum auf einem Stuhl, lauschte ehrfürchtig der temperamentvollen Darbietung am Flügel und sog den blumigen Duft reifer Äpfel ein, der den allgegenwärtigen Mief überdeckte. Ihr Herz klopfte, wenn sie sah, wie die Kunst aus diesem höflichen und schlichten Menschen herausbrach. Was war das für ein Mann, der tagsüber verhaltene Konversation machte und abends am Dirigentenpult *die wütenden Dämonen der Oper ritt*?

Vicki staunte nicht schlecht, als Hans eines Abends unter ihrem Zimmerfenster auftauchte. Es regnete in Strömen, sein fast haarloser Kopf glänzte im gelben Schein der Gaslaterne, die Kleider hingen ihm nass am Körper und er war offensichtlich betrunken.

»Fräulein Baum! Vicki Baum!«, rief der sonst so reservierte Chorleiter von der Straße zu ihr herauf. Als sie ihr Fenster schließlich geöffnet hatte, gab er in bayrischer Mundart eine Volksweise zum Besten, über die sie beide herzlich lachten.

Ein paar Wochen später, der Frühling war schon ordentlich fortgeschritten und der letzte Friedenssommer zeigte aufmerksamkeitsheischend, was er zu leisten imstande war, erschien Hans Lert erneut unter ihrem Fenster. Diesmal war er nicht betrunken und auch nicht alleine. Eine kleine Gruppe junger Menschen pfiff und johlte lautstark, und informierte Vicki, dass bestes Badewetter herrschte. Sie legte den Roman zur Seite – sie las unendlich viel, während sie auf das Schreiben keinen Gedanken verschwendete, winkte den Besuchern vom Fenster aus zu, zog sich in Windeseile ihr Schwimmtrikot unter das blaugestreifte Hemdkleid und sprang auf die Landwehrstraße hinaus. Dort saßen Erika und Friedrich, Armin und Dorothea und natürlich Hans auf der kleinen Vorgartenmauer und erwarteten sie.

Das war genau die Art, wie Ausflüge beginnen sollten. Mit dem Zug verließen sie die Stadt, mieteten zwei Boote und fuhren den Fluss hinauf. Hans ruderte nicht ohne Anstrengung gegen die Strömung an, die ihnen fröhlich und klar entgegenglitt. Auf seiner hohen Stirn glänzte der Schweiß. Im Nebenboot hatten Armin und Dorothea ein Lied angestimmt: »Die Luft ist blau, das Tal ist grün, die kleinen Maienglocken blühn, und Schlüsselblumen drunter.«

Vicki legte den Kopf in den Nacken und stimmte in das Lied ein: »Der Wiesengrund ist schon so bunt und malt sich täglich bunter.«

Sie war sechsundzwanzig Jahre alt und fühlte sich so jung wie vielleicht noch nie. Und so herrlich lebendig, als würde sie das Glück mit jedem Atemzug einsaugen. Der blaue Himmel strahlte. Hin und wieder begrenzte das Gewirr von Ästen ihren Blick und bot den Augen einen Moment der Ruhe, während das

Ruder sich mit leisem Klingeln aus dem Wasser hob und im immergleichen Rhythmus wieder auf die Oberfläche schlugen.

»Wir wissen gar nicht, wie gut es uns geht«, sagte sie in die Stille hinein. Friedrich und Erika, die sich im dritten Boot gerade auf ihrer Höhe befanden, konnten sich das Lachen nicht verkneifen.

»Ja, es mag abgedroschen klingen«, gab Vicki zu, »aber atmet doch mal diese Luft, hört diese Vögel und ... spürt es! Es ist einfach wunderbar.«

Hans lächelte ihr unbemerkt entgegen. Er fand sie entzückend an diesem Frühsommertag. Auch er war glücklich, legte sich in die Riemen, kostete das gute Gefühl der Anstrengung aus. Vicki ließ ihre Hand ins Wasser gleiten und genoss die samtige Strömung auf der Haut. Im Nebenboot sahen sich Armin und Dorothea lächelnd in die Augen.

Nach einiger Zeit verbreitete sich der Fluss zu einem See, der zum Baden freigegeben war. Sie zogen die Boote ans Ufer und liefen zum Steg. Auf der Wiese saß ein junger Mann und fütterte sein Kleinkind mit Apfelstücken. Vicki konnte die Augen kaum abwenden, von diesem frechen Kerlchen, das unermüdlich kaute. Der Saft troff ihm nur so vom Kinn.

»So ein Kind, das ist doch allerliebst«, seufzte sie im Vorübergehen so herzzerreißend, dass alle lachten.

»Da hört aber jemand den Ruf der Natur«, spottete Friedrich und Vicki zwinkerte dem Kindsvater freundlich zu.

»Ab ins Wasser!«, rief Armin und zog Dorothea mit sich, die erst halb aus ihrem hübschen kupferroten Kleid geschlüpft war. Friedrich hatte sie längst überholt und stürzte ins Wasser. Sein kleiner Kopf tauchte ein paar Meter weiter wieder auf. Hans und Erika folgten ihm unerschrocken, während Dorothea kreischend vor Armin floh, der ihr vom seichten Ufer aus entgegenplantschte.

»Es ist scheußlich kalt«, warnte Dorothea, aber Vicki war viel zu begeistert, als dass eine solche Warnung sie hätte hindern können. Sie eilte hinterher, sprang entschlossen in die Kälte und schwamm zügig los. Armin und Dorothea – die bereits wieder am Ufer saßen – ließ sie zurück, wohl wissend, dass die beiden nur darauf warteten, sich ungestört nahezukommen.

Später stieg die kleine Gruppe den Hügel hinauf. Etwas abseits vom See lag ein Gasthaus, das für kleines Geld große Mengen obstgefüllter Pfannkuchen anbot. Sie setzten sich in eine Laube, die Lichtkringel auf ihre Köpfe regnen ließ, und ließen sich die köstlichen Hungertöter schmecken. Hans schwärmte von den Erdbeeren im Garten seiner Eltern und nahm der süßen Dorothea das Versprechen ab, bei nächster Gelegenheit einen Erdbeerkuchen zu backen. Vicki lockte die zahme Hofkatze an den Tisch, die sich bereitwillig auf ihren Schoß setzte und sich den Bauch kraulen ließ. Den versunkenen Blick, mit dem Hans sie von der Seite betrachtete, ignorierte Vicki. Erst als sie zu einem Spaziergang aufbrachen und die Katze von ihrem Schoß sprang, lächelte sie ihm zu.

Der Weg führte bergauf, links lag ein Weizenfeld, in der Ferne sah man eine Obstplantage. Als sie das Wäldchen erreichten, teilte sich die Gruppe wie von selbst in Paare auf. Eine Weile waren die Stimmen der anderen noch zu hören, aber allmählich senkte sich die Stille über die dämmrigen Wege.

»Was für ein wunderbarer Ausflug!«, sagte Hans und ergriff Vickis Hand. So liefen sie einfach weiter. Über sein beherztes Vorgehen war sie nicht nur überrascht, sondern wusste vor allem nicht, ob es ihr überhaupt recht war. Hatte er ernste Gefühle entwickelt? Wollte sie das? Ihr Leben war gut, so wie es war. Große Leidenschaft empfand sie nicht für diesen lieben Burschen, eher ein tiefes Gefühl der Zusammengehörigkeit. Seinen Eifer und die Hingabe, mit der seiner Arbeit nachging bewunderte sie und liebte es, ihm dabei zuzusehen, mit ihm zu arbeiten, mit ihm zu wachsen. Er war intuitiv und gleichzeitig präzise, erfasste eine Komposition nicht nur intellektuell, sondern auch emotional und schaffte es, das Beste aus dem Orchester hervorzuholen. Im Leben dagegen war er das genaue Gegenteil: introvertiert, leicht geistesabwesend und zerstreut. Er würde wohl zu essen vergessen, wenn seine treue Hauswirtin ihm nicht regelmäßig die Mahlzeiten servieren würde. Seine Nase steckte ständig in irgendwelchen Partituren, die er las, wie andere Leute Bücher lesen. Hielte man ihm einen Schalltrichter an den Kopf, so müsste die schönste Musik daraus erklingen. Wen kümmerte da schon das Leben?

All das ging Vicki durch den Kopf, während sie Hand in Hand durch den dämmrigen Wald spazierten. Und dann blieb Hans plötzlich stehen. Er beugte sich zu ihr herunter. Der Kuss war ganz unausweichlich, und obwohl sie nervös war, und nicht wusste, ob sie diese Grenze wirklich überschreiten wollte, floh sie nicht, machte keinen Scherz, wandte sich nicht ab. Sie erwiderte seinen Kuss und es fühlte sich an, als berührten sich da zwei Lippen, die einander gehörten. Nicht weil ihr ein prickelnder Schauer durch den Körper zog, so war es nämlich nicht. Es war eher wie zu Hause ankommen, an dem Ort, an dem alles richtig war.

II

Die Verwaltungsdirektion durfte natürlich nichts davon erfahren. Absolute Geheimhaltung war geboten, denn Beziehungen zwischen Mitgliedern des Orchesters waren verboten und weder Hans noch Vicki hatten vor, die Verbindung durch eine Eheschließung zu legalisieren. Vicki *hatte von der Ehe die Nase voll.* Außerdem plante man am Theater in Einheiten wie Spielzeiten und Engagements. Wer wusste schon, wo der begabte junge Kapellmeister im nächsten Jahr dirigieren würde.

Einstweilen gingen die beiden für den Sommer nach Berlin, wo Hans Lert den *Ring des Nibelungen* am Theater des Westens inszenieren sollte. Ein Mammutprojekt auf einer Bühne ohne Maschinerie und Orchesterversenkung.

Natürlich wurde das Angebot ohne Zögern angenommen. Eine arbeitsreiche Zeit stand bevor. Er musste das Orchester zusammenstellen, lauter unerfahrenen Musiker aus der ganzen Welt, trieb ebensolche Gesangskräfte auf, betreute das technisch unerfahrene Personal, stritt um den Etat, inszenierte und dirigierte und arbeitete hart an einen Erfolg, während im fernen Sarajewo irgendwer ein paar Schüsse auf den österreichischen Erzherzog Franz Ferdinand und seine Frau Sophie abfeuerte.

Der österreichische Thronfolger und seine Gattin ermordet. Vicki erfuhr die Nachricht von einem älteren Mann mit schlechten Zähnen, der vor dem Bühneneingang aufgeregt die Schlagzeile der *Vossischen Zeitung* ausrief. Sie kaufte ein Exemplar, dessen Druckerschwärze feucht glänzte, und wunderte sich über die Aufregung. In Österreich hatte niemand viel übrig für den kühlen, unsympathischen Habsburger. Ein paar Bühnenarbeiter diskutierten mit ernsten Mienen und ein junger Amerikaner, der den Wotan gab, fragte Vicki beim Eintreten: »Sie kommen doch aus Wien. Was meinen Sie, was jetzt geschieht?«

Vicki winkte ab: »Was soll schon geschehen? Nichts! Irgendein anderer Erzherzog wird diesen hier ersetzen. *Wir haben ja genug.*«

So naiv war man, als der Funken flog, der Europa bald in Brand setzen würde. In den abgeschlossenen Mikrokosmos der Theaterwelt klang die Außenwelt nur als undeutliches Brummen hinein. Vicki wollte Hans fragen, was er davon hielt, doch er hatte an diesem Tag andere Sorgen. Eine Sängerin war unpässlich, ihr Ersatz war eine Anfängerin mit dünner Stimme. Und so kümmerte man sich nicht weiter um das, was heute Julikrise heißt und war gelinde gesagt überrascht, als Österreich, genau einen Monat nach den Schüssen Serbien den Krieg erklärte.

Krieg! Von den jungen Musikern wusste kaum einer, was das bedeutete. *Sänger und Sängerinnen aus England, Kanada und den Vereinigten Staaten, Bassisten aus Russland, aus der Ukraine und Galizien, Geiger aus Ungarn, Holzbläser aus Frankreich, dazu ein paar Tschechen.* Sie gaben einstweilen ihre letzte Vorstellung. Das internationale Projekt mündete nach einem erfolgreichen Sommer jäh im Weltenbrand.

Am nächsten Morgen bildeten die Untertanen der Donaumonarchie eine lange Schlange vor dem Konsulat. Auch Hans reihte sich pflichtbewusst ein. Er war Leutnant der Reserve, doch riet man ihm einstweilen, abzuwarten. Wahrscheinlich würde er nicht eingezogen werden. Er tat wie ihm geheißen und vertiefte sich in die Partituren der nächsten Spielzeit. Vicki wartete mit ihm in Berlin, denn der Zugverkehr war für Zivilisten gesperrt. Sie mietete sich in der Lützowstraße ein Zimmer, betrachtete die Soldaten, die unter ihrem Fenster mit Feldgeschützen und leichter Artillerie an die Front zogen, und hatte keine Vorstellung vom Krieg oder davon, was noch auf sie zukommen würde.

Einstweilen bummelte sie durch den Tag, beriet sich mit Bekannten, die ebenso ratlos waren, was nun geschehen würde. Sie traf auch ihren Ex-Mann Max Prels, der bereits seit einiger Zeit in Berlin lebte. Er hatte sich wenig verändert, die Haare waren etwas länger, die Augen etwas wässriger. Der Ullstein Verlag hatte ihm einen kleinen Redakteursposten angeboten, dort hockte er nun, leidlich zufrieden und schrieb gelegentlich.

Im berühmten Café Größenwahn am Kurfürstendamm genossen Vicki und Max das laue Augustwetter und schwelgten in Erinnerungen.

»Am Ende sind wir mit unserem *Gentlemen-Agreement* also doch durchgekommen«, stellte Max fest. »Ich freue mich, dass bei dir wieder alles zum Besten steht.«

»Das Kompliment gebe ich gerne zurück«, erwiderte Vicki.

»Ein bisschen beleidigt bin ich aber schon.«

Fragend hob sie die Augenbrauen. Wollte er ihr nach so langer Zeit noch Vorwürfe machen? »Ich weiß durchaus nicht, wovon Sie reden, Herr Redakteur?«, feixte sie.

»Na, von den Heimlichkeiten. Schon wieder.« Max machte eine dramatische Pause.

»Ich weiß gar nicht, was du meinst.«

»Da lese ich nichtsahnend das Verlagsprogramm von Erich Reiß ...«

»Du Guter, sag' nichts mehr«, unterbrach sie ihn. »Das war eine ganz närrische Idee und eigentlich gegen meinen Willen.«

»So? Ist der Reiß mal wieder durch die Lande gezogen, um fremde Schreibtischschubladen zu durchwühlen?«, Max lachte freundlich.

»Nein«, Vicki machte ein verzweifeltes Gesicht. »Ich war so eitel, dem Wassermann mein Manuskript zu zeigen.«

»Du kennst Jakob Wassermann?«

»Nein, aber seinen Bruder, den Armin, der ist Schauspieler in Darmstadt. Er hat mich überredet, ihm das Manuskript zu zeigen. Hab' das ganze Haus auf den Kopf stellen müssen, um den Kram zu finden. Meine Wirtin hat sich von der Suchaktion noch immer nicht erholt. Drei Wochen später sagt er mir, er hat es an den Verlag geschickt und die wollen es drucken.«

»So?«

»Natürlich mussten wir es erst ins Deutsche übersetzen«, lachte Vicki. »Ist ja unglaublich, was wir für Hochdeutsch halten. Und dann weiß man hier nicht einmal, was ein ›Pauxerl‹ oder eine ›Jause‹ ist.«

Sie lachten zusammen und suchten gemeinsam nach weiteren Wörtern, die ihnen so vertraut waren wie die eigene Hand und die man in Deutschland nie gehört hatte. Das Vickerl und das Maxerl freundlich vereint.

Der Zeitungskellner kam vorbei und hängte am schwarzen Brett ein Blatt mit den neuesten Nachrichten an: *Die Russen neunzehn Kilometer vor Berlin. Alle Brunnen vergiftet. Achtung! Kein Wasser trinken! Ruhe bewahren!* Kein Gerücht war zu dumm, als das es nicht geglaubt und verbreitet wurde.

»Herr Ober, bringen Sie Bier!« Grinsend hielt Max dem Kellner die zwei Wassergläser entgegen. So bewahrte man Ruhe. Später kam er noch einmal zurück zum Thema: »Im Krieg wird dein Büchlein sich nicht sehr gut verkaufen lassen.«

»Darüber hat mein Verleger schon informiert«, mit tiefer Stimme fügte sie hinzu: »Aber wenn wir erst gesiegt haben und wieder Frieden ist, und das kann ja nicht lange dauern, werden wir das Büchlein schon an den Leser bringen.«

»Und ich werde es besprechen«, sagte Max, »Hast du denn derzeit ein aktuelles Projekt?«

Vicki verneinte. »Mit dem Schreiben habe ich abgeschlossen. Die Reste liegen irgendwo in alten Hutschachteln.«

»Du solltest weiterschreiben«, erwiderte er bestimmt.

»Da würde ich mir keine allzu große Hoffnung machen.«

»Wie könnte ich nicht. Wir wissen beide, dass du ein Talent hast, das anderen hoffnungsvollen Kräften ganz abgeht. Anwesenden eingeschlossen.«

Vicki ergriff tröstend seine Hand.

Am Ende schnorrte er sie um ein paar Mark an. Vielleicht um der alten Zeiten willen. Vicki gab ihm genug, um die Rechnung zu bezahlen, und die nächste dazu.

Wenn die Wahrheit stets das erste Opfer des Krieges ist, dann ist der Fahrplan das zweite. Irgendwann, ein paar Wochen später, saßen Vicki und Hans endlich in einem Zug, der langsam nach Südwesten kroch. Fraglich, ob sie je ankommen würden. Sie stiegen von einem überfüllten Wagen in den nächsten, zuckelten ein Stück, hielten einen halben Tag auf irgendeinem Nebengleis, fuhren dann wieder ein Stück. Schon lange wusste keiner mehr, wo sie eigentlich waren.

Ihren Sitzplatz hatte Vicki einer älteren Dame überlassen und stand nun im qualvoll engen Gang. Die Dame aber bedankte sich überschwänglich und gab ihr und allen Umstehenden einen guten Rat mit auf den Weg: »*Hört auf mich, Kinder, wechselt all euer Geld in Goldstücke um und versteckt sie, vergrabt sie* im Garten. Und *hamstert so viel Erbswurst, wie ihr nur bekommen könnt.* Früher oder später kommt der Hunger, und für Erbswurst braucht ihr nur noch heißes Wasser. Davon kann man eine Weile leben.«

»Komm schon, Muttchen. Lass gut sein!« Ein junger Mann tippte sich an die Stirn.

»Ich bin nicht blöd, junger Mann. Ich bin nur alt und komme aus dem Elsass. Ich habe 1870 in Paris gelebt, *da haben wir am Ende Ratten und Katzen gegessen, wenn wir welche erwischen konnten.*«

Plem plem. *Senil. Nicht alle Tassen im Schrank*, das war die Reaktion der Mitreisenden. Weihnachten ist der Krieg längst aus. Auch Vicki glaubte, dass die Frau maßlos übertrieb. Die Hysterie des Alters. Sie kannte das von ihrer Mutter. Aber später hat sie oft an diese Erbswurst gedacht, die sie besser gehamstert hätte, was sie natürlich nicht getan hatte.

Die Fahrt ging weiter, zwischendrin hielt der Zug, entließ ein paar Fahrgäste, nahm andere auf. Vicki hatte eine Ecke ergattert, durch die sie die Landschaft vorbeiziehen sah. Nach und nach, sie waren mittlerweile seit vier Tagen unterwegs, kamen sie in die bekannte Gegend. Sie erkannten hier einen Berggipfel, da eine Burgruine oder ein Dorf. Bald würden sie zu Hause sein.

Plötzlich bremste der Zug unvermittelt. Die Menschen purzelten durcheinander. Draußen fielen Kommandos: »*Raus! Alles aussteigen! Los! Hopp-Hopp!* Sofort raus!« *Ein kleiner Leutnant tauchte auf, ein halbes Kind noch, den rechten Arm in einer Schlinge*, ging am Zug entlang und rief seinen Befehl durch die Fenster hinein. Mürrisch erhoben sich die Fahrgäste. Vicki griff ihren Koffer, reichte einer Frau ihren Korb durch die Tür und sprang über die schwarzen Stufen hinaus. Die Menschen sammelten sich neben dem Zug, schimpften über diesen unplanmäßigen Halt auf offener Strecke, so kurz vor dem Ziel.

»Der Zug ist konfisziert«, erklärte ein Offizier. »*Es tut mir leid, wir brauchen den Zug. Verwundetentransport.*«

Betroffenes Schweigen auf dem improvisierten Bahnsteig. Da waren sie: Verwundete. Die ersten, die Vicki in diesem Krieg zu sehen bekam. Wer hätte gedacht, dass es zwischen dem glorreichen Sieg und dem Heldentod fürs Vaterland noch eine dritte Möglichkeit gab. Sie riskierte einen Blick, staunte über die jungen Gesichter *in ihren viel zu großen alten Uniformen*, die vergnügt unter sorgfältig verbundenen Kopfverbänden hervorschauten. Es waren die Glücklichen, mit einer *Kugel im Arm* oder einer leicht zu kurierenden *Fleischwunde*. Junge Männer, die der Front für eine Weile entkommen waren. Für Vicki fing der Krieg in diesem Moment, mit diesem Anblick an. Sie würde noch viele Verwundete sehen, aber diese jungen Gesichter trafen sie mit ungeahnter Wucht.

An Weihnachten 1914 kam es in einigen Frontabschnitten zwar zu fraternisierenden Fußballspielen, aber der Krieg war noch lange nicht beendet. Die Zeit schritt voran und Vicki folgte dem Aufruf der Großherzogin Eleonore, machte einen Schnellkurs zur Hilfskrankenschwester und betreute neben ihrer Arbeit im Orchester unehelich geborene Säuglinge in einem improvisierten Kinderkrankenhaus.

Sie schätzte sich glücklich, keinen Mann und keinen Sohn im Krieg zu haben und konzentrierte sich auf die ganz einfachen Dinge. Vom Kopf bis zu den winzigen Zehen maß sie die verknitterten Neugeborenen, wog die leichten Bündel, die erschüttert quäkten, wenn sie sie aus ihren warmen Armen in die harte Waagschale legte. Wusch und wickelte, steckte die kleinen Wesen in dünne Kittel und brachte sie schließlich zu einer Ärztin, die jedes Kind sorgfältig untersuchte. Ganz selten hatte sie Zeit, eines der Würmchen eine Runde durch den Park zu schieben. Dann hörte sie den Wind über der Wiese tanzen, die Bäume rauschten dazu und sie wusste, diese Kinder gingen ihr ans Herz. Würde sie jemals Mutter werden? Und wollte sie das überhaupt?

Wenn die Ehefrauen ihrer Musikerkollegen ihr diese Frage stellten, antwortete Vicki immer mit einem überzeugten: »Gott bewahre diese armen Kinder vor mir als Mutter.«

Sie konnte es nicht lassen, all diese überzeugten Frauen zu schockieren. Sie guckten dann auch immer sehr pikiert und wechselten schnell das Thema. Nur Frau Kappel hatte herzlich gelacht, als wüsste sie, was gemeint war. Der Scherz funktionierte seit Jahren, aber in letzter Zeit sagte sie ihn ohne innere Überzeugung.

Sie hatte nicht die geringste Ahnung, was Hans darüber dachte. Immerhin, er liebte Kinder und die Kinder liebten ihn. Jeden Tag, wenn er durch den Schlossgarten zur Arbeit ging, lief ihm ein ganzer Pulk Gören hinterher, nannten ihn »*Babba*!« und freuten sich über die Bonbons oder kleinen Spielzeuge, die er nie vergaß, im Spielzeuggeschäft von Heinrich Westmann zu kaufen. Trotzdem, ihre Liebe war nicht auf eine gemeinsame Zukunft ausgerichtet. Und dann kam alles noch viel schlimmer.

Weder der Krieg noch der Schnee konnten Vicki und Hans von ihren regelmäßigen Spaziergängen abhalten. Hans' Mantel war fadenscheinig. Der dünne Kragen hielt den Wind nicht ab. Vicki hatte dagegen einen mottenzerfressenen Pelzmantel ergattert. Der war zwar drei Nummern zu groß und wirkte in seinem derangierten Zustand plump, aber er war warm und Vicki trug ihn mit aufreizender Würde.

Im Wald war es stiller als sonst. Der Schnee verschluckte alle Geräusche. Auch Hans war still, als würde er im Kopf eine neue Inszenierung entwerfen. Nur stand gerade gar nichts Neues auf dem Plan. Vicki wollte ihn nicht zum Reden drängen und so gingen sie eine ganze Weile schweigend nebeneinander her.

»Das Kieler Staatstheater hat mich berufen«, platzte er plötzlich heraus.

Vicki schluckte. Jetzt war es also so weit. Sie wusste, dass die Wege eines Hofkapellmeisters und einer Harfenistin sich früher oder später trennen mussten. Sie lebten schon fast drei Jahre in derselben Stadt. Es war Zeit. Sie gingen schweigend weiter, bis die Nachricht ganz angekommen war. Dann fragte sie: »Ausgerechnet Kiel? Das ist keine große Bühne.«

Hans griff ihre Hand. »Ich weiß. Die Bühne ist klein und nicht sehr angesehen. Aber hier komme ich nicht weiter.«

Er hatte Recht. Hier hatte er alles erreicht. Darmstadt war zur Sackgasse geworden. Eine sichere, vielleicht, aber eine Verschwendung von Talent und Leidenschaft.

»Meinst du, Kiel könnte ein Sprungbrett sein?«

»Davon gehe ich aus. Dort wäre ich Generalmusikdirektor und hätte freie Hand. Ich könnte mich beweisen. Hier werde ich immer der zweite Kapellmeister hinter Felix Weingartner sein.«

Dagegen konnte Vicki nichts sagen. Von Anfang an hatte sie sich geschworen, dass sie seiner Karriere nicht im Weg stehen würde und er nicht ihrer. Und doch riss es ihr am Herzen. Sie fühlte sich schwach und neurotisch. Wie sollte sie zurechtkommen, ohne den ruhigen, stabilen Hans an ihrer Seite? Aber das sagte sie nicht.

Stattdessen gestand sie mit wackeliger Stimme: »Bruno Walter hat mich gefragt, ob ich zu ihm nach München komme.«

»Ach Vickerl«, seufzte Hans und zog sie in seinen Arm. So standen sie eine Weile, während der Wind durch die hohen Tannen fegte. »Und möchtest du denn nach München gehen?«, fragte er nach einer Weile.

»Hier kann ich ja nicht ewig bleiben.«

»Aber möchtest du es denn?«

»Hab' ich eine Wahl?«

»Nun ja. Du bist eine talentierte Harfenistin und kannst noch viel erreichen. Aber es gäbe vielleicht auch einen anderen Weg.«

Sie suchte seinen Blick. War es möglich, dass er sie mitnehmen wollte?

»Als Operndirektor«, fuhr Hans fort, nun schon wieder ganz stille Autorität, »habe ich die Mittel, dich und mich zu erhalten. Nicht nur das, es wird sogar erwartet, dass ein Mann in dieser Position sich Heim und Weib anschafft. Eine Familie eben. *Ein Halt in diesen haltlosen Zeiten.* Und wer sonst könnte das sein als du. Wenn du denn willst.« Sein Blick gleitete zwischen ihren Augen hin und her, als suchte er darin die Antwort auf seine Frage.

»Ich will«, sagte Vicki und so war es denn beschlossene Sache. Sie würden heiraten. Die Familie war begeistert. Seine hauptsächlich, denn zu ihrem Vater hatte sie kaum noch Kontakt.

Viel brauchte es nicht für diese Hochzeit. Die Großherzogliche Hof- und Kammermusikerin Hedwig Baum und der Zweite Großherzogliche Hofkapellmeisters Richard Johann Lert gaben sich am 16. Juni 1916 auf dem Standesamt in Darmstadt das Jawort.

III

Die nächste Station hieß Kiel. Zur Spielzeit 1916/17 zogen die Lerts um. Vicki war bereits guter Hoffnung. Die Schwangerschaft versetzte sie in einen erwartungsvollen Taumel, der ihr später äußerst fragwürdig erschien. Sie sah alles wie durch Zuckerwatte: Kiel, die Wohnung, das Leben als Hausfrau. Zunächst konzentrierte sie sich ganz auf diese Pflicht. Sie richtete die Wohnung ein, mit den wenigen Mitteln, die Gehalt und Krieg ihr boten. Von der Familie hatten sie eine stattliche Anzahl Biedermeiermöbel geerbt, die über lange Jahre die Basis des Mobiliars stellen sollten. Ergänzt wurden sie durch Vorhänge, Lampenschirme, ein gebrauchtes Sofa und ein paar leichte Korbstühle. Zusammen mit dem unentbehrlichen Miet-Flügel, ein paar selbstgezimmerten Regalen voller Bücher und Partituren, der unverzichtbaren Vasen mit Blumen und grünen Zweigen gelang es ihr, ein Heim zu schaffen, das ihrem Geschmack und Lebensstil entsprach. Mochte das Geld auch noch so knapp sein.

Und dann ging es los. Die erste Wehe rollte noch etwas lau und unsicher durch ihren Körper. Vicki spürte dem Schmerz kurz nach dem Abendessen und warf einen Blick auf die Uhr. 18.25 Uhr. Konnte das tatsächlich eine Wehe sein?

Im Flur rumorte Hans durch den Garderobenschrank. »Wo habe ich denn nur meinen Schal hingelegt?«, fragte er, schon in Frack und Mantel.

Vicki erhob sich seufzend von der Couch und ging schwerfällig zu ihm. Sie überblickte das Durcheinander, das Hans in der Schublade angerichtet hatte, prüfte den Boden, fand den Schal schließlich an einem der Bügel und band ihrem Mann das gute Stück um den Hals. Der Winter war teuflisch gewesen. Kein Brennmaterial, keine warme Kleidung zu bekommen. Wochenlang war sie herumgelaufen, um eine Babyausstattung zu ergattern. Vergeblich. Sie dachte schon, sie müsste das Kindchen in Papier hüllen, bis der Postbote unerwartet ein großes Paket aus Wien brachte. Ihr Vater hatte offenbar die große Wäschetruhe ausgeräumt und Vickis eigene Säuglingsausstattung geschickt. *Ein Schatz, von dem sie überhaupt nicht gewusst hatte, dass er noch existierte: Weiche Wolle und Batist, gestrickte Jäckchen und Höschen und sogar die dicken wattierten Tücher und die Bänder, mit denen man sie gewickelt hatte, gänzlich aus der Mode und schon seit Langem für unhygienisch erklärt.* Dazu zwei dicke Wollschals, Mützen und Handschuhe für die werdenden Eltern.

Hans legte ihr zum Abschied die Hände auf den runden, harten Bauch, als grüßte er das Kindchen darin. Sein Blick war ganz konzentriert. Wahrscheinlich hörte er im Kopf schon die Symphonie.

»Ich wünsche dir viel Erfolg heute Abend«, sagte sie und er küsste sie flüchtig auf die Stirn, bedankte sich, zog den Schal fester um den Hals und öffnete die Tür. »Und du ruh' dich aus.«

»Das werde ich.«

Kaum hatte Hans das Haus verlassen ließ sie nach der Hebamme schicken. Die würde sich gleich auf den Weg machen. Vicki ging in die Küche, legte die trockenen Erbsen in Wasser, holte die Kartoffeln und begann zu schälen. Morgen würde sie dazu vielleicht nicht in der Lage sein. Die Wehen kamen in unregelmäßigen Abständen und waren nicht so schmerzhaft, wie sie erwartet hatte. Aber das würde wohl noch kommen.

Die Hebamme war eine freundliche ältere Frau. Sie untersuchte Vicki, bestand aber darauf, dass sie noch aufbleiben und herumlaufen sollte. Bis zur Austreibung würde es noch einige Stunden dauern und die Bewegung fördere die Wehentätigkeit. Vicki lief. Alle paar Minuten peitschten ihr die Wehen durch den Leib. Sie lief Kreise durch die Wohnung, atmete und spürte, wie ihr das Kind immer wieder gegen das Becken drückte. Erst als Hans nach Hause kam, durfte sie sich hinlegen, ins Ehebett, das sie vorsorglich mit dicken Stapeln Zeitungspapier ausgelegt hatte. Es hieß, die Druckerschwärze wäre steril und an Lacken war in diesen Zeiten nicht zu kommen. Hans stürzte, so wie er war, in Frack und weißer Weste, an ihr Bett und hielt ihre Hand, ließ sich die ganze Nacht herumstoßen und wartete ganz ruhig auf die Ankunft seines Sohnes, der in der kalten, grauen Dämmerung des neuen Tages das Licht der Welt erblickte.

Wolfgang war ein Segen. Er war der *gierige, langknochige, unsinnig geliebte kleine Mittelpunkt ihrer Welt.* So unglaublich klein und entzückend. Ein Teil von ihr, und gleichzeitig ein eigenständiger Mensch. Die stolze Mutter saß an seiner Wiege, sah ihm zu, wie er schlief, versäumte darüber selbst zu schlafen, obwohl die Geburt ihr einiges abverlangt hatte.

Sie erholte sich nur langsam, war immerzu erschöpft. Kiel hatte sich als nicht sehr segensreich erwiesen. Hans war unzufrieden, die Arbeit nicht sehr fruchtbar. Das Publikum mochte den neuen Konzertmeister nicht. Es sträubte sich gegen die neuen Ideen, die Richard Lert anbrachte. Auch die Bezahlung war jammervoll, die Nachbarn unzugänglich, das Klima fürchterlich, dazu der Krieg und der elende Hunger, der auch den Stärksten müde und teilnahmslos machte.

Der kleine Wolfgang war ein Winterkind, geboren in den letzten Ausläufen des kältesten Kriegswinters, als alle Reserven längst aufgebraucht waren. Was konnte man einem solchen Kind mitgeben? Er war sehr anfällig für Infektionen. Vicki stillte ihn so gut sie konnte, spielte mit dem kleinen Kerl, stand gerne mit ihm am Fenster, von wo er neugierig in die Welt blickte. Wenn sein wüstes Brüllen einsetzte, dann spielte sie ihm auf dem Klavier Mozart vor. Er hörte sofort zu weinen auf und horchte unendlich gespannt mit weit aufgerissenen Augen.

Nach dem Mittagessen packte sie Wolfgang mit seiner dicken Daunendecke für einen Spaziergang in den Kinderwagen.

»Liesbeth, ich mache mich jetzt auf den Weg«, rief sie dem Dienstmädchen zu, das eilfertig aus der Küche kam, wo sie versuchte, aus den Resten der Lebensmittelzuteilung eine halbwegs ansprechende Mahlzeit zu kochen. Zusammen trugen sie das Monstrum von Kinderwagen die Stufen hinunter.

Die feuchte, düstere Wohnung verließ Vicki mit einer gewissen Erleichterung. Wie glücklich sie in Darmstadt gewesen waren, spürten sie in Kiel besonders deutlich. Land und Leute blieben fremd. Keine *Weinberge, keine Apfelbäume oder Kornfelder*. Vicki vermisste den alten Dom und natürlich die Freunde. Auch Hans. Er war den ganzen Tag außer Haus. Nur das Wetter stimmte sie dieser Tage etwas versöhnlich. Draußen war der Frühling bereits dabei in den Sommer zu gleiten. Die Werftarbeiter hatten ihre Streiks beendet, doch der Konflikt schwelte unter der Oberfläche weiter. An Zahltagen zogen noch immer Maschinengewehrkolonnen an den Straßenecken auf. Zur Sicherheit.

Vicki ging nach Norden. Sie wollte zum *Kleinen Kiel*, an der weiten Stille des Sees ihre Nerven entspannen. Die Kopfschmerzen waren fast ein Dauerleiden geworden und die drückende Stimmung hob sich nur, wenn sie sich mit ganzem Herzen Wolfgang widmete. Trotzdem fühlte sie sich wie eine Maus in der Falle. Natürlich liebte sie ihr Kind. Es war zauberhaft und brachte ihr Herz zum Platzen. Aber gleichzeitig war ihr Leben von Langeweile überschattet. Die heitere Ruhe der Schwangerschaft hatte sich in Luft aufgelöst. Jetzt war ihr Kopf so leer wie der Bauch und die immer gleichen Tage. Ein erbärmlicher Zustand, an dem sie litt, und aus dem es kein Entrinnen gab.

Sie erreichte das Wasser, atmete tief ein. Die Möwen zogen kreischend ihre Kreise. Eine Frau konnte nicht beides haben: Kunst und Kind. Das schloss sich gegenseitig aus. Sie hatte sich mit Freude für das Kind entschieden. Der Wunsch Mutter zu werden, auf den sie lange nicht gesetzt hatte, war am Ende doch sehr deutlich zu Tage getreten, hatte ihr ganzes Sein durchdrungen. Sie hätte alles dafür gegeben. Es war nicht die Musik, die ihr fehlte. Ihre Karriere als Musikerin hatte sie freudig aufgegeben. Sie war der Harfe längst überdrüssig geworden und hatte sie gerne verkauft. Das Geld lag nun als Notgroschen auf der Bank, denn nach der kurzen Kieler Spielzeit gab es einen langen Kieler Sommer und in dem würde der Herr Kapellmeister keine Gage bekommen. Sie war eine gute Harfenistin gewesen, hatte Herausforderungen gesucht, sich mit Musikern ausgetauscht – Bruno Walter wollte sie sogar in München haben. Herrlich kam ihr das jetzt vor. Sie war auch eine gute Partnerin. Eine Kameradin für ihren Mann, der sich mit ihr austauschen, sie manchmal sogar um Rat fragen mochte. Jetzt war sie nur noch Ehefrau und Mutter und das allein machte sie nicht glücklich. Sie brauchte eine Aufgabe.

Im Laufe der Monate fand Vicki sich in dieser geschrumpften Welt immer schlechter zurecht. Sie hatte zuweilen das Gefühl zu ersticken – eindeutig ein Zeichen ihrer fortschreitenden Neurosen. Wenn sie dann endlich am See stand und die salzige Luft in sich einsog, dann ging es ihr wieder für eine Weile besser.

Wolfgang war längst eingeschlafen. Sie lief weiter, ließ den Wind Haarsträhnen aus ihrer Frisur reißen und tat, als wäre sie frei und jung und stark und geliebt, ehe sie wieder zurückmusste in die Realität, von der sie nicht wusste, wie sie sie ändern sollte.

Dann ergab sich ein Ausweg. Hans hatte eine Einladung nach Hannover. Er sollte dort einen Monat lang als Gast dirigieren. Wenn alles gut lief, würden sie ihm eine Stellung anbieten. Dann wäre die nächste Sprosse erreicht. Sie würden nach Hannover ziehen. Raus aus Kiel. Zu schön, um wahr zu sein.

Vicki packte ihm seinen kleinen fleckigen Lederkoffer, eine Aufgabe, die sie sehr gerne übernahm. Hans, der immer so stabil und verlässlich wirkte, hatte sich im Zusammenleben als fürchterlich zerstreut erwiesen. Mit dem Kopf immer bei der Musik und nie bei den alltäglichen Dingen, den kleinen Aufgaben. Nie beim Milchholen oder beim Smalltalk in Gesellschaft. Nie beim Kofferpacken. Nie da, wo sie gerade war. Würde sie ihn mit dem Koffer alleine lassen, wären am Ende nur Partituren drin, aber keine Socken. Sie sah es vor sich: Richard Lert, sockenlos und in Straßenanzug auf dem Podium. Er würde es nicht einmal merken, aber die Zuschauer würde sich das Maul zerreißen.

»Wirst du Arthur Nikisch treffen?«

»Ich denke schon. Er hat mich für die Stelle empfohlen. Ich hoffe, dass er aus Berlin anreist.«

»Das wäre fein.« Vicki legte sein Jackett zur Seite. Sie würde den losen Knopf noch annähen, ehe sie es einpackte.

»Er hat bei seinen Gastspielen in Hannover schon eine Menge erreicht. Eine unglaubliche Intuition und eine Klangweite. Das Publikum hat das angenommen. Das lässt hoffen«, sann Hans.

»Besser als die Kieler werden sie allemal sein.«

Zum Abendbrot hatte das Dienstmädchen Labskaus gemacht. Ein Gespräch wollte nicht so recht in Gang kommen, obwohl Hans wegen des bevorstehenden Abschieds auf die übliche Lektüre bei Tisch verzichtete. Manchmal dachte sie, er ernährte sich genauso von der Musik, wie von den spärlichen Mahlzeiten. Sie gönnte ihm diese Flucht aus der Realität. Wie gerne würde sie mit ihm fliehen.

Aber in Kiel setzte sich die triste Zeit einstweilen fort, nun auch noch ihres abendlichen Lichtblicks entzogen. Wenn Wolfgang in seinem Bettchen lag, saß Vicki noch eine Weile an seinem Bett und bestaunte den Kleinen. Die breite Stirn, die kleine Nase, die Oberlippe, die sich im Schlaf leicht kräuselte. Plötzlich verzog er den Mund, als hätte er etwas Bitteres geschmeckt. Irgendwann dann, wenn die Dunkelheit heraufgezogen war, ließ sie sich an ihrem kleinen Schreibtisch nieder und setzte ihre Gespräche mit den fernen Freunden fort. Sie schrieb Briefe nach Wien, nach Darmstadt, Kleiber war mittlerweile in Posen gelandet, Oppenheimer bereitete seine Abreise nach Halle vor. Keine Briefe mehr an Armin Wassermann, denn er war in diesem unsäglichen Krieg zu Tode gekommen. Dabei sah sie den schwärmerischen Knaben noch genau vor sich, wie er Heine rezitierte und lustig in den Armen eines süßen Ballettmädchens lag. Vom Krieg verschlungen.

Nach Berlin schrieb sie auch, denn nach längerem Schweigen hatte sich der Kontakt zu Max Prels wieder eingestellt.

»Sehr geehrter Herr Redakteur«, schrieb sie ihm etwa, »herzlichen Dank für Deinen Brief vom 28. August. Er hat mir den Tag, hier im lausigen Kiel, wieder sehr erhellt. Mir geht es so gut, wie es einer jungen Mutter inmitten dieses unendlichen Krieges nur gehen kann. Das Pauxerl entwickelt sich fein und ist schon ein strammer kleiner Bursche. Der Generalmusikdirektor Lert befindet sich derzeit auf einem Gastspiel in Hannover, wo – Du hast es vermutlich bereits der Zeitung entnommen –, das Theater kurz nach seiner Ankunft in Flammen aufging. Jetzt wartet er vor Ort auf die nächste Gelegenheit, sein feuriges Talent unter Beweis zu stellen. Meine Tage macht das umso eintöniger. Darum lese ich mit Freuden von Deiner Zeit in Berlin und schwelge gerne mit Dir in Erinnerungen an das gute, alte, vermoderte Wien. Nur in Deinen Geldangelegenheiten kann ich Dir im Moment nicht weiterhelfen. Wir müssen selbst hart knapsen, um uns über die Runden zu bringen. Du weißt ja selbst, wie alles aus den Fugen gerät.«

Seine Antwort ließ nicht lange auf sich warten: »Liebe Vicki«, hieß es da, »es fragt ein alter Freund Dich um einen Zehner, und Du gibst ihm eine Abfuhr, weil Du pleite bist? Ich bin bestürzt! Nicht so sehr, weil Du eine alte Tradition versaust, sondern weil ich es kaum ertrage, Dich in finanziellen Schwierigkeiten zu wissen. Ich habe mich gleich beeilt, Dir zu schreiben, denn ich denke, in der langen Geschichte der gegenseitigen Hilfeleistungen, die – wollen wir mal ehrlich sein –, eher von Darmstadt nach Wien und von Kiel nach Berlin floss als umgekehrt, kann ich nun endlich einen Trumpf ausspielen. Wie Du weißt, sucht der Ullstein Verlag unentwegt nach neuen Romanstoffen. Keine hochgeistige Literatur, sondern die anständigen Unterhaltungsromane, die Du an den berühmten Ullstein-Bücherkarren an jedem Bahnhof kaufen kannst. *Ich weiß noch, dass Du einmal einen Roman angefangen hast, der im Wiener Konservatorium spielt. Hast Du den noch? Hast Du ihn fertiggeschrieben? Schick mir das Manuskript auf jeden Fall, vielleicht kann ich Dir, auch wenn er noch unvollendet ist, darauf einen Vertrag verschaffen.* Lass es mich versuchen. Am Ende bekommst Du einen ganzen Batzen Geld und kannst mir aus meiner momentanen Klemme heraushelfen.«

Vicki ließ diesen Brief ein paar Tage liegen und dachte darüber nach, ob das, was sie damals angefangen hatte, tatsächlich vorzeigbar war. Sie durchstöberte den Flurschrank mit den alten Hutschachteln und Schubfächern und fand schließlich eine stattliche Anzahl loser Blätter, auf denen sich die Fragmente ihres frühen Romanversuchs befanden. Von einem Manuskript konnte man kaum sprechen. Sie sortierte, was sie hatte auf dem Fußboden, brachte alles in eine sinnvolle Reihenfolge und las ein paar Seiten. Ließ sich daraus etwas machen?

Hans war noch nicht aus Hannover zurück, die Zukunft blieb ungewiss, die Tage einsam. Was gab es Schöneres, als sich in die Rolle der Schriftstellerin zu träumen: Vicki Baum, eine Frau der Tat, die ihr Leben wieder in Händen hielt, die einen Roman schrieb, etwas Geld verdiente und dieser elenden Stadt den Rücken kehrte. Nach Hannover oder sonst wohin, jedenfalls weg.

So verbrachte sie die folgenden Abende. Wenn Wolfgang schlief, nahm sie die Seiten vor, las, sortierte, was da war und versetzte sich in einer Art Trancezustand zurück in ihre frühen

Jahre am Konservatorium. Sie sah die längst vergessenen Gestalten, Mitschülerinnen, Lehrkräfte, Assistenten und brachte sie in Bewegung. Und dann schrieb sie auf, was sie vor sich sah: eine Geschichte von Mädchenfreundschaft und zarter Liebe, von Oper und Gesangsstunden, von Leben und bitterem Tod. Das Schreiben fiel ihr leicht. Die Geschichten kamen wie von selbst. Sie brauchte nicht mehr als ein paar Wochen, dann schickte sie das fertige Manuskript an Max nach Berlin.

Er antwortete umgehend. Ullstein schluckte das Gesellenstück und schickte ihr fünfhundert Mark. Sie teilte das Geld, wie versprochen redlich mit Max und nutzte ihren neuen Reichtum unverzüglich. Klare Verhältnisse mussten her, also ließ sie kurzerhand die Einrichtung aus der Wohnung verpacken, schnappte sich den kleinen Wolfgang, kaufte sich ein Zugbillet und fuhr nach Hannover. Sie mochte nicht mehr ohne Hans leben und nicht mehr in Kiel.

Die Fahrt war anstrengend und dauerte den ganzen Tag. Vier Mal musste sie umsteigen, aber sie war froh und aufgeregt, dass sie nur freundliche Menschen wahrnahm. Das war nicht schwer, wenn man einen kleinen Kerl wie Wolfgang dabeihatte. »Entzückend, Ihr Kleiner.«

»Ein ganz prachtvoller Bursche. Er macht Ihnen sicher viel Freude.«

Offensichtlich sah man im heraufziehenden vierten Kriegswinter nicht sehr oft Mütter mit kleinen Kindern in der Eisenbahn quer durchs Land fahren. Auch am Theater sah man sie selten. Fast hätte der Gastdirigent Richard Lert Frau und Sohn nicht erkannt, als er in der Dämmerung den Seiteneingang erreichte.

»Aber? Ist es denn möglich?«, stammelte er und war ganz blass geworden. Ohne Umschweife nahm er das Kind aus seinem Körbchen und drückte es an sich.

»Wir haben es nicht mehr ausgehalten ohne dich«, sagte Vicki. »Bist' doch nicht böse?«

»Nein, ich ... «, er brach ab. »Jetzt müsst ihr erst einmal nach Hause. Also, auf mein Zimmer, denn eine Wohnung kann ich auf die Schnelle nicht finden.«

Ein Scherz, das war gut. Die Überraschung war ihr also gelungen. Folgsam ging Vicki in die Pension, wo die Wirtin in große Aufregung geriet und ihre Töchter durch die Gegend scheuchte, das Nötigste fürs Kind zu besorgen. Hans kam direkt nach dem Konzert.

»Da seid ihr also«, sagte er, noch immer ganz perplex.

»Ich weiß, so war es nicht geplant«, gab Vicki zu, »aber der Gedanke noch einen Winter in Kiel bleiben zu müssen, das habe ich einfach nicht ausgehalten. Die Unruhen gehen wieder los. Ich hatte wirklich das Gefühl, jetzt oder nie.«

»Na, da wollen wir mal hoffen, dass die Musikdirektion genauso optimistisch ist, wie du«, sagte er und hielt sie eine ganze Weile in seinen Armen.

IV

Am nächsten Morgen machten sie sich an die Arbeit. Während Hans zum Theater ging, um die Vertragsangelegenheiten voranzutreiben, eröffnete Vicki die Suche nach einer passenden Wohnung. Die Hauswirtin, Frau Kalker, eine Kriegswitwe mit drei fast erwachsenen Kindern, war eine patente Frau, die sich der gestrandeten Familie gleich annahm. Ihre Töchter, Veralore und Emma, konnten gar nicht genug vom kleinen Wolfgang bekommen. Sie sangen ihm vor und wiegten ihn, zeigten ihm das Licht- und Schattenspiel der Bäume vor dem Fenster.

»Das schaffen wir«, sagte Frau Kalker, als Vicki ihr das trübe Kiel in dunklen Farben geschildert hatte. »Sie fahren mir nicht mehr dahin zurück.«

Und so ging es los. Frau Kalker schickte sie zu ihrer Schwester, die sie wiederum zu ihrem Schwiegervater begleitete und der wusste tatsächlich von einer freien Wohnung, die kurzfristig gemietet werden konnte. Als Hans vom Theater zurückkam, konnte sie schon mit einer begründeten Hoffnung aufwarten.

In den Tagen des glücklichen Wiedersehens stellte Hans nie die Frage, woher sie das Geld für den abrupten Umzug genommen hatte. Über so etwas machte er sich einfach keine Gedanken. Auch Vicki schwieg. Nicht aus böser Absicht. Sie wartete auf eine passende Gelegenheit, und als diese nicht kam, da war über die Sache schon so lange geschwiegen worden, dass es ihr albern vorkam, noch einmal davon anzufangen. Sie wollte dem Schreiben keine allzu große Bedeutung beimessen. Was war es denn schon? Eine kleine dumme Geschichte über zwei junge Gesangsschülerinnen, die sich in ihren Lehrer verlieben. Zwei Mädchen von ganz unterschiedlichem Temperament und Charakter, die an diesem ersten Aufbranden der Leidenschaft auf ganz unterschiedliche Weise litten.

Das Leben änderte sich 1919. Der Krieg war vorbei. Was danach kommen würde, wusste niemand. Die Demokratie nutzte Strukturen und den weit verbreiteten Wunsch nach Ruhe und Normalität für sich, aber der Sozialismus sah, in Streiks und Straßenkämpfen seine historische Chance. Auf der anderen Seite marschierten die Militaristen, verbündeten sich mit den Demokraten gegen die »rote Gefahr« und irgendwelche ominösen Vaterlandsverräter. Einstweilen regierte Friedrich Ebert mit seinen Sozialdemokraten und den bürgerlichen Parteien, so wie das Volk es bei den Wahlen zur Nationalversammlung beschlossen hatte. Sie beendeten den Krieg, verhandelten mit den Siegern und versuchten den Sauhaufen, den die Monarchie zurückgelassen hatte zu einem lebensfähigen Gefüge zusammenzufügen.

Für die politischen Ereignisse, auf die sie ja ohnehin keinen Einfluss hatte, interessierte sich Vicki nicht sehr. Sie war heilfroh, dass der Krieg beendet war und keine weiteren Freunde in seinen Abgrund reißen konnte. Nun sollte sich endlich alles normalisieren, damit ein vernünftiger Mensch wieder seinem Leben nachgehen konnte ohne zu verhungern. Natürlich begrüßte sie den Aufbruch in den Frieden, zur Demokratie, am schönsten aber war der geistige Aufbruch. Im Kulturleben herrschte ein frischer Wind. Die Zensur war abgeschafft. In Kunst, Literatur und Musik kamen neue Themen auf. Man durfte etwas wagen. Die Möglichkeiten waren unbeschränkt. Das Königliche Opernhaus in Hannover war nun staatlich und sollte demnächst städtisch werden. Das Publikum zeigte sich interessiert und aufgeschlossen. Es war bereit, Neues zu erleben.

Zum Mittagessen gab es Suppe. Wie so oft. Sie dampfte verheißungsvoll würzig aus der Schüssel heraus. Der Magen schlug vor Hunger schon Purzelbäume. Wolfgang wollte gleich seine neugierigen Hände danach ausstrecken, aber er zügelte sich. Blieb ruhig sitzen, bis auch der Herr Papa mit leicht zerzausten Haaren aus dem Musikzimmer herüberkam.

»Das riecht köstlich«, sagte Hans, als er sich niedersetzte.

»Geröstete Grießsuppe mit Möhren.« Vicki füllte seinen Teller, dann Wolfgangs, dann ihren. Sie reichte das Brot herum und verbiss sich die Litanei zur schlechten Lebensmittelversorgung. Es war sogar noch schlimmer als während des Krieges, auch wenn sich das damals keiner hätte vorstellen können. Was diese Möhren sie gekostet hatten, nicht allein an Geld, auch an Aufwand. Jeden Tag stand sie stundenlang beim Laden an für Reste, die sie früher nicht einmal zubereitet hätte. All das sagte sie nicht, weil sie Hans nicht mit so profanen Alltagssorgen belasten mochte. Ließen sie sich nicht verbergen, machte er ein betrübtes Gesicht, seufzte schwer und versuchte schlimmstenfalls selbst eine Lösung zu finden. Das konnte sie nicht leiden. Was sollte er auch tun. Das Essen auf den Tisch zu bringen, das war Aufgabe der Frau. Ihre Aufgabe.

Der Mann sorgte für das Geld, das dieses Essen kostete und das war dieser Tage schwerer denn je. Die Währung spielte verrückt. Die Milch kostete fünfmal so viel wie im Herbst, das Brot, das Fleisch, alles wurde teurer, wenn es denn überhaupt mal was zu kaufen gab.

»Sieh mal Papa, ein Spatz!«, Wolfgang ließ klappernd seinen Löffel aufs Tischtuch fallen und zeigte wild wedelnd aufs Fenster.

»Ja, Bübchen, ein Spatz ist da«, Hans lächelte seinem Sohn zu.

»Darf ich ihm ein paar Krümel bringen?«, fragte dieser und machte hoffnungsvolle Augen.

Vicki gefiel das. Wolfgang war erst drei, hatte aber trotz seines Hungers einen Blick für die kleinen Freuden.

»Mach das nach dem Essen«, sagte Hans.

Wolfgang nahm seinen Löffel wieder auf und mampfte

zufrieden weiter. Hans hatte offenbar gute Laune, war sehr aufmerksam und unterhielt sich mit dem Kind. Ob sie ihm vielleicht jetzt die *Vossische* zeigen sollte? Sie zögerte, denn sie war einigermaßen stolz auf diese Leistung und wollte sich die Freude nicht durch vorschnelles Herausplatzen verderben.

Hans hatte sich dem Kind ganz zugewandt: »Hast du denn schon ein paar Mauersegler gesehen?«

Wolfgang dachte nach und legte dazu tatsächlich die Hand ans Kinn. Vicki lächelte unwillkürlich. Wie oft hatte sie Hans so dasitzen sehen, wenn er über seinen Notenblättern grübelte.

»Nein, aber Mama hat mir gestern eine Stärkeschwalbe gezeigt.«

»Eine was?«

Wolfgang sah seine Mutter hilfesuchend an.

»Stärkeschwalbe?«

Vicki lachte. »Das war eine Mehlschwalbe, Schätzchen.«

Hans lachte und Wolfgang stimmte ein.

»Na, das kann man ja mal verwechseln.«

Jetzt schien ein guter Moment. Vicki stand auf, holte die Zeitung und legte sie neben Hans auf den Tisch. »Ich möchte dir etwas zeigen.«

Sie hielt vor Spannung die Luft an.

»Was ist das?«, fragte er. »Gibt es einen Artikel über den Anschlag auf die Hannoveraner Synagoge?«

Hans blickte kurz auf das Blatt, nicht sehr genau, sah schon wieder weg. Vicki ärgerte sich über sich selbst. Hätte sie vielleicht doch besser bis zum Abend warten sollen?

»Weiß ich nicht. Das hier ist die *Vossische Zeitung*. Sieh doch mal hin«, sagte sie im munteren Tonfall. Noch war nicht alles verloren.

Er schaute erneut auf das Blatt. »Willkürlicher Droschkentarif«, »Die Neuordnung der Kartoffelversorgung«, »Ortswehr in Charlottenburg?« Er blickte sie fragend an, wusste wirklich nicht, was er sich ansehen sollte. Gerade wollte er die Seite wenden.

»Unten«, sagte Vicki.

Und da sah er es: »*Der Eingang zur Bühne*«, las er vor und dann sah er endlich den Namen: »*Roman von Vicki Baum.* «

»Ein Roman?«, fragte er überrascht.

»Ja!«

»Ich gratuliere!«

Sie strahlte. »Es ist ein kleiner Roman, den ich vor ein paar Jahren angefangen hatte. Über das Konservatorium in Wien ...«

Hans hörte aufmerksam zu, niemand achtete auf Wolfgang, der wirklich bemüht war, am Tisch den Anforderungen seiner Eltern gerecht zu werden. Er hatte seinen Teller fast leergegessen, wollte nun den Rest seiner Suppe nicht mit dem Brotstück aufsaugen, weil er wusste, dass seine Mutter das nicht gerne sah. Also hob er den Teller hinten an und da geschah das Unglück. Der Teller rutschte vorne über die Tischkante und die Suppe, nicht mehr brühend, aber doch noch unangenehm heiß, lief ihm vorne aufs Hemd. Er ließ sich nach hinten fallen, der Teller fiel scheppernd herunter. Zum Glück zerbrach er nicht. Aber Wolfgang, dem der Schreck in die Glieder fuhr, fing augenblicklich an zu weinen.

»Ach Bübchen«, Vicki war sofort zur Stelle. »Was ist denn da passiert?«

Sie nahm den Kleinen auf den Arm, während Frieda, das Mädchen, gelaufen kam und die Suppenreste vom Boden wischte. Hans hatte sich wieder seinem Teller zugewandt, ließ sich von Frieda noch etwas Suppe auftun und aß, während Vicki Wolfgang ins andere Zimmer trug und ihm das Hemdchen auszog. Sie schluckte bitter an der Enttäuschung. Ein bisschen mehr hätte sie gerne erzählt von ihrem Roman, aber offensichtlich war sie dazu verdammt, Geschichten zu veröffentlichen, die nicht die gewünschte Resonanz fanden. Von den *Frühen Schatten* hatte sie auch nie wieder etwas gehört.

Sie seufzte. Wolfgang hatte sich wieder erholt. Sein Bäuchlein war zum Glück unbeschadet davongekommen. Jetzt nur nicht

Trübsal blasen, ermahnte sie sich. Schließlich war es bloß ein dummer kleiner Roman. Von einer Frau für Frauen geschrieben. Damit konnte ein Mann verständlicherweise wenig anfangen. Auch wenn er immerhin ein wenig Geld eingebracht hatte. Geld, das sie durchaus gut gebrauchen konnten.

Sie kitzelte Wolfgang ein bisschen und freute sich an seinem Lachen. Wo sie ihn gerade mal hier hatte, legte sie ihn gleich zum Mittagsschlaf ins Bett. Mit gestrafften Schultern kehrte sie an den Mittagstisch zurück. Hans war fast fertig mit seiner Mahlzeit. Sie aß noch ein paar Löffel ihrer Suppe und kaute am Brot und an der Enttäuschung, die sie sich nicht eingestehen wollte.

»Ich treffe mich heute mit diesem jungen Mann aus Göttingen. Wir sprechen über die Händel-Oper. Hast du sie dir schon angesehen?«

»Ja«, sagte Vicki freundlich. »Es ist ein sehr interessantes Stück.«

»Ich denke, man könnte Händel ganz modern machen.«

Hans entdeckte gerade den spätbarocken Komponisten Georg Friedrich Händel für sich. Im Sommer sollte es in Göttingen die ersten Händelfestspiele geben. Oskar Hagen arbeitete mit dem jungen Regisseur Hanns Niedecken-Gebhard zusammen an einer fantastischen Inszenierung. Dem fast vergessenen Meister würde Hans gerne zur Renaissance verhelfen. Er dachte über eine Inszenierung in Hannover nach. Ganz zeitgenössisch. Vicki gefiel das, die Vielfalt, der Reichtum an Möglichkeiten.

Auch Vicki wollte experimentieren, neue Ausdrucksformen entdecken. Als Hans fort war, setzte sie sich an ihren Schreibtisch. Ihr schlichter Tisch stand in einer ruhigen Ecke, denn nur mit Blick auf die leere Wand fand sie die Konzentration zur Arbeit. Sie nahm ein neues Blatt zur Hand.

Der Ullstein Verlag hatte ihr weitaus enthusiastischer zur ersten Veröffentlichung gratuliert. Man erkundigte sich nach weiteren Arbeiten, wollte, dass sie gleich einen weiteren Roman schrieb, einen wie *Der Eingang zur Bühne*. Das durfte man sich ruhig als Lob anheften. Vicki dachte an eine Geschichte aus dem Opernmilieu. Ihre Hauptfigur sollte eine kleine Tänzerin sein, ein Ballettmädchen, wie ihr in Wien, Darmstadt, Kiel und Hannover schon so viele begegnet waren.

V

Das Abendkleid hing ordentlich auf seinem Kleiderbügel. Vicki hatte es noch nicht in den Schrank zurückgehängt. Sie fuhr mit der Hand über das dunkel schimmernde Grün. Der seidige Stoff war eines der Glanzstücke ihrer Garderobe. Den kläglichen Rest hatte der Krieg aufgerieben.

Heute trug sie dunkelblau, so wie jeden Tag. Blau, blau, blau sind alle meine Kleider, ging es ihr durch den Kopf. Blau, blau, blau ist alles, was ich trag'. Allerdings nicht, weil sie es so liebte, sondern weil ihr Schatz ein armer Konzertmeister war, in einer verrückten Zeit, in der die Preise immer weiter stiegen und das Gehalt eines angesehenen Mannes zum Leben kaum reicht. Für die Garderobe der vielbeachteten Frau Konzertmeister blieb da jedenfalls kein Pfennig übrig. Vielen ging es so, heutzutage. Erst der Krieg, jetzt die Demokratie, wenn nicht gerade wieder irgendwo geputscht wurde oder was sich die Machtgierigen noch alles einfallen ließen.

Da konnte froh sein, wer, wie sie, einen begabten Mann hatte, der mit seinem Talent die Herzen der Menschen zu öffnen verstand. Denn dann tat sich vielleicht eine ältere Dame hervor, eine wie die gute Frau Lenzberg, die unmerklich ihre schwarze Witwentracht durch dunkelblaue ersetzt hatte, damit sie die abgelegten, dunkelblauen Roben der letzten Saison an Frau Lert verschenken konnte. Vicki nähte daraus Kleider für sich und die Kinder. Wolfgangs Matrosenanzug war fast gelungen. Nur der Reißverschluss wollte sich nicht gerade halten. Für die eigenen Kleider verwendete sie einfache Schnittmuster. An der Nähnadel war sie nie die große Virtuosin gewesen und wer brauchte in diesen Zeiten schon aufwändige Entwürfe – zumal, wenn noch ein letzter Rest Garderobe aus der glanzvollen Vorkriegszeit übrig war – wie dieses grüne Abendkleid, das sie gestern in der Oper getragen hatte.

Auf Zehenspitzen schlich Vicki aus dem Schlafzimmer. Die Tür ließ sie einen Spalt breit offen, denn der kleine Peter hielt dort in seiner Wiege ein Vormittagsschläfchen. Sie ging in die Küche. Hans war schon im Theater, wo der Skandal des gestrigen Abends besprochen werden sollte.

Sie holte die Emaille-Schüssel mit den Kartoffeln aus der Kammer und begann mit dem Schälen. Frieda war mit Wolfgang beim Einkaufen, das bedeutete Anstehen vor den Läden, und am Ende brachte man nur einen fleckigen Blumenkohl und drei Eier nach Hause. Als wäre der Krieg nie zu Ende gegangen. Sie suchte sich die besten Exemplare aus der Schüssel.

Hans hatte in den letzten Monaten alles für die Oper gegeben. Wollte sich beweisen als Interimsintendant. Proben, Diskussionen, Budget hier, Bühnenbild da. Zu Hause hatte sie ihn kaum gesehen, aber er war glücklich, freute sich, dass man am Theater etwas wagen wollte, dass er etwas wagen durfte. Nicht nur eine Oper, die ja schon ewig nicht mehr auf dem Plan gestanden hatte, sondern eine moderne, eine zeitgenössische Oper.

Er hatte die *Prinzessin Girnara* des Schönberg-Schülers Egon Wellesz ausgewählt, ein Märchen über die Macht der Selbstlosigkeit. Sehr modern, etwas kantig vielleicht. Aber es ließ Raum für spannende Experimente: Keine Melodien oder thematischen Motive, Stimmung und Illustration sollten allein durch Harmonien und Timbre erstehen. Dazu ein Klangteppich, der Vicki jedes Mal direkt in die Eingeweide fuhr. Es quiekte und grunzte, schabte und klirrte. Erstaunlich, was das Orchester da produzierte.

Jakob Wassermann hatte das Libretto verfasst und Hans hatte es auf die Bühne gebracht. *Eine Leistung, durch die nach langem Dornröschenschlaf sich die hannoversche Oper Ansehen im Reich erwarb*, hieß es in der überregionalen Presse. Das örtliche Publikum sah es leider anders.

Die Kartoffeln waren fertig, Vicki füllte sie in einen Topf mit

Wasser und stellte ihn auf den Herd. Frieda sollte Heringe mitbringen oder Sülze, was es eben gab.

Die Premiere war natürlich ausverkauft gewesen. Das hatte sich das Hannoveraner Publikum nicht nehmen lassen. Alles sah gut aus – ein rauschendes Fest. Ganz progressiv und ungewöhnlich. Aber am nächsten Tag hagelte es Kritik in der Presse: *Ein Monstrum an Scheußlichkeit und Langeweile*, hieß es da, und das man sich solche Angriffe auf Künstlerschaft und Publikum zukünftig verbäte.

Als sie das am nächsten Morgen gelesen hatte, dachte sie sich nichts weiter dabei. Dieser Hohlkopf von einem Kritiker würde eine gute Oper nicht erkennen, selbst wenn sie seinem eigenen Kopf entspränge. Immer das Alte muss es sein, *Lohengrin* oder *Don Giovanni*, auf die immer gleiche Weise interpretiert, sonst konnte der Bildungsbürger seinen Sermon ja nicht darüber ausgießen. Vicki hielt sich an das Lob in den großen Zeitungen und Hans kümmerte weder das eine noch das andere. In seiner Welt gab es keine schlechten Kritiken, nur Harmonien und Herausforderungen.

Aber nach der zweiten Aufführung hatten sich tatsächlich Menschen eingefunden, die vor dem Theater gegen das Stück demonstrierten. Dass sich überhaupt jemand dafür hergab! Und dann noch gegen ihren Mann, der so unpolitisch war, wie eine Schüssel Erdbeeren mit Sahne. Diese Schreihälse, die kamen ja nicht wegen der Oper, nicht wegen der Dissonanzen und der künstlerischen Neuschöpfung. Die kamen aus politischer Überzeugung, die hatten was gegen Richard Lert und Jakob Wassermann. Die fluchten und hetzten, als hätte man ihnen etwas weggenommen. Es war lächerlich, doch es hinterließ einen bitteren Geschmack. Denn was sich da losriss, war ein Schrei gekränkten Deutschtums. Der wandte sich nicht gegen die Experimente des getauften Christen Lert, er richtete sich gegen den dreckigen Juden Hannes Löw, der sich als Volldeutscher ausgegeben hatte. Antisemitische Blätter geiferten mit infamen

Beleidigungen. Der Gipfel war dann aber gestern erreicht, als eine Frau in weißer Bluse und ausladendem Hut mitten in der laufenden Vorstellung hinein »Raus mit Lert!« brüllte. Zuerst war Vicki wie erstarrt gewesen, hatte sich gefragt, ob sie das wirklich gerade gehört hatte. Doch die Frau rief immer weiter, bis sie endlich hinausgeführt wurde. Eine ganz unscheinbare Person war das gewesen, jung, hätte durchaus eine Schülerin am Konservatorium sein können. Die Vorstellung war nach der Unterbrechung weitergegangen, aber wahrscheinlich würde Willy Grunwald das Stück bald absetzen.

Und Hans? Der tat weiter so, als wäre nichts geschehen. Er wollte nicht darüber reden, jedenfalls nicht mit ihr. Sprach sie darüber, sah er sie nur an, mit so einem verwunderten Blick in den Augen. Als würde es sie nichts angehen.

»Die beruhigen sich auch wieder«, sagte er dann oder »Das Neue braucht seine Zeit, sich durchzusetzen.«

Als ginge es hierbei um die Komposition und nicht darum, dass er diesen Personen ein Dorn im Auge ist. Die Entwicklung dahinter sah er nicht. Warum hatte er die Stelle als Intendant nicht bekommen? Er war hier, er war gut, er brachte das Theater voran und scheute keine Mühe. Die Festspiele waren auf dem Weg, ein Erfolg zu werden. Händel war nicht nur wiederentdeckt, er wurde geradezu kulthaft verehrt. Hans' Arbeit fand anklang, die Kritiken waren gut, und doch holte man lieber Willy Grunwald nach Hannover. Da hatte auch die Fürsprache von Eugen d'Albert und Arthur Nikisch nichts genutzt. Er durfte lediglich eine Weile als Interimsintendant herumprobieren. Mehr nicht.

Und was sagte er dazu? Seine Arbeit richte sich zu sehr auf die zeitgenössische Musik, das gefiel nun einmal nicht jedem. Für die Familie hieß es, auch in Hannover würden sie nicht weiterkommen und das machte Vicki wütend, und dass Hans nicht wütend war, trieb einen Keil zwischen beide. Sie verstand ja, dass er diesen Schutzmechanismus brauchte, aber sie fühlte sich allein mit ihrer Sorge. Früher, in Darmstadt, da hatten sie so viel miteinander gesprochen, auf ihren täglichen Spaziergängen, am Abend nach dem Konzert, in seinem Zimmer, das so verheißungsvoll nach reifen Äpfeln duftete. Das alles war schon so lange vorbei. Manchmal fragte sie sich, ob es diese Zeit wirklich gegeben hatte. Oder hatte sie das vielleicht nur für einen ihrer Romane erfunden?

Die Wohnungstür ging auf. Sofort hörte sie Wolfgang munter plappern und Friedas ruhige Stimme ihm antworten. In den Jahren der Not waren die zwei Frauen längst Komplizinnen geworden, im gemeinsamen Kampf gegen Mangel und Hunger. Sie hörte, wie Wolfgang im Hauseingang brav die Schuhe auszog. Dann stürmte er schon herein.

»Mama!«, rief er und sie ermahnte ihn gleich: »Das Bübchen schläft.«

Er drückte ihre Hand an seine Wange und fing in leiserem Ton nochmal von vorne an: »Mama, wir haben Eier bekommen!«

Inzwischen war auch Frieda hereingekommen und stellte das Einkaufsnetz auf dem Tisch ab. »Sechs Stück«, fügte sie hinzu.

»Ja, sechs«, bestätigte Wolfgang.

Vicki lächelte. »Das habt ihr sehr gut gemacht. Vielleicht backen wir heute Nachmittag einen schönen Kuchen. Was meinst du?«

Der Kleine nickte eifrig. »Das machen wir. Und Papa bekommt ein besonders großes Stück.«

Frieda zog sich die Schürze über und packte die Einkäufe aus. »Wir haben auch Heringe bekommen, gnädige Frau.«

»Sehr schön. Die Kartoffeln kochen schon. Nehmen Sie vom Mehl aus der Kammer ruhig etwas für die Panade. Das wird schon fast ein Festmahl heute.«

Vicki ging mit den Kindern die Treppe hinauf. Die neue Wohnung lag etwas außerhalb, ungünstig an der Hauptstraße, mit einer quietschenden Straßenbahn direkt vor dem Fenster, dafür war sie größer und entsprach besser der Stellung eines Konzertmeisters. Also machten sie wie immer das Beste daraus und ging vor allem viel spazieren. Der kleine Peter, nun schon fast zehn Monate alt, streckte neugierig die Nase aus dem Kinderwagen, als wollte er die Welt nun endlich kennenlernen, bis er irgendwann einschlief mit seinen kleinen Fäustchen neben den roten Bäckchen. Und Wolfgang, mit seinen viereinhalb Jahren, der so herrlich plapperte und auch schon ganz schön viel zu sagen hatte. Auf dem Heimweg versuchten sie ein paar Einkäufe zu erledigen. Stets die Augen offen zu halten hatte sich als günstige Strategie erwiesen und brachte zuweilen mehr ein, als das langwierige Anstehen.

Heute hatten sie ein paar Kleinigkeiten ergattert: eine Tüte Graupen, drei Zwiebeln und – der Schatz dieses Beutezugs – ein kleines Stück Speck. Wolfgang trug es mit einer Achtsamkeit nach oben, die wohl nur Kriegskinder aufbringen konnten. Mit der einen Hand hielt Vicki das schlafende Baby und schloss mit der anderen die Tür auf. Sofort spürte sie, dass etwas nicht stimmte. Hans war da, obwohl gar nicht seine Zeit war.

»Bring die Sachen in die Küche«, sagte sie zu Wolfgang, der am Eingang seine Jacke auszog. Ohne ein Wort zu sagen, nahm er die Tasche hoch und öffnete die Küchentür. Vicki bog ins Schlafzimmer ab, zog Peter das Jäckchen aus und legte ihn ins Gitterbett. Dann ging sie ins Wohnzimmer.

Hans stand am Fenster und schaute in den grauen Oktoberhimmel. Auf ihr Eintreten reagierte er nicht und so nahm Vicki zunächst einmal auf dem Sofa Platz, um ihm etwas Zeit zu geben. Das Schweigen dauerte an, legte sich schwer auf Möbel und Gemüt. Als es schier unerträglich war, fragte sie schließlich: »Hans, was ist passiert?«

Er zuckte zusammen, als merkte er erst jetzt, dass sie im Zimmer war, schaute zu ihr rüber und schwieg weiter. Hilflos oder zornig oder einfach unfähig, in Worte zu fassen, was geschehen war.

»Es ist eskaliert«, sagte er schließlich und drehte sich wieder um. Mit den Händen klammerte er sich ans Fensterbrett.

»Was heißt eskaliert?«

Vicki war verwirrt. Heute Morgen war noch alles in bester Ordnung gewesen. Zugegeben, Hans und Grunwald passten nicht sehr gut zusammen, ständig schwelte irgendein vager Konflikt zwischen ihnen. Aber was konnte ihren sanftmütigen, ausgeglichenen Hans so aus der Fassung bringen?

»Nun, ich denke, ich habe meine Karriere ruiniert«, ganz kläglich tönte Hans' Stimme vom Fenster her und Vicki wagte kaum, zu atmen.

Wie war das möglich? Es war kein Geheimnis, dass Grunwald keinen Sinn für die Oper hatte. Von Anfang war es schwierig gewesen, weil die Theaterfreunde nämlich durchaus Gefallen an der Oper fanden. Die Aufführungen waren besser, moderner und weitaus erfolgreicher als die anderen Stücke, die in Hannover zur Aufführung kamen.

»Grunwald ist ein mieser Charakter«, sagte Hans bitter.

»Ach komm, er ist ein Besessener. Wie du!«, entgegnete Vicki.

»Er ist ein verhinderter Schauspieler, einer, der nicht mehr spielen darf und nun anderen ihren Erfolg neidet.«

Vicki erhob sich nun doch von der Couch und ging auf Hans zu, der ihr noch immer den Rücken zugekehrt am Fenster stand. Sanft berührte sie seine Schulter.

»Ich habe ihn geschlagen«, flüsterte Hans.

Mitten in der Bewegung hielt sie inne und schüttelte unwillkürlich den Kopf. Welch absurde Vorstellung.

»Du hast ihn geschlagen?«

»Ja, ich habe ihm eine Ohrfeige verpasst.«

Ein kleines Lächeln hing Vicki im Mundwinkel. Sie war froh,

dass er es nicht sah. Diese Theaterleute konnten einfach nicht ohne Drama. Jedes Malheur nahm immer gleich komische Dimensionen an.

»Lieber«, seufzte sie. »Und nun?«

Hans drehte sich um, sah ihr in die Augen: »Ich nehme an, sie schmeißen mich raus.«

Das konnte Vicki sich nun nicht vorstellen. Hans war ja nicht irgendwer. Seine Arbeit war ergreifend, sein Publikum schätzte ihn. Vor ein paar Monaten hatte man ihn in Göttingen gefeiert. Wo stände Hannover ohne ihn?

»So schlimm wird es doch sicher nicht werden«, sagte sie, suchte Trost in ihre Stimme zu legen, aber Hans winkte ab. Und er sollte recht behalten.

In den nächsten Wochen bekam die Familie Lert zu spüren, wie unsicher die Existenz eines Kapellmeisters tatsächlich war. Das angesehene Bürgertum wollten nichts mehr von ihnen wissen. Kein Schwätzchen beim Gemüsehändler oder beim Bäcker, man wechselte die Straßenseite, grüßte nicht mehr, ein komisches Gefühl. Als wäre man unsichtbar. Kam Vicki nach Hause, war es nicht besser. Hans stand am Fenster, am Bücherregal, am Flügel, sprach kein Wort und ließ nicht mit sich reden. Oder er lief durchs Zimmer, wie ein Tiger im Käfig. Mit zerfurchter Stirn und Unglück in den Augen.

Jeden Tag sah sich Vicki dieses Trauerbild an. Sie versuchte zu ermuntern, aber Hans schwieg, zu stolz, zu stur, sich auf den Intendanten zuzubewegen und die Sache zu bereinigen. Im Sinne seiner Familie. Und während er schwieg, redeten alle über ihn: in den Kulissen, hinter vorgehaltener Hand und in den Zeitungen. Der Eklat war Stadtgespräch.

Noch immer wusste Vicki nicht, was genau vorgefallen war. Fest stand, es ging nicht um eines der Themen, die Männer üblicherweise gegeneinander aufbrachten: *weder um eine Frau noch um Geld oder Macht.* Wahrscheinlich hatte Grunwald es gewagt, Mozart zu beleidigen. Oder es ging um diese unsäglichen Probenpläne. Hans zog sich immer weiter zurück. In der Stunde der Not suchte er nicht ihren Beistand. Das war bitter. Das Bitterste. Er sah in ihr nur noch die Ehefrau, nicht mehr die Kameradin, mit der man sich beriet. Dabei traf diese unsägliche Ohrfeige ja auch ihr Leben empfindlich. Nicht allein auf sozialer Ebene, auch ganz konkret, im Geldbeutel. Hans war suspendiert. Es kam kein Gehalt rein und die spärlichen Ersparnisse schrumpften. Aus Wochen wurden Monate. 1921 verabschiedete sich mit einem dürren Weihnachtsbaum und einer noch dünneren Gans. Vicki blieb nichts anderes übrig, als in ihrem ganz eigenen Metier nach einer Lösung zu suchen.

Zum Glück hatte sie ihren letzten Roman *Die Tänze der Ina Raffay* gut an Ullstein verkauft, denn mittlerweile lebten sie von diesem Honorar. Aber wie lange würde das noch reichen, wo die Preise durch die Decke gingen?

Hätte sie doch nur früher gewusst, was in diesem Jahr auf sie zukommen würde. Im Januar, kurz nach Peters Geburt, da hätte sie für diesen unwahrscheinlichen Fall vorsorgen können. Damals war Emil Herz überraschend in Hannover erschienen, einer der wichtigsten Männer beim Ullstein Verlag, verantwortlich für das Programm und Leiter der Buchabteilung. Er war gekommen, um über ihre Zukunft zu sprechen.

Beim Gedanken daran musste Vicki schmunzeln. Denn der gute Herz hätte besser angerufen. Sie befand sich im Wochenbett, erholte sich langsam von der schweren Geburt und hatte sich außerdem eine fiebrige Infektion eingefangen. An geschäftlichen Besuchern war sie durchaus nicht interessiert gewesen. Sie schickte ihn fort, aber er glaubte, sie ließe ihn zappeln, und als sie ihn endlich empfing, brachte er neben einen hübschen Strauß gelber Gerbera auch einen Vertrag mit einem sehr ansehnlichen Honorar mit. Er schlich nicht lange um den heißen Brei herum. Natürlich wusste er, dass sie sich bei anderen Verlagen umgesehen hatte, und wollte ihr nun demonstrieren, dass der Ullstein Verlag das einzige Unternehmen war, bei dem sie ihr Talent und ihre Fähigkeiten vollumfänglich entfalten konnte.

»Herr Herz«, hatte Vicki gesagt, »ich habe hier ein Bändchen mit Novellen. Die Deutsche Verlagsanstalt interessiert sich dafür. Es soll *Die andern Tage* heißen. Kennen Sie den Ausdruck?«

Herz schüttelte den Kopf. »Er stammt aus einem Gedicht von Maurice Maeterlinck. Da heißt es – « Vicki wechselte problemlos ins Französische: »*Les autres jours sont déjà las, les autres jours ont peur aussi, les autres jours ne viendront pas, les autres jours mourront aussi, nous aussi nous mourrons ici ...*« (Die andern Tage sind auch müde, die andern Tage sind auch ängstlich, die andern Tage kommen nie, die andern Tage sterben auch, und wir, wir sterben hier.)

Eine Falte furchte auf Herz' Stirn. »Nun, das ist sehr schwermütig, finden Sie nicht?«

»Ich gebe Ihnen ganz und gar recht.« Vicki lächelte ihm offen zu. »Und das allein ist der Grund, warum ich Ihnen das Büchlein nicht angeboten habe. Stellen Sie sich so ein Buch auf dem Ullstein-Bücherkarren vor.« Sie lachte. »Es geht nicht.«

Mit Bedauern gab er ihr recht. An seinen Zielen änderte das allerdings nichts. Er wollte sie trotzdem unter Vertrag nehmen, exklusiv an Ullstein binden, zumindest eine Erstoption auf alle Romane.

Das hatte sie ihm schließlich zugestanden, für die nächsten drei Jahre. Und auch sonst hatte sie sich als sehr geschäftstüchtig erwiesen. Sie verhandelte hart. Für jeden Roman würde sie ein garantiertes Honorar von mindestens 10.000 Mark plus Tantieme erhalten. Die gleiche Summe noch einmal, wenn ihre Texte in einem der Magazine abgedruckt werden sollte. Entschied sich Ullstein gegen eines ihrer Manuskripte, durfte sie es anderweitig anbieten. Vicki hatte sich in den Kopf gesetzt, zukünftig auch anspruchsvollere Romane zu schreiben und dieses Hintertürchen sollte ihr das ermöglichen. *Die andern Tage* würde bei der Deutschen Verlagsanstalt erscheinen und *Die Tänze der Ina Raffay* wollte Herz, wenn möglich, als Fortsetzungsroman in der *Vossischen Zeitung* unterbringen.

Das war der Stand vom Januar. Damals hatte sie natürlich nicht absehen können, wie sich die Lage entwickelte. Jetzt, ein Jahr später, saß sie mit den Vertragsunterlagen an ihrem kleinen Schreibtisch und suchte nach einer Lösung. Sie würde eine finden. Kompromisslosigkeit hin, Beleidigungen her. Hier ging es um die Familie.

Schließlich schrieb sie Ullstein einen Brief und tat etwas, das sie von Herzen hasste: Sie bat um einen Vorschuss. Geld zu bekommen, für eine Arbeit, die sie noch nicht geleistet hatte, missfiel ihr. Es schnürte ihre Kreativität ein und behinderte sie bei der Arbeit. Nicht so sehr allerdings, wie das Loch auf dem Konto und die Angst davor, kein Essen für die Kinder zu haben. Welche Wahl hatte sie also?

Und sie musste sich bei Ullstein sicher nicht verstecken. *Der Eingang zur Bühne* war 150.000 Mal verkauft worden. *Die Tänze der Ina Raffay* war ebenfalls erfolgreich. Die Zeiten waren schlecht. Da waren Nachverhandlungen nicht ungewöhnlich.

Eine Weile zog es sich noch hin, aber Ende März erhielt Vicki Baum von Ullstein einen Vorschuss in Höhe von 60.000 Mark. Eine unglaubliche Summe, wenn sie nicht ausgerechnet im Jahr der galoppierenden Inflation vereinbart worden wäre.

Zu ihrem Glück schaffte es auch Hans irgendwie seine Angelegenheiten zu regeln und – nach einem halben Jahr Suspendierung – in seinen ursprünglichen Vertrag zurückzukehren. Der Konflikt war nicht ausgestanden, er schwelte im Untergrund weiter, aber immerhin schwelte es nun wieder in der Oper und nicht Tag für Tag im Wohnzimmer der Familie.

VI

Wie gerne hätte Vicki ein elegantes Reisekostüm getragen, aus braunem Wollstoff mit einem schicken Hut. Aber so waren die Zeiten nicht und dank der freundlichen Witwe Lenzberg konnte sie wenigstens in passablem Dunkelblau aufwarten. Die Zugfahrt war angenehm verlaufen. Wie lange war es her, dass sie allein verreist war? Seit acht Jahren war sie nicht in Berlin gewesen. Eine Schande, denn sie mochte die große Stadt, in der Geschichten und Anekdoten hinter jeder Ecke lauerten. Sie näherte sich ihrem Ziel von Westen und betrachtete vergnügt die Häuser und Höfe der Stadt durchs Zugfenster. Dann kam der Bahnhof in Sicht. Mit gespanntem Ziehen im Bauch packte Vicki ihre Reisetasche und reihte sich in die Schlange an der Zugtür ein. Einen kurzen Augenblick blieb sie auf den Stufen des Wagens stehen und reckte die Nase in die Oktoberluft. Herrlich herb roch es in Berlin. Nach Zukunft.

Auf dem Bahnsteig drängten die Reisenden zum Gepäckwagen. Sofort fühlte sich Vicki vom Trubel der Stadt umfangen: Gepäckträger boten ihre Dienste feil, Zeitungsjungen liefen laut rufend auf und ab, Mädchen mit Zöpfen verkauften kleine Sträußchen Astern und Chrysanthemen. In der Mitte der Plattform saß eine Reihe Schuhputzer dienstfertig auf kleinen Höckerchen die Bürsten in der Hand. Vicki hatte nur die eine Tasche und auch sonst kein Geld übrig, um einen dieser Dienste in Anspruch zu nehmen, aber sie genoss das muntere Treiben auf dem Weg zur Treppe. Fast hatte sie die Stufen erreicht, als ein eleganter Herr im dunklen Anzug sie ansprach.

»Frau Lert?«

Vicki schaute überrascht auf.

Der Herr lüftete den Hut. »Mein Name ist Paul Wiegler, ich freue mich, Sie im Auftrag des Ullstein-Verlagshauses in Berlin begrüßen zu dürfen.«

Vicki lächelte überrascht. »Da hat man mir tatsächlich ein Begrüßungskomitee abgestellt. Ich bin geehrt.«

»Die Ehre ist ganz meinerseits!« erwiderte Wiegler augenzwinkernd, griff beherzt nach der schäbigen Reisetasche und bot ihr den Arm. »Der Wagen steht draußen.«

Er führte sie an dem imposanten Eingangsportal mit der großen Fensterfront vorbei zum östlichen Seitenflügel, vor dem zahllose Droschken und einige Automobile warteten. Wieland schaute sich kurz um, und ging dann zielstrebig auf ein Auto zu. Ein Automobil, tatsächlich. Groß und schwarz glänzend, so absurd wie wunderschön in dieser von Krieg und politischen Kämpfen geschundenen Stadt.

»Das ist Herr Esser, er wird Ihnen in den nächsten Tagen als Fahrer zur Verfügung stehen.«

Der Herr, in dunklem Anzug und schwarzen Lederhandschuhen, legte die Hand an seine Chauffeursmütze, verbeugte sich kurz und öffnete den hinteren Schlag.

Ein Automobil? Ein Fahrer zu ihrer Verfügung? Diese Besprechung lief jetzt schon besser, als sie sich hätte träumen lassen.

»Zum Hotel, bitte«, wies Wiegler an und schwieg. Er wollte die Wirkung des Automobils nicht durch unnötiges Geplänkel stören. Und tatsächlich konnte sich Vicki ein stolzes Lächeln nicht verkneifen und betrachtete mit wachsender Aufregung die Droschken, Fahrräder und Passanten, die am Seitenfenster vorbeizogen. Die Fahrt dauerte nicht lange und führte durch das bunte Treiben der Friedrichstraße an der Spree vorbei und endete schließlich Unter den Linden direkt vor dem grünen Baldachin eines luxuriösen Hotels. Was hatte Ullstein mit ihr vor?

Nie war sie sich ihrer abgewetzten Garderobe stärker bewusst, als in dem Moment als Herr Esser mit korrekter Verbeugung den Schlag öffnete und sie ihre ausgetretenen Schuhe aufs Pflaster setzte. Doch wäre sie lieber augenblicklich in Flammen aufgegangen, als über derartige Oberflächlichkeiten auch nur mit der

Wimper zu zucken. Sie war immerhin eine Nachfahrin aus dem Hause Donat und da konnte sie es mit einer Verlegerfamilie durchaus aufnehmen. Sie reckte das Kinn und entstieg dem Automobil mit der Haltung einer Prinzessin. Ein kurzer Blick die Prunkallee entlang und schon folgte sie Paul Wiegler durch die Drehtür.

Die Eingangshalle lag in vornehmer Stille. Die gewölbte Decke ruhte auf Säulen aus wolkig poliertem Marmor, kunstvolle Lüster mit elektrischem Licht sorgten für eine dezente Beleuchtung und große Blumengebinde zierten die antiken Tische. Sessel und Stühle standen bereit und wer nicht gesehen werden wollte, der konnte sich im Seitenbereich in kleine Separees zurückziehen. Am prächtigen Empfangstresen wurde gleich ein Concierge auf sie aufmerksam. Mit einem Blick setzte er den Pagen in Bewegung, der Wiegler unverzüglich die spärliche Reisetasche aus der Hand nahm.

In höflicher Verbindlichkeit vollzog sich die Anmeldung und Vicki wunderte sich, wie diese Enklave der alten Welt den Umsturz der neuen Zeit überleben konnte. Aber so war es.

Sie folgten dem Jungen mit ihrer Tasche zum Aufzug, dann den Flur entlang zum Zimmer. Wiegler überzeugte sich, dass alles einwandfrei eingerichtet war. *Mahagonimöbel, Ankleidespiegel, Seidenspiegel und geschnitzter Schreibtisch, Spitzengardinen, Stillleben mit toten Fasanen an der Wand, eine seidene Daunendecke im Bett.* Frisches Obst stand bereit und ein Abendkleid hing an der Tür des Kleiderschranks. Vicki staunte. Sie war zu einer Arbeitsbesprechung nach Berlin gekommen, das hatte sie nicht erwartet.

Hinter ihr räusperte sich Paul Wiegler: »Liebe Frau Lert, würden Sie mir die Ehre erweisen, mich heute Abend zur Eröffnung des *Renaissance-Theaters* zu begleiten? Ludwig Berger inszeniert *Miss Sara Sampson* mit Lucie Höflich, Gertrud Kanitz und Theodor Loos in den Hauptrollen. Ich weiß, Lessing ist nicht gerade expressionistisch, aber seinen Dramen wohnt doch eine

Wahrheit inne, die sich auch in unserer Zeit nicht zu verstecken braucht.«

Und so ging es die ganze Woche weiter. Vicki besichtigte die Stadt aus den Fenstern des samtig glänzenden Automobils, besuchte die großen Ateliers der Ufa-Studios in Neubabelsberg und die Ullstein-Druckerei. Alles in Begleitung des gutmütigen und feingeistigen Paul Wiegler, der ihr bald zum Freund wurde und es bleiben würde. Er war Autor eines literaturhistorischen Standardwerks, das sich mit der Weltliteratur des 20. Jahrhunderts befasste und hatte bei Ullstein als Cheflektor und Leiter der Romanabteilung Gelegenheit, herausragende Autoren wie Leonhard Franck, Heinrich Mann und Lion Feuchtwanger in ihrer Arbeit zu unterstützen. Er war klug, gutmütig und beherrschte die hohe Kunst der Zurückhaltung – Eigenschaften, die Vicki sehr schätzte.

Drei Tage verstrichen, bis es wieder ernst wurde. Vicki hatte schon fast vergessen, warum sie nach Berlin gekommen war, zumindest tat sie Wiegler zuliebe so, denn das war offenkundig der Grund für die umschmeichelnde Vorzugsbehandlung gewesen. Es war ein kühler, diesiger Tag. Die Sonne schaffte es kaum für Licht zu sorgen, die Feuchtigkeit kroch in jede Ritze und der Wind riss die Blätter von den Bäumen der Alleen. Vicki setzte den hochhackigen Absatz ihres neuen Schuhs aufs Pflaster und war froh um den Regenschirm, den man ihr hielt, als sie von der Limousine zum Eingang des Verlagshauses ging, wo sie zunächst einmal die Zeitungsredaktionen besichtigten sollte. Sie hatte die Rolle der unbedarften Landpomeranze in ihrem eleganten Hotelzimmer abgelegt und sich selbst – nebst ihrer Garderobe – den neuen Gegebenheiten angepasst. Der große Auftritt machte ihr keine Mühe.

In der Redaktion der *Vossischen Zeitung* summten die Meldungen ordnungsgemäß: In München war Felix Fechenbach, der ehemalige Privatsekretär von Kurt Eisner, wegen Hochverrats verurteilt worden. Die Krupp Werke hatten über vierhundert Arbeiter entlassen und die Genossen rüsteten sich zum Streik. Die Kriminalpolizei hatte zwei Attentate auf den Reichskanzler Joseph Wirth verhindert.

Vicki plauderte mit den schnoddrigen Redakteuren, begegnete den abgebrühten Kommentaren mit der Sanftheit eines Lämmchens und tat, als machten die weltgewandten Versuche Eindruck auf sie. Schließlich führte eine junge Frau mit modisch aufgewellten Haaren und weiten Ärmeln sie ins Besprechungszimmer, einem weitläufigen Raum mit Holzvertäfelung und dunklen Möbeln.

Der Gegensatz zum bunten Treiben in der Redaktion hätte nicht größer sein können. Ein dicker Teppich dämpfte ihre Schritte. Moderne Lüster mit elektrischen Lampen unterstützten das diesige Licht, das durch die großen Fenster fiel, behagliche Clubstühle luden zum Verweilen ein. Hier präsentierte sich Ullstein in einer Mischung aus Altbekanntem und Modernität. Die Empfangsdame stellte ein Kaffee-Tablett auf dem Beistelltisch ab.

»Frau Lert trinkt Tee«, gab Herr Wiegler zu verstehen. Die junge Frau lächelte entschuldigend und eilte nach draußen, um dem Wunsch der Dame Folge zu leisten.

»Und wen werden Sie mir nun vorführen?«, scherzte Vicki.

Wiegler griff den Scherz auf: »Sie haben heute die außerordentliche Ehre, den großen Hermann Ullstein kennenzulernen. Höchstpersönlich versteht sich!«

»Was Sie nicht sagen!«, Vicki gab sich beeindruckt. »Den großen Macher der Ullstein-Dynastie?« Natürlich wusste sie, wer Hermann Ullstein war. Der jüngste der fünf Brüder war der Stratege des Unternehmens, verantwortlich für die Entwicklung des Zeitschriftensektors, der zurzeit einen ungeahnten Aufschwung erfuhr.

»So ist es«, bestätigte Wiegler. »Aber mal im Ernst. Wenn Sie in ihrem Leben jemals jemanden beeindrucken mussten, dann ist es dieser Herr, der ihnen nicht nur diesen herrlichen Ausflug beschert hat, sondern jetzt und in Zukunft ihr Schicksal bei Ullstein in seinen Händen halten wird.«

Aufmerksam sah Vicki ihr Gegenüber an. So ernst, das hatte sie nicht erwartet. »Sie müssen sich keine Sorgen machen, ich weiß schon, wie man sich als artige kleine Autorin benimmt.«

»So war es nun auch wieder nicht gemeint. Vicki Baum ist durchaus ein Name. Glauben Sie mir, Herr Ullstein hat Ihre Entwicklung mit Interesse verfolgt. Es wird Zeit, dass Sie sich nun persönlich kennenlernen.«

Das hörte sie gern. Aus diesem Grund war sie hier und sofort spürte sie wieder dieses erregende Prickeln. Sorgen machte sie sich keine. Bei persönlichen Begegnungen war sie bisher immer gut angekommen.

Die Empfangsdame brachte ein weiteres Tablett herein und goss den Tee aus einer bauchigen Kanne in eine dünne Porzellantasse mit Blumenmuster. Dann trat Hermann Ullstein ein.

Er war kleiner als Vicki erwartet hatte, kahl und korrekt. Reichte erst ihr dann Wiegler die Hand und bat sie wieder Platz zu nehmen. Seine Stimme war laut und klar. Hinter ihm schloss sich die gepolsterte Tür. Die Herren steckten sich eine Zigarette an, Vicki rührte in ihrem Tee, gespannt, was man ihr zu sagen hatte. Da saßen sie nun: Einer der ganz großen Männer der deutschen Medienbranche und sie, die kleine Vicki Baum, die sich von Kindheit an hat anhören müssen, dass sie zu nichts nütze war. Dieser Gedanke machte ihr Spaß. Unwillkürlich reckte sie das Kinn. So weit war sie gekommen, allen Widerständen zum Trotz. Sie unterdrückte ein Lächeln, wollte sich kühl und gelassen geben, als wäre sie derartige Zusammenkünfte gewohnt. Dabei war sie sich im Klaren, dass sie den kleinen spitzen Augen des Herrn Ullstein nicht gerade das Bild einer Grande Dame präsentierte. Der Krieg war nicht spurlos an ihr vorbeigegangen. Sie war schmal, die Augen rot gerändert, den Haaren fehlte es an Glanz – wenigstens die Garderobe war angemessen. Was er in ihr sah, konnte sie sich gut vorstellen, würde sich aber sicher nicht abspeisen lassen.

»Wir haben Sie hergebeten«, begann er schließlich, »um mit Ihnen über Ihre Zukunft zu sprechen.«

Nun musste Vicki doch lächeln. Das hörte sich schon mal nicht schlecht an.

»Ich habe mir im Vorfeld zu unserem Treffen die Zahlen noch eimmal angesehen und kann Ihnen zu Ihren Erfolgen nur gratulieren. Ich persönlich bewundere ja am meisten die *Bubenreise*.« Diese *Erzählung für junge Menschen*, wie es im Untertitel hieß, war gerade im Lektorat und sollte im nächsten Jahr erscheinen.

»Das ist genau das, was wir suchen«, versicherte Ullstein. »Waren Sie selbst mal in Venedig?«

»Allerdings. Als junge Frau wanderte ich von Wien aus genau die gleiche Strecke: über den Brenner, die Dolomiten und Verona bis nach Venedig.«

»Daher also die gelungene Darstellung der Eindrücke.«

»So ist es. Nur erwachsen geworden bin ich darüber nicht.«

Vicki konnte es nicht lassen, noch einen Scherz hinterherzuschieben. Hermann Ullstein deutete ein Lächeln an. Er war offensichtlich kein großer Freund des leichtfüßigen Schlagabtauschs.

»Ansprechende Geschichten, die durchaus Anleihen an die hohe Literatur machen, das ist es, was die Leser wollen. Und wir geben es ihnen. Sie geben es ihnen. Das macht Sie hier im Hause zu einer vielversprechenden Autorin. Herr Wiegler«, Ullstein deutete auf Vickis Begleiter, der sich bequem in seinen Sessel zurückgezogen hatte, und nicht den Eindruck machte, als würde er sich am Gespräch beteiligen, »hat Ihnen in den letzten Tagen gezeigt, was bei Ullstein im Moment und in Zukunft möglich sein wird. Ich denke, wir müssen uns nicht verstecken.«

»Sicher nicht«, bestätigte Vicki. Aber was genau wollten sie ihr eigentlich anbieten? Und welche Summen waren in solchen Zeiten überhaupt angemessen? Wolfgang, fuhr es ihr plötzlich in den Sinn, brauchte dringend neue Schuhe. »Sehen Sie, Herr Ullstein. Wir beide wissen, dass demnächst bei der Deutschen Verlagsanstalt ein Bändchen mit Novellen herauskommen wird, das ich geschrieben habe. Ich kann mir vorstellen, oder besser ich spüre, dass Sie das nervös macht. Aber denken Sie nicht, dass ich undankbar bin. Ich erinnere mich sehr gut, dass Ullstein mir und meiner Familie Anfang des Jahres aus der Klemme geholfen hat, als es bitter nötig war. Und es ist ja auch nicht so, dass ich das Schreiben von Romanen in Zukunft einstellen möchte. Ganz im Gegenteil. Ich schreibe gerne Unterhaltungsromane und ich schreibe gerne für Sie. Ich freue mich, dass meine Bücher durch Ihren Verlag so viele Leser finden, aber Sie werden es mir nicht übel nehmen, dass ich auch ein wenig Ehrgeiz entwickelt habe, im Laufe der Zeit. Hin und wieder zieht es mich durchaus zur Literatur und ich sehe, dass ich auch das ganz erfolgreich aufs Papier bringe. Mein nächster Roman etwa handelt von einem Zwerg, einem einfachen Menschen ohne große Ambitionen. Seine körperliche Missbildung führt ihn zum Jahrmarkt und der Zufall will es, dass er ins Licht einer kleinen Öffentlichkeit gerät. Er wächst, blüht unter der Anerkennung auf und fühlt sich zum Künstler geboren, nur um nach einer Saison wieder aus dem Rampenlicht vertrieben zu werden. Es ist also ein Künstlerroman, getragen von einem Antihelden, der einen Weg durchs Leben sucht und der mehr als einmal auf Hindernisse stößt, die ihn an den Abgrund führen. Meinen Sie, das ist etwas für Ullstein?«

»Nein.«

»Sehen Sie, das meine ich auch. Aber muss ich mir diese Geschichte nun verkneifen, nur weil sie sich für die fröhliche Leserschaft Ihres Verlages nicht eignet?«

»Selbstverständlich nicht.«

»Ich bin froh, dass wir da einer Meinung sind.«

Die Kontrahenten blickten sich in die Augen, freundlich, aber ernst.

»Frau Baum, ich erkenne das Problem. Aber lassen Sie nicht außer Acht, was Ullstein Ihnen bieten kann.«

»Das weiß ich und ich bin an einer weiteren Zusammenarbeit durchaus interessiert. Ich komme natürlich nicht hierher und präsentiere Ihnen ein Buch, von dem wir beide wissen, dass es nicht in Ihr Programm passt, ohne Ihnen auch noch ein anderes anzubieten.«

Vicki sah das Blitzen in seinen Augen.

»Ich denke an eine Geschichte über einen Anschlag. Sie werden mir recht geben, das wäre viel passender. Aktuell und spannend.«

»Ich höre.«

»Es geht um einen jungen Mann. Student, unreif, frustriert. Einer, der Sinn sucht und keinen findet, dabei aber in falsche Kreise gerät. Plötzlich ist da was. Er verliert sich immer mehr in einem ideologischen Sumpf und begeht schließlich ein infames Verbrechen, einen Mordanschlag auf einen hochrangigen Minister.«

Vicki legte eine dramatische Pause ein. Sie war sich ziemlich sicher, dass dieses Thema einschlagen würde und Hermann Ullstein sah keinen Sinn darin, seinen Enthusiasmus zu verbergen.

»Eine hervorragende Idee«, versicherte er, »wenn es nicht zu politisch wird.«

»Keinesfalls. Ich will ganz nah am Täter bleiben, in die Psyche der Hauptperson eindringen.«

»Wie Dostojewski?«

»Genau, aber ohne die komplizierten Namen.«

Nun lachte Ullstein auf. Genau so etwas hatte er sich vorgestellt. »Eine hervorragende Idee!«

»Ich dachte mir schon, dass Ihnen das gefallen würde.«

»Sie sind eben eine Expertin auf dem Gebiet des Unterhaltungsromans.«

Die Stimmung war gelöst. Ullstein rief laut nach der Empfangsdame, die sogleich mit einem neuen Tablett in der Tür erschien. Diesmal thronte darauf eine Flasche Danziger Goldwasser mit mehreren Gläsern. Der Hausherr ergriff sie, füllte die Gläser höchstpersönlich und reichte sie Wiegler und Vicki. Sie tranken.

»Das ist ein überzeugendes Thema, das bestimmt seine Leser finden wird.« Ullstein lehnte sich, mit einem spitzen Grinsen im Gesicht, zufrieden in seinen Stuhl zurück. Aber Vicki spürte deutlich, dass da noch etwas kommen würde. Er goss eine Runde Likör ein. Vicki betrachtete das Wirbeln der Goldblättchen im Glas und spürte seinen Blick auf sich.

Die Fahrt nach Hause trat Vicki beschwingt und erleichtert an. So ein Leben könnte ihr gefallen, so mondän und ernsthaft und unterhaltsam. Sie staunte ein wenig über diese Möglichkeiten, schließlich war sie nur eine schreibende Mutter aus der Provinz.

Der Zug eilte an Feldern und Dörfern vorbei. Am Ende hatte Hermann Ullstein es sich nicht nehmen lassen, selbst noch einen Vorschlag anzubringen, einen der unter den Gesichtspunkten des Marketings besonders erfolgsversprechend war, wie er mit Verweis auf seine Expertise betonte.

»Schreiben Sie über eine moderne Frau, eine Studentin oder kleine Angestellte! Schreiben Sie über eine dieser neuen Frauen, wie wir sie heute immer häufiger sehen. Eine die mit beiden Beinen im Leben steht, ihr eigenes Geld verdient und darüber verfügt, die sich für Mode interessiert, fürs Kino oder fürs Tanzen.«

Vicki hatte etwas verschnupft reagiert. Möglich, dass sie daraus etwas machen konnte. Andererseits war sie keine Auftragsschreiberin. Aber Ullstein hatte insistiert: »Diese Frauen sind unsere Zielgruppe. Sie sollten sich in unseren Romanen wiederfinden. Ich garantiere Ihnen, ein solcher Roman wäre ein Verkaufsschlager. Und für Sie dürfte so eine Geschichte doch ein Leichtes sein.«

Bei ihren Romanen stand stets eine Beobachtung, eine Erfahrung oder ein persönliches Interesse im Vordergrund. Ullstein hatte ihr eine Figur präsentiert, aber was sie brauchte, war eine Geschichte, eine Entwicklung, ein Weg. Immerhin, nun hatte sie etwas, worüber sich nachzudenken lohnte. Eine Studentin könnte es vielleicht sein, in einer Kleinstadt. Eine die ganz alleine im Leben steht, die sich in der Welt behauptet.

Die Abteiltür ging auf, eine junge Frau mit einem Vierjährigen an der Hand trat ein. Freundlich blickte Vicki ihr entgegen. Mütter hatten es schon schwer genug in diesen verrückten Zeiten, da sollte man zusammenhalten. Sie half das große Paket im Gepäcknetz zu verstauen, fragte den Bub nach seinem Namen und bot dem kleinen Karlchen dann einen Apfel aus ihrer Proviantbox an. Die Mutter bedankte sich höflich und bald waren die Frauen im schönsten Gespräch vertieft und Ullstein, seine Buchidee und die junge Studentin einstweilen vergessen.

VII

Vicki lag flach auf dem Bühnenboden. Nervös. Deutlich spürte sie, wie ihr Atem die Bauchdecke anhob. Ob die anderen es auch sahen? Keine Harfe, hinter der man sich verstecken konnte. Hier kam der ganze Körper zum Einsatz. Natürlich konnte das peinlich werden: Frau Richard Lert ohne Schuhe und Strümpfe in einem weiten Kleid auf der Bühne bei der Ausübung eines absonderlichen Zeitvertreibs. Aber war nicht genau das auch der Reiz? Sich von den absurden Regeln des Alten befreien und neue Wege des Ausdrucks finden.

Sie wartete auf das Einsetzen der Musik. Kurz nach ihrer Berlinreise war Mary Wigman nach Hannover gekommen. Die glamouröse Matadorin des modernen Tanzes choreografierte für Hans Pfitzners Märchenoper *Die Rose vom Liebesgarten* und hatte Vickis Herz im Sturm erobert. *Eine kraftvolle, kaum zu überwältigende Persönlichkeit,* die mutig hervortrat und ihre Tänze auf der Bühne frei entwickelte. Tänze, die man nie zuvor gesehen hatte. Kraftvoll, aggressiv, expressiv. Sie beugte den Rumpf, drehte die Arme, stampfte und schwang und machte Euphorie und Entzücken, Schmerz und Agonie sichtbar. Mary Wigman, so schien es, war die Inkarnation der Tänzerin *Ina Raffay,* die Vicki Baum 1921 für ihren Roman erschaffen hatte.

Ein leises Tröpfeln setzte ein, wurde lauter, erweiterte sich zu einer schleifenden Melodie, immer drängender und lauter. Das war ihr Einsatz. Sie hob das Kinn, dann die rechte Hand, bewegte sie im Rhythmus der schleifenden Flöte, höher, bis der Arm ganz ausgestreckt war, nahm die zweite Hand dazu, ließ ihre Hände Vögel sein, die am Morgen der Sonne entgegenhüpften, Schmetterlinge, wie sie von Blume zu Blume sprangen, die Sonne selbst, die über ihre ersten Strahlen über den Horizont schickte. Mit jedem Aufwärts der Hände hob sie Stück für Stück auch den Oberkörper, bis sie saß, bis sie stand, sich drehte, sich schwang. Die Vögel, die Wellen, der Wind in den Bäumen, die Bewegung selbst. Ein paar Takte lang. Dann wurde die Musik schon wieder leiser, getragener. Das Ende kündete sich an. Mit der Musik sank auch Vicki wieder herab, setzte sich nieder, legte sich schließlich, zwei Arme im Tanz erhoben, dann nur noch einen, dann Stille, flach auf dem Bühnenboden liegend. Nie hätte Vicki gedacht, dass eine Bewegung ihr so viel abverlangen würde. Sie spürte in jedem Haar, in jeder Zelle, dass es gut war, dass diese Form des Tanzes richtig war. Die Musik verstummte. Vicki atmete erwartungsvoll, bis der Applaus der Zuschauer sie erlöste.

Das war gewagt, roh, dramatisch, intensiv. Hier drückte sich das neue Lebensgefühl aus. Vicki verbeugte sich kurz, dann setzte sie sich, mit roten Wangen, an den Rand zu den anderen Teilnehmern des *Dilettantenkurses* und sah zu, wie die nächste Kursteilnehmerin ihren Platz auf der Bühne einnahm.

Der neue Ausdruckstanz berauschte sie. Vicki verneigte sich jedes Mal innerlich, wenn sie an Mary Wigman dachte, die nach ihrem kurzen Intermezzo wieder nach Dresden zurückgekehrt war. Sie war hingerissen, von dieser Frau, die ihr ganzes Leben einer einzigen Aufgabe widmete, die sich von bürgerlichen Problemfeldern wie Geld und Liebe radikal befreit hatte – und die damit auch durchkam. Ein Leben in Freiheit, der Arbeit gewidmet. Wie ein Mann eigentlich, rücksichtslos gegen sich selbst und die Bedürfnisse anderer. Ihr ganzes Leben hatte sie auf diese eine Karte gesetzt: Tanzen. Und wie sie tanzte. Mit bloßen Gliedern und einer rasenden Ausdruckskraft. Vicki tat es ihr nach, im bescheidenen Rahmen, versteht sich. Aber ihr Leben war dadurch reicher geworden.

Auch familiär gab es längst nicht mehr so viel zu klagen. Hans war zwar noch immer abwesend und bekam von ihrem Tun nur mit, was sie ihm explizit erzählte, aber es fiel ihr leichter, das zu akzeptieren. Männer und Frauen lebten in unterschiedlichen Sphären und es war doch immer nur die Frau, die sich mehr Gemeinsamkeit wünschte. Ein dummer Backfischtraum von Gleichklang und Harmonie. Am Ende kam es doch nur sehr selten vor, dass Eheleute derart übereinstimmten. Beruhte der Wunsch nach einem partnerschaftlichen Miteinander nicht ohnehin darauf, dass Eheschließung und Geburt der Kinder sie unversehens aus der Welt herauskatapultiert hatten? Aber jeder brauchte ein Leben jenseits der ehelichen Pflichten. Vicki hatte das Schreiben gehabt und hat es immer noch und mehr noch: ihre Leidenschaft für Tanz war hinzugekommen. Mehr denn je setzte sie alles daran, sich dieses Leben zu erhalten. Anders als in Kiel, traf sie in Hannover Menschen, die sie mochte und mit denen sie sich gut verstand. Der Krieg war lange vorbei und endlich regte sich nun auch der Geist wieder. Das Opern- und Schauspielhaus Hannover war offen für frische Ideen und anspruchsvolle Konzepte. Der Konzertmeister Richard Lert arbeitete unermüdlich an einer intellektuellen Erneuerung und das Publikum folgte ihm. Er holte Hanns Niedecken-Gebhard als neuen Oberspielleiter nach Hannover und brachte mit ihm *Julius Cäsar* von Händel auf die Bühne. Zeitgemäß, abstrakt und selbstverständlich mit Ausdruckstänzern. Niedecken-Gebhard – *Wurstesser und Zigarrenraucher, mit seiner fluchenden, schwitzenden mannmännlichen Kämpfernatur* – wohnte in der Wohnung über den Lerts und war ein häufiger und gern gesehener Gast. Genau wie Harald Kreutzberg, der Anfang 1923 nach Hannover kam. Der schüchterne junge Mann sollte später die berühmteste Ikone des Ausdruckstanzes werden, aber noch war der Zwanzigjährige kindlich, scheu und unauffällig. In der neuen Stadt fühlte er sich verloren und Vicki nahm ihn unter ihre Fittiche, freundete sich mit ihm an, auf eine distanzierte, mütterliche Art.

Zum wahren Vertrauten aber wurde ihr Max Terpis, der im Gefolge Mary Wigmans nach Hannover gekommen war. Sein

Lebensweg hatte viele Richtungswechsel eingeschlagen. Erst Offizier, dann Architekt. Doch die Welt war noch nicht bereit für seine architektonischen Ideen und so ließ er sich bei Wigman zum Ausdruckstänzer ausbilden. In Hannover hatte er sein erstes Engagement und eröffnete eine Tanzklasse für Dilettanten – Vickis Klasse.

Schon bei ihrer ersten Begegnung hatte sich Vicki von dem attraktiven Schweizer angezogen gefühlt. Schnell kamen sie in Kontakt. Er war eine verwandte Seele. Mit ihm konnte sie reden, ihm schilderte sie ihre Pläne, besprach den Fortgang ihrer Romane. Er war interessiert, gab ihr Impulse und Anregungen. Mit ihren Söhnen verstand sich Terpis bestens und war gerne mit ihnen zusammen. Was konnte sich eine Frau mehr wünschen? Zumal Terpis schwul war, und keine Eifersüchteleien dazwischenkommen konnten.

Aber der Scheitelpunkt der Nachkriegskrise war noch nicht erreicht. Die Lebensmittelgeschäfte standen leer. Der nackte Hunger strich durch die Straßen. Und es war kalt, so kalt, dass das Wasser in den Rohren gefror. Ein Stück die Straße runter waren sie geplatzt, Abwasser und Trinkwasser liefen ungehindert in die Wohnungen und ruinierten den Bewohnern ihren letzten Besitz. Die Frauen sprachen darüber, während sie kofferweise Geld zum Metzger und zum Bäcker schleppten. Die Gehälter wurden jetzt täglich ausgezahlt. Vormittags, denn pünktlich um die Mittagszeit kam der Dollarkurs heraus und die Zwiebeln waren schon wieder drei Millionen teurer.

Vicki zog sich die Decke enger um die Schultern und schloss für einen Augenblick die Augen über dem Manuskript. Im letzten Jahr hatte sie sich bei Ullstein ganz schön aus dem Fenster gelehnt mit ihren literarischen Ambitionen. Jetzt saß sie an ihrem kleinen Schreibtisch in der Ecke des Wohnzimmers und schrieb weiter an ihrem Herzensbuch, das *Ulle der Zwerg* heißen sollte und an dem Ullstein kein Interesse hatte.

Sie las den letzten Absatz noch einmal durch: *Dass Ulle den grotesken und wenig lächerlichen Jammer seiner Existenz begriff, dass er den Umkreis seines Lebens ausmaß, dass er gleichsam sich selbst begegnete, mit seinem eigenen Sein zusammentraf und ihm klar ins Auge blickte, geschah an einem warmen Spätsommertag.* Hier ging es um den ersten schmerzlichen Augenblick, in dem ein Mensch begreift, dass er alleine steht, dass er niemals mit den anderen zusammengehen würde, auch wenn er es noch so sehr wünschte.

Der Tag war lang gewesen und kalt. Fast müsste man über den Irrsinn lachen, über die Preise und die Armut, aber die Kinder bekamen immer größere Augen, hohle Augen von den leeren Bäuchen. Trotz aller Entbehrungen waren sie so reizend. Nie klagten sie, aßen, was immer man ihnen vorsetzte und plapperten unentwegt, so fröhlich, dass Vicki das Herz aufging.

Wolfgang ging mittlerweile in die Schule, aber das Peterchen nahm sie immer mit auf ihre tägliche Jagd nach Lebensmitteln. Sollte er wenigstens Luft und Bewegung haben, wenn es an Fleisch, Milch und Gemüse mangelte. Ein Laib Brot hatte heute 470 Milliarden Mark gekostet. Ein Liter Milch 280 Milliarden. Zwei-hundert-achtzig-Milliarden. Vicki war im Glauben an die Haushaltsführung erzogen worden. Sie konnte Rechnen, wusste, was reinkam, was rausging, was übrig blieb. Selbstverständlich blieb nichts übrig, alles zerrann, als würde man Wasser mit bloßen Händen tragen. Das war doch absurd.

Es fehlte an allem, nicht zuletzt am Generalmusikdirektor selbst. Richard Lert hatte eine weitere Stufe auf der Karriereleiter erklommen und war ans Mannheimer Nationaltheater berufen worden. Eigentlich hatte er sich in Berlin beworben, aber diese Stelle hatte Erich Kleiber bekommen. Immerhin übernahm Hans Kleibers alte Wirkungsstätte – die finale Bewährungsprobe, denn die Stadt am Zusammenfluss von Rhein und

Neckar galt als letzter Schritt auf dem Weg zu internationalem Ruhm. Zwar würde dies noch ein paar Jahre dauern, aber das Ende der Tingelei war in Sicht und das immer wieder mühsam aufgebaute und schmerzlich wieder eingerissene Leben – und in Hannover würde es weiß Gott weh tun – mündete vielleicht endlich an einer Berliner Bühne.

Nun also Mannheim. Hans lebte bereits dort, in einem Hotel, Vicki und die Kinder noch immer in Hannover, denn der Wohnraum war hier wie dort knapp, und wenn es schon an Brennmaterial fehlte, war man dankbar um die Behaglichkeit des Bekannten. Und trotzdem traf das Arrangement zwischen Hannover und Mannheim die Familie Lert doppelt hart. Der schmerzlich entbehrte Ehemann und Vater erhielt sein Gehalt nämlich vor Ort – wie alle anderen auch – täglich ausgezahlt. Seine Familie wollte aber in Hannover ernährt werden und wartete jeden Tag auf die postalische Anweisung, die regelmäßig erst nach dem Dollarkurs eintrafen. Da waren die Millionen und Milliarden nur noch die Hälfte wert. Vicki lebte mit den Kindern buchstäblich von der Gunst ihrer Freunde, doch auch sie hatten immer weniger zu geben und niemand wusste, wie es weitergehen sollte.

Die Lage war an sich schon verheerend, da hätte Vicki nicht auch noch schwanger werden müssen. Keine Heizung und kein Brot, aber einen Braten in der Röhre! *Ein eklatanter Fall von Unplanmäßigkeit.* Umso schlimmer, dass sie das Kind auch noch verlieren musste. Sie war gerade dabei aus einem letzten Rest Kondensmilch und etwas Mehl eine dünne Suppe zu kochen, als der Schmerz ihr förmlich den Leib zerriss. Tilly, das unfähige Ding, das sie in einem Anfall von Gutherzigkeit vor den Toren einer Besserungsanstalt aufgelesen und als Dienstmädchen eingestellt hatte, war restlos überfordert mit dieser Situation. Im Krankenhaus wies man Vicki ab. Es seien keine Betten frei. Also musste Tilly durch die ganze Stadt rennen, um einen Arzt aufzutreiben. Bedauerlicherweise war der Gefundene kein Meister der Frauenheilkunde. Zwar stellte er den Abort fest, hantierte mit einigen Gerätschaften herum, machte dann aber ordentlich Pfusch. Gegen Abend setzte eine beängstigend heftige *Blutung ein, begleitet von Fieber, Schüttelfrost* und Krämpfen.

Tilly brachte die hungrigen Kinder ins Bett, rief nochmal den Arzt an und stellte Vicki einen Kamillentee aufs Nachttischchen. Danach verschwand sie lautlos. Leise Panik machte sich breit, als Vicki immer wieder ihren Namen rief und keine Antwort erhielt. Das Mädchen hatte das Weite gesucht und ward nie mehr gesehen. Schwach, niedergeschlagen und voller Angst lag Vicki im Bett, zitterte vor Fieber, dämmerte ein, schreckte wieder auf, vor Schmerz oder weil sie ganz sicher war, das altbekannte Räuspern ihres Vaters draußen im Treppenhaus zu hören. Ruhig, Vickerl, sagte sie sich. Jetzt nicht in Halluzinationen verfallen.

Und dann läutete es an der Tür. Der Arzt. Endlich! Vicki richtete sich auf. Langsam. Jede Bewegung schmerzte und ihr war schwindelig. Die Decke um die Schulter schlich sie zur Tür, doch es war nicht der Arzt, der da geläutet hatte. Es war – ihr Vater!

Da stand er. Mit seiner alten schwarzen Reisetasche in der Hand. Einen Moment lang kam es Vicki so vor, als schwankte der Boden unter ihren Füßen. Sie hielt sich mit klammen Fingern am Türpfosten fest.

»Überraschung!«, sagte Hermann Baum, schritt erwartungsvoll auf ihren dünnen Arm zu, der den Eingang versperrte, und ging ganz selbstverständlich an ihr vorbei in die Wohnung, als sie die zittrige Hand an den kaltschweißigen Körper gezogen hatte.

Allerdings! Vicki war perplex. War er wirklich hier? Unauffällig berührte sie im Vorbeigehen seinen Arm. Er war es. Zehn Jahre lebte sie nicht mehr in Wien, kein einziges Mal hatte er sie besucht, aber jetzt war er da und benahm sich augenblicklich wie der Herr im Haus.

»Was machst du denn hier?«, sie fokussierte ihn mit trübem Blick, zu schwach, den Weg ins Bett zurück zu meistern.

»*Du bist doch krank, oder*?«, er schaute sie argwöhnisch an. »*Ich hab' es gewusst*, irgendwie, *dass was los ist bei dir*. So ein komisches Gefühl ...«

Das war die Erklärung. Ein komisches Gefühl hatte ihren hypochondrischen Vater dazu veranlasst, seine Tasche zu packen und in den Zug zu steigen. Sie krümmte sich, konnte sich unmöglich länger aufrecht halten.

»Siebzehn Stunden hat die Fahrt gedauert. Und ein Erster-Klasse-Ticket kann ich mir fei auch nicht mehr leisten.« Er schob sie Richtung Schlafzimmer und schimpfte über die Züge, die Sitze, das Personal und die Preise. Vicki war es egal. Sie ließ sich schieben, erleichtert, nicht mehr alleine zu sein.

»Es ist ein leichter Grippeanfall«, flüsterte sie, als der Vater das erste Lamento beendet hatte. »Der Arzt kommt gleich.«

»Ja, ja. Erzähl mir nichts. Ich dachte mir schon, dass du mich anlügen wirst. Sieh zu, dass du ins Bett kommst. Warum ist keine Heizung an? Ist ja eisig hier!«

»Kaputt.«

»Was soll das heißen? Wer ist da zuständig?«

»Hausmeister.«

»Na, den knöpf' ich mir vor. Da werd' ich Skandal machen! Keine Heizung, das wäre ja noch schöner!«

Nur zu gerne überließ Vicki ihrem Vater diese Auseinandersetzung. Einstweilen verlangte er erst einmal, seine Enkel zu sehen. Eilig verließ er das Krankenzimmer, ehe er sich mit diesem garstigen Fehlgeburtsvirus ansteckte.

Mit der Tasche in der Hand stand er im Kinderzimmer. Die Enkel hatten ihn noch nie gesehen und so erschien ihnen dieser sonderbare Großvater, der mitten in der Nacht aufgetaucht war, wohl wie der leibhaftige Weihnachtsmann, mit einer Tasche voller unglaublicher Kostbarkeiten: Zuckerzeug und Spielsachen, aber auch Nudeln, *Reis, Mehl, Zucker, Kaffee, Kakao und Tee* und einer Büchse mit unendlich begehrtem wie unerreichbarem *Schweineschmalz*. Die Kinder hatten lange genug Hunger gelitten, um den Wert dieser Schätze zu erkennen.

Noch in der Nacht schaffte Hermann Baum einen fähigen Arzt heran, der noch Schlimmeres verhinderte. Er klingelte die Nachbarn raus und bat um zusätzlich Decken, organisierte Brennmaterial, Gott weiß woher, und wollte, nach einer geschäftigen Nacht, gleich am nächsten Morgen den Zug zurück nach Wien erwischen.

Gegen sechs Uhr früh steckte er den Kopf durch die Tür und verabschiedete sich von seiner Tochter, nicht ohne sie für ihre Unvorsichtigkeit zu tadeln: »*Eine schöne Geschichte* treibst du hier«, schimpfte er, »Schwanger musst du werden, dabei weißt du nicht einmal, wie du die zwei Buben da drüben ernähren sollst. Und dann *verlierst du es auch noch. Was hast du dir bloß gedacht? Bestimmt bist du wie blödsinnig gerannt und hast den Kinderwagen herumgeschleppt*. Du warst ja schon immer unachtsam und nachlässig. Was wäre geworden aus dir, wenn ich nicht hergekommen wäre. Aber geh, ich muss jetzt los. *Lass dir das eine Lehre sein und sei nächstes Mal vorsichtiger, verstanden*?«

Vicki konnte nur hysterisch lachen. Nie hätte sie sich träumen lassen, als gestandene Frau Generalmusikdirektor noch einmal so respektlos behandelt zu werden. Der Vater war verschwunden, ehe sie noch etwas sagen konnte und als sie später am Morgen aufwachte, hätte sie die ganze Episode wohl für einen Fiebertraum gehalten, wenn die Speisekammer nicht mit den Kostbarkeiten aus Vaters schwarzer Reisetasche gefüllt gewesen wäre.

Das Ganze war nun zwei Wochen her. Noch immer zehrte der Abort an ihr und die väterlichen Lebensmittel gingen allmählich zur Neige. Von all dem hatte Hans nichts mitbekommen, da unten in Mannheim. Sie hatten sich kurz zuvor zerstritten, mit bösen Worten und Schreierei, Telefonate waren wütend abgebrochen worden und Vicki hatte es nicht über sich gebracht, den Hörer erneut abzuheben, trotz aller Not. Er hätte ja aus der Ferne ohnehin nichts unternehmen können.

Und jetzt musste die Arbeit eben weitergehen. »Der Kern der Welt ist Einsamkeit« hieß es in Hans Pfitzners Oper *Palestrina* und darum sollte es auch beim Ulle gehen: um die Einsamkeit im Inneren eines jeden Menschen, insbesondere aber im Herzen des Künstlers. Trotz aller Sehnsucht nach Gleichklang und Miteinander war sie doch eine menschliche Grunderfahrung. Man konnte das beweinen, aber am Ende musste man eben doch erwachsen werden, sich den Tatsachen stellen und die Einsamkeit hinnehmen, ohne zu klagen. *Ulle der Zwerg* würde das sicher schaffen, genauso wie Vicki Baum, Schriftstellerin und Ehefrau des Generalmusikdirektors Richard Lert, auch wenn sie schon wieder von vorne beginnen musste. Die nächste Station hieß Mannheim.

VIII

Ein Hoch auf den Finanzminister. Der marode deutsche Staat hatte das Wunder einer Währungsreform zustandegebracht und die Preise waren seither stabil. Ein Brot kostete jetzt wieder achtunddreißig Pfennige. Damit ließ sich leben. Die Ersparnisse allerdings waren dahin. Es gab keine Rücklagen mehr. Immerhin an Körper und Seele gingen die Lerts unbeschadet aus dieser Zeit hervor. Vicki bildete sich gerne ein, dass sie sogar charakterlich gereift waren.

Vier Monate hatte Hans gesucht, ehe er in Mannheim eine brauchbare Wohnung gefunden hatte. Am Ende musste er alle seine Kontakte aktivieren, um der Familie etwas Passendes in der vornehmen Oststadt zu ergattern. Ein efeubewachsenes Eckhaus mit Blick auf den Wasserturm in der jungendstilhaften Parkanlage mit Laubgang und Wasserspiel. Groß, repräsentativ und verschnörkelt – das traf genau den Geschmack des Herrn Generalmusikdirektors, aber überhaupt nicht den seiner Frau Gemahlin. Vicki schätzte die nüchterne Klarheit moderner Architektur, alles andere erinnerte sie an das staubige und überlebte Wien ihrer Jugend. Die Wohnung war ihr zu teuer, zu verkitscht, zu eng, zu dunkel und sie ärgerte sich jeden Tag über die nutzlosen Zierbalkone.

Überhaupt erwies sich der Neuanfang in Mannheim als äußerst anstrengend. Sie vermisste die Freunde und hatte in Hannover nicht nur wichtige Gesprächspartner, sondern auch den anregenden Tanzkurs zurücklassen müssen. Auch Hans, der in Hannover dem Expressionismus auf die Beine geholfen hatte, fing in Mannheim wieder von vorne an. Vicki hatte das Gefühl in eine längst vergessene Zeit zurückzufallen: der alte, wohlgenährte Snobismus der Jahrhundertwende. Das Mannheimer Bürgertum erschien ihr steif, selbstzufrieden und gönnerhaft. Die Reichen und Mächtigen *hingen wie Muscheln an den versun-*

kenen Stil- und Geschmacksrichtungen der neunziger Jahre, nannten es Tradition und waren stolz darauf. Neues war ihnen schwer zu vermitteln.

Innerlich mochte Vicki die Augen verdrehen, aber äußerlich musste sie den Anforderungen der »guten Gesellschaft« gerecht werden. Ständig gab es Anlässe, bei denen ihr Erscheinen selbstverständlich erwartet wurde. Letzte Woche erst hatte sie einen Abend bei einer privaten Vorführung von *Der zerbrochene Krug* verbracht, zwei Tage später lauschte sie einem Kammerkonzert. All das erinnerte Vicki an die Familienempfänge bei ihren Onkeln und Tanten Donat, die ihr schon in der Kindheit zuwider gewesen waren.

Natürlich ging man auch davon aus, dass sie den Vorstellungen im Nationaltheater beiwohnte und so ondulierte sie allabendlich das Haar, legte Schmuck und Handschuhe an, versprühte zur rechten Zeit im Foyer Charme und Witz und saß brav in der Loge, wenn der Gatte auf der Bühne erschien und den Saal mit Mozart und Wagner zum Beben brachte.

Von der Arbeit als Chefdirigent und Leiter des Opern- und Konzertbetriebs war Hans, wie immer, vollständig absorbiert. Er war hergekommen, um dem recht heruntergewirtschafteten Theater neues Leben einzuhauchen. Allein 1924 brachte er vier Uraufführungen auf die Bühne, dazu *Alkestis* von Egon Wellesz und noch einmal *Julius Cäsar* von Georg Friedrich Händel.

Das kostete nicht nur Energie, sondern griff letztlich auch seine Gesundheit an. Dann krümmte er sich vor Schmerzen, die unterhalb des Brustbeins lauerten und ihm das Einatmen fast unmöglich machten. Der Kreislauf sackte ab, kalter Schweiß lief ihm von der Stirn, sein Körper verkrampfte und er war der Bewusstlosigkeit nah.

Diagnose: Gallensteine. Eine Operation war unausweichlich, der Eingriff eine Routineangelegenheit. Trotzdem wartete Vicki unruhig im Krankenzimmer. Sie wollte da sein, wenn er aus der Narkose erwachte. Eine freundliche Krankenschwester hatte ihr einen Stuhl ans leere Bett gestellt. Dort saß sie, den Blick auf den blauen Himmel vor dem Fenster gerichtet. Das Wetter war schon seit Tagen sonnig, ganz untypisch für April. Aber sie genoss das Licht nach dem langen Winter. Ihre Näharbeit ruhte im Schoß. Die Anspannung machte ihre Stiche groß und unregelmäßig. Sie würde die Naht wieder auftrennen müssen.

Auf dem Gang war noch immer nichts zu hören. Sie würde sich von der Schwester ein Glas Wasser erbitten. Eigentlich mochte Vicki das Krankenhaus. Das Klimpern und Rappeln, die geschäftigen Schwestern, die mit leisen Stimmen freundliche Worte sprachen, den Hauch von Genesung. Gerne beobachtete sie die Freude auf den Gesichtern der Kranken, wenn ihre Besucher den Raum betraten, die Blumensträuße und Bücher auf den Nachttischen. Sie behielt das alles im Kopf. Vielleicht könnte sie es irgendwann mal in einer Geschichte verwenden.

Mit ihrem Glas Wasser wollte sie gerade wieder auf ihrem Stuhl Posten beziehen, als ein Herr im dunklen Dreiteiler sie ansprach. Es war Dr. Pinnes, ein Philosoph aus Weißrussland mit ungepflegtem Bart, der, wie sie, im Gesellschaftsleben der Stadt als Außenseiter auftrat.

»Frau Lert, Sie hier?«

»Dr. Pinnes, guten Tag. Ja, hier sehen Sie mich.«

»In Behandlung?«

»Nein, ich warte auf meinen Mann. Er muss sich gerade jetzt einer Operation unterziehen.«

»Nein sowas. Das ist ja fürchterlich.«

»Wollen wir es nicht hoffen. Es sind Gallensteine.«

Dr. Pinnes machte ein betretenes Gesicht, offenbar unsicher, wie viel Mitgefühl an diese Stelle angebracht war. Aber Vicki lächelte freundlich und wollte sich gerade abwenden, als er fragte: »Haben Sie eigentlich etwas für den Wettbewerb der *Kölnischen Zeitung* eingereicht?«

Fragend schaute Vicki ihn an.

»Also, ich habe etwas eingereicht. Ich könnte das Geld gut gebrauchen. Sie etwa nicht?«

»Lieber Dr. Pinnes, ich weiß ja gar nicht, wovon Sie sprechen.«

Aus seiner Manteltasche, die ihm als eine Art tragbare Bibliothek diente, zog er ein zerknittertes Exemplar der *Kölnischen Zeitung* heraus. Unter der Rubrik Literatur und Unterhaltung fand sich eine unterstrichene Anzeige für einen Literaturwettbewerb. Eine ernsthafte Angelegenheit, ehrenvoll auch, denn kein geringerer als Thomas Mann befand sich in der Jury. Der erste Preis war mit 5000 Mark dotiert. Rentenmark, die neue, stabile Währung. Eine schwindelerregende Summe.

Aber nur, wenn man eine kleine Geschichte oder Novelle bei der Hand hatte, unveröffentlicht, um die dreißig Seiten lang. Vicki hatte keine und der Einsendeschluss war in zwei Tagen.

»Warum haben Sie mir das denn nicht früher gesagt?«, fragte Vicki. Der schuldbewusste Pinnes senkte bedauernd die Augen. »Ich dachte natürlich, Sie wüssten davon. Alle haben darüber geredet. Jeder hat was eingeschickt. Bekannte aus Frankfurt, Berlin, Hamburg.«

Vicki hätte schreien mögen. Warum nur hatte sie davon überhaupt nichts mitbekommen? Das hatte sie davon, weil sie in dieser lausigen Provinz leben musste, wie im Dornröschenschloss, da drang einfach nichts hin. Was hätte sie mit dem Preisgeld nicht alles kaufen können …

Vor Ärger ballte sie die Fäuste, konnte den aber nun schlecht an Dr. Pinnes auslassen, der unbehaglich von einem Bein aufs andere wechselte und sich schuldbewusst den Bart rieb.

»Die Chancen sind ja ohnehin minimal«, versuchte er zu trösten. »Ich muss dann mal weiter. Auf Wiedersehen, Frau Lert. Und gute Besserung an den Herrn Gemahl.«

Er ging den Flur entlang und Vicki lehnte sich an die Wand, die Zeitungsseite noch immer in den Händen. Sie las die Ausschreibung nochmal durch. Da stand es: Einsendeschluss 30. April 1924.

Ihr Gedanken strömten von ganz allein. War es denn wirklich ganz und gar unmöglich? Geschichten hatte sie genug im Kopf. Und wenn die Post pünktlich arbeitete, dann bestand doch zumindest eine Chance. Also, wenn sie sich jetzt unmittelbar an die Arbeit machte ... Das Glas Wasser stellte sie auf den Schwesterntresen und rannte die Treppen hinunter. Draußen blinzelte sie in die Mittagssonne, lief schnellen Schrittes zum nächsten *Papierladen, kaufte ein paar Schulhefte und ein halbes Dutzend Bleistifte.* Ihr würde schon etwas einfallen, da machte sie sich keine Sorgen. Ihr Kopf war voller Ideen, Eindrücke und Themen. Sie müsste da nur das Richtige rausfischen.

Zurück im Krankenzimmer war auch Hans wieder da. Er war noch ganz dämmrig und hatte ihre Abwesenheit nicht bemerkt. Sanft streichelte sie ihm die Stirn, setzte sich dann eilig auf ihren Stuhl und holte das Schreibzeug heraus. Nur keine Zeit verlieren! Das Heft auf den Knien balancierend, schrieb sie ein paar Zeilen. Und wurde sogleich unterbrochen. Hans ächzte und stöhnte in seinem Bett. Die Betäubung ließ nach, die Schmerzen setzten ein. Vicki rief eine Schwester, nicht die freundliche vom Vormittag, eine Resolute, die nun missbilligend den Kopf schüttelte. »Na, na, na«, rügte sie den Patienten. »Stellen Sie sich mal nicht so an. So schlimm kann es nicht sein.«

Sie richtete die Kissen. Hans schlief wieder ein und Vicki kehrte zu ihrem Stuhl zurück, nahm das Heft hervor und überlegte. Vor ein paar Wochen war sie unterwegs, um neue Polstermöbel zu kaufen. Nach jedem Umzug kaufte sie welche, denn der Transport von einer Stadt zur nächsten war so aufwändig, das lohnte sich nicht. Sie war mit einem Wagen unterwegs von einem Auktionshaus zum nächsten, denn draußen herrschte ein fürchterlicher Regen. Das Wasser lag knöcheltief auf der Straße, dazu ein Wind, der in alle Ritzen fuhr. Als sie gerade mit dem Auktionator verhandelte, fiel ihr eine Frau auf, die vollkommen schutzlos durch dieses fürchterliche Wetter gelaufen sein musste. Sie war nass von Kopf bis Fuß und tropfte, zum Ärger des Verkäufers, unentwegt auf den Teppichboden. Über diese Frau wollte sie schreiben.

Im Bett stöhnte Hans laut auf. Matt öffnete er die Augen, immer nur für einen kurzen Augenblick, flüsterte ihren Namen. Sie griff seine Hand.

»Hier bin ich, Hans.«

Was mochte da los sein? Er war doch sonst nicht so zimperlich.

Die Schwester hatte wieder nur unfreundliche Worte für ihn: »So ein kleiner Eingriff«, schalt sie. »Ein bisschen was müssen Sie schon aushalten, sind doch kein kleines Kind.«

Auf Vickis Einspruch hin, gab sie ihm immerhin ein Beruhigungsmittel. Mit feuchten Tüchern kühlte Vicki seinen Kopf. Das Stöhnen erinnerte sie auf unangenehme Weise an ihre Mutter und die langen Nächte, die sie an ihrem Bett gesessen hatte. Sie wartete, doch Hans beruhigte sich nicht, fand nicht in den Schlaf. Vicki war nervös. Wenn sie die ganze Nacht seine Hand halten musste, würde sie die kleine Geschichte ganz sicher nicht fertigstellen können. Von dieser grantigen Schwester wollte sie sich jedenfalls nicht einschüchtern lassen. Sie ging ein drittes Mal zu ihr. »Hören Sie, mein Mann hat Schmerzen. Die Beruhigungstropfen haben nicht geholfen.«

»Das dauert eben«, entgegnete die Schwester.

»So lange nicht!« Vicki ließ sich nicht abwimmeln. »Geben Sie ihm etwas, damit er schlafen kann«, forderte sie energisch.

Missmutig händigte die Schwester ihr eine Tablette aus. »Meine Güte, ist das ein Theater. Von einem gestandenen Mann kann man wohl erwarten, dass er sich ein wenig zusammenreißt.«

Vicki ignorierte das Gemecker. Nachdem das Medikament verabreicht wurde, konnte sie sich endlich wieder auf ihren Stuhl zurückziehen.

Elisabeth Zienkann würde die Frau heißen. Vicki dichtete ihr ein Leben an. Sie war eine gewöhnliche Frau, pflichttreu und mittelmäßig, wie es tausende gibt. Verheiratet mit einem tüchtigen Mann, Mutter zweier Kinder, etwas in die Jahre gekommen. Den ganzen Tag ist sie beschäftigt: Haushalt und einkaufen, kochen und das Dienstmädchen auf Trapp bringen. Sie hält das Geld zusammen und kümmert sich um alles. Sie klagt nie, hat gelernt mit wenig auszukommen, denkt an sich zuletzt. Nun hat sie sich die Idee mit dem neuen Schrank in den Kopf gesetzt, das Haushaltsbuch gewälzt und einen kleinen Betrag zusammengebracht, ob das reichen wird? So läuft sie von Geschäft zu Geschäft, lässt sich Schränke zeigen, fragt beim Schreiner nach den Preisen.

Da rührte sich Hans schon wieder. Er stöhnte und wimmerte, flüsterte das Wort, das allen Kranken wie eine engelhafte Rettung erscheint: »Morphium«.

Vicki reagierte unwirsch. Die Rolle der teilnahmsvollen Ehefrau war schwer zu erfüllen, wenn sie gleichzeitig eine preisverdächtige Geschichte schreiben sollte.

Sie versuchte, gedanklich bei ihrer Figur zu bleiben. Denn Frau Zienkann findet einen Schrank, nicht ganz, was sie sich erhofft hatte, aber ein solides Angebot, das dem Budget entspricht. Morgen muss sie ihn ersteigern. Müde kehrt sie nach Hause zurück. Sie wird krank.

Die Tür zum Krankenzimmer öffnete sich. Der Assistenzarzt trug einen besorgten Blick herein. Die Operation war nicht gelungen, der Patient litt Schmerzen, war fälschlich der Schwäche verdächtig worden. Eine Spritze wurde aufgezogen. Vicki erkannte das feine Klirren der Morphium-Ampulle und wandte sich ab, wollte die Erinnerung an ihre Mutter abwehren, wie sie nach der Spritze geschrien hatte, jede Nacht, wie Vicki ihr die Injektion gesetzt hatte, unzählige Mal. Die Hilflosigkeit, die Erschöpfung, der Ekel.

Hans lag jetzt ruhig. Vicki schrieb weiter, wie im Fieber. Stunde um Stunde. Seite um Seite. Elisabeth Zienkann hat eine

Lungenentzündung und schleppt sich durch den Tag, bis sie sich dann doch hinlegen muss. Ihrer Tochter erteilt sie die Aufgabe, den Schrank zu ersteigern. Am Sonntag wird er geliefert. Aber das kümmert die gute Frau Zienkann schon nicht mehr. Das Fieber steigt, sie verliert sich im Delirium, ahnt den Tod heraufziehen, will ihm folgen, warum nicht? Was hält sie im Leben?

Plötzlich Unruhe im Krankenbett. Hans richtete sich ein Stück weit auf, stöhnte, erbrach auf die Bettwäsche. Die Nachtschwester, übermüdet, ärgerlich, und keinen Deut freundlicher als die davor, bezog das Bett und brachte ein frisches Hemdchen. Vicki schrieb weiter. Sie schrieb, während der Arzt mit einer weiteren Spritze kam, schrieb, während das Fieber stieg, schrieb, während die Angst wuchs. Sie schrieb wie verrückt, geriet in einen sonderbaren Trancezustand, der sich immer einstellte, wenn Angst und Anspannung sie beherrschten. Fast gefühllos erfüllte sie ihre Aufgaben, schrieb und hielt seine Hand, kühlte seinen Kopf und sprach beruhigend auf ihn ein.

Schreiben, bangen, pflegen und im Nacken die Übelkeit erzeugende Erinnerung an die endlosen Nächte am Krankenbett der Mutter, so verging die Nacht. Am Ende stirbt Frau Zienkann. Es ist Sonntag. Die Burschen haben den neuen Schrank gerade aufgestellt.

Hans starb nicht. Im Morgengrauen schlief er endlich fest ein. Vicki schlich hinaus, ließ ihre Geschichte im nächsten Schreibbüro abtippen und sandte sie noch am Morgen per Eilboten an die Redaktion. Ob sie pünktlich ankommen würde, lag nicht mehr in ihrer Hand.

Langsam erholte sich der Kranke. Eine weitere Operation war nötig, um den begangenen Pfusch zu korrigieren. Vicki ging morgens ins Krankenhaus, verbrachte die Nachmittage mit den Söhnen, und wenn die Zwei schlafen gingen, lud sie sich gerne

Susie ein. Die sehr schöne Gattin des jungen Dirigenten Paul Breisbach, war ihr in den letzten Monaten zu einer lieben Freundin geworden. Ihr hatte sie von der absurden Nacht im Krankenhaus erzählt, von der Geschichte und dem Wettbewerb und nun saßen sie abends beisammen, tranken Tee und machten sich einen Spaß daraus zu überlegen, was man mit dem Preisgeld alles anstellen könnte: für Hans einen Frack, für die Jungen neue Hosen und Mäntel und für sie selbst ein anständiges Kostüm aus gutem Stoff mit zwei Blusen und auf keinen Fall in Marineblau! Etwas jenseits des Praktischen wäre auch schön, vielleicht eine kleine Reise ans Meer oder ins Ausland. Ein Fest mit allen Freunden aus den letzten zehn Jahren.

»Mit dreihundert oder fünfhundert Reichsmark könnte man das alles bezahlen. Und Thomas Mann hat mir ja durchaus schon einmal einen Preis zugesprochen.«

Susie drückte die Daumen, doch die Wochen gingen ins Land, ohne dass die *Kölnische Zeitung* sich gemeldet hätte. Hans war schon wieder auf den Beinen, hatte seine Arbeit aufgenommen, da verstrich auch der Tag der Preisverleihung, ohne dass Vicki irgendetwas von der Redaktion gehört hätte. Sie musste sich eingestehen, dass sie nicht einmal für einen der Trostpreise in Erwägung gezogen worden war. Wahrscheinlich war ihre kleine Geschichte zu spät angekommen und gleich in den Mülleimer gewandert. Das war ärgerlich, denn bei all dem Trubel hatte sie keinen Durchschlag machen lassen. Diese verrückte kleine Geschichte war verloren.

Doch mit dem Verlust hielt Vicki sich nicht lange auf, arbeitete weiter und suchte sehnsüchtig nach neuen Impulsen. Sie las. Der neue Roman von Thomas Mann war für November angekündigt. Bis dahin vergnügte sie sich mit aktuellen Neuerscheinungen, Reiseberichte aus fernen Ländern und ihrem Dostojewski, dem sie sich noch einmal ganz sorgfältig widmete.

Ullstein hatte sie einen Roman versprochen, der einen Attentäter ins Zentrum der Handlung stellt. Im weitesten

Sinne sollte es um die Ermordung von Außenminister Walther Rathenau gehen, nur würde ihr Joachim Burthe das Ende der Fahndung unentdeckt überstehen. Er würde sogar davonkommen und mit der Schuld leben lernen. Die Einsamkeit sollte ihn läutern, ein Akt der Selbstlosigkeit sein Verbrechen sühnen.

Für diese Geschichte suchte Vicki nach einem neuen Schreibstil, sachlich, fast journalistisch, wie ein Bericht, aber gleichzeitig auf die Psyche des Täters gerichtet, ganz nah an seinen Seelenqualen. Spannend musste es werden, denn der Roman würde zunächst als Fortsetzungsroman in der *Berliner Illustrierten Zeitung* erscheinen, also häppchenweise, immer ein Kapitel pro Woche. Da musste man die Leserschaft bei der Stange halten.

Sie nahm den Zug nach Frankfurt und recherchierte in der Bibliothek der Johann Wolfgang von Goethe Universität über die Abgründen der menschlichen Seele. Als sie zurückkam, wartete ein Telegramm auf sie. Sie beeilte sich, die Handschuhe abzustreifen, überflog das Papier und lachte laut auf. Die Kinder kamen aus der Küche gelaufen und schauten sie neugierig an.

»Was ist los, Mama?«, fragte Peter, der nun drei Jahre alt war.

Vicki nahm den Kleinen an die Hand und drehte ihn im Kreis.

»Ich habe einen Preis gewonnen!«, jubelte sie. »Einen ganz großen!«

Die Jungen hatten zwar keine Ahnung, um die Bedeutung dieser Worte, aber sie jubelten und freuten sich und Vicki tat es ihnen nach. Der erste Platz! Das waren nicht ein paar Hundert, nein, es waren fünftausend Mark! Reichsmark! Die erst seit ein paar Wochen ausgegeben wurde. Jetzt hatte der bewunderte und verehrte Thomas Mann ihr schon wieder einen Preis zugesprochen. Sie fühlte sich, als hätte ihr persönlicher Schutzheiliger für sie das Tor zur Literatur geöffnet.

Gerne hätte sie mit Hans auf diesen Erfolg angestoßen, doch der war mal wieder unterwegs. Also feierte sie mit den Kindern, kaufte Torte und Himbeerlimonade und bereitete ihnen einen festlichen Nachmittag. Abends lud sie Susie zu sich ein. »Ich gratuliere dir ganz herzlich!«, freute sich die Freundin und knabberte an einem Stück Zitronenkuchen. »Fünftausend Mark! Was wirst du damit nun tatsächlich anfangen?«

Vicki musste nicht lange überlegen. »Nichts«, sagte sie.

Susie lachte: »Ist das dein Ernst? Wochenlang träumen wir und machen Pläne, und wenn es so weit ist, willst du gar nichts machen?«

»Planen ist fein. Aber wir dachten, ich gewinne hundert Mark, oder dreihundert oder meinetwegen fünfhundert. Das kann man mal verschwenden, wenn es sich ergibt. Aber doch nicht fünftausend.«

Sie meinte es ernst.

»Aber, was hast du denn vor mit dem Geld?«

»Ich werde es auf die Sparkasse legen.«

Susie wunderte sich, denn die schlimmen Zeiten waren gerade erst vorbei und die Sparkasse hatte sich in den Jahren der Inflation als nicht sehr krisenfest erwiesen.

»Ich habe es einfach satt, von der Hand in den Mund zu leben«, erklärte Vicki. »Es ist Zeit, ein Polster anzulegen. Wer weiß, was die Zukunft bringt.«

Susie nippte an ihrem Weißwein und wusste nicht genau, auf welches Unwetter sich Vicki da eigentlich vorbereitete. Und Vicki schwieg. Sie gehörte nicht zu den Leuten, die ihr Privatleben vor anderen ausbreitete, und wollte der Freundin nicht mit schmutziger Wäsche lästig fallen. Mit ihr und Hans stand es nicht zum Besten in der letzten Zeit.

An seine Abwesenheit hatte sie sich längst gewöhnt, auch daran, dass jeder sein Leben führte. Wenn sie sich austauschten, dann über die Kinder: Wolfgang hatte sich im Deutschaufsatz hervorgetan, Peter hatte sich den Roller eines Nachbarkinds geschnappt und diese motorische Herausforderung problemlos gemeistert. Alle sonstigen Familienangelegenheiten hielt sie von ihm fern. Seine Seele, als Mann und als Musiker, war so zart, da wollte sie ihn nicht mit Kummer belasten, nahm ihm ab, was sie konnte, pflegte ihn, als er krank war, und behielt ihre Sorgen für sich. Hans hatte sich von seinem Eingriff gerade erholt, das Leben ging endlich wieder den gewohnten Gang, der Sommer versprach schön zu werden, aber Vicki hatte das Gefühl, ihr würde alles zu viel. Sie fühlte sich niedergeschlagen, erschöpft, antriebslos, als würde sie innerlich bluten. In der grässlichen und düsteren stuckverzierten Hölle von einer Wohnung schaffte sie es morgens nicht aus dem Bett, war ganz und gar unfähig aufzustehen. Erst gegen zehn oder elf Uhr siegte das schlechte Gewissen.

Susie überredete sie schließlich, einen Spezialisten aufzusuchen. Der machte ein paar Untersuchungen und erklärte mit besorgtem Gesicht: »Es ist ernst. Sie müssen sich operieren lassen, unverzüglich. Die Gebärmutter muss raus, sonst gibt es keine Chance auf Heilung.«

»*Was ist es denn? Krebs?*«, fragte Vicki gerade heraus. Sie schätzte keine Ausreden, wenn es um ihr Leben ging.

»Warten wir erstmal die Operation ab«, wiegelte der Arzt ab. »Allerdings, was ich bisher in dieser Art gesehen habe, hat sich meist als Krebs herausgestellt.«

Sie verschwieg Hans den furchtbaren Verdacht und sagte nur, dass sie sich wegen einer kleinen Frauensache operieren lassen müsse. Körperliche Gebrechen waren ihr seit jeher ein Graus, eine peinliche Schwäche, etwas mit dem man anderen nicht zur Last fallen sollte. Am Abend bereitete sie eine Art Testament vor. Wenn etwas schief ging, sollte das hinterlassene Chaos nicht allzu groß sein.

Nachts lag sie wach. Das könnte das Ende sein. Sie erinnerte sich an einen Artikel, den sie kürzlich gelesen hatte über indigene Völker, die mit ihren Ahnen um das Leben ihrer Kranken feilschten. In Gedanken feilschte sie für sich. Nicht aus Angst vor dem Tod, sondern weil sie ihre Aufgabe noch nicht erfüllt sah. Wolfgang und Peter waren noch zu klein, um ihre Mutter zu verlieren und sie hatte noch so viele Ideen in ihrem Kopf. Es wäre einfach zu früh. Aber wenn es schon sein musste, dann eben richtig. Keinesfalls wollte sie ein bedauernswerter Pflegefall werden.

Vicki feilschte gut. Zwei Tage nach der Operation steckte der Arzt den Kopf zur Tür des Krankenzimmers herein und verkündete die gute Nachricht: »Kein Krebs!«

Hans saß gerade bei ihr und war sichtlich schockiert. »Krebs?«, fragte er mit aufgerissenen Augen.

Die Schwester musste ihn mit einem Kognak wiederbeleben.

Das hätte das Ende sein können. Vicki hatte diese Erfahrung noch nicht verkraftet und dachte viel über sich nach. Vor allem grundsätzliche Fragen beschäftigten sie: Wie will ich wirklich leben? Was bereitet mir Freude? Was hingegen ist nur Pflicht? Die Krankheit hatte sie und Hans nicht näher zueinander geführt, im Gegenteil. Von seinem Schock hatte Hans sich bald erholt, sich über Vickis Schweigen nicht weiter gewundert. Vielleicht waren sie über ein solches Wundern auch schon hinaus. Und so verfestigte sich das Gefühl, dass es eigentlich nicht genug gab, was sie verband. Zu wenig, um richtig glücklich miteinander zu sein, aber eben doch auch zu viel, um die Ehe aufzulösen. Eine Scheidung wollte Vicki auch den Kindern nicht antun. Sie wusste ja bereits, was das bedeutete, und war grundsätzlich bereit, ihren Teil der Abmachung einzuhalten. Aber ihr Unmut wuchs und umschloss sie wie die harte Schale einer Nuss. Ihre Bitterkeit verpackte sie in herrlich ironische Bonmots – nicht geschmacklos, sondern charmant. Die geistreiche Frau Generaldirektor Lert. Immer wieder gerne gesehen, ein wahrer Funkenregen an Geist und Witz.

Doch obwohl der Graben nicht zu leugnen war, hatte sie die Hoffnung noch nicht vollständig aufgegeben. Gerne wäre sie zu den alten Zeiten zurückgekehrt, als die Liebe zwischen ihnen noch so greifbar gewesen war wie das gegenseitige Vertrauen. Nicht als körperliche Leidenschaft, sondern als Verbundenheit. Manchmal stellte sie sich sein strahlendes Gesicht vor, damals bei diesem Ausflug zum Baden. Er war so glücklich gewesen, weil sie sein Herz erhört hatte. Sie hatten so viel geredet, in so vielem übereingestimmt. Es waren glückliche Zeiten. Ob sie diese zurückholen konnte, wusste Vicki nicht, aber sie wollte mit ihm darüber sprechen. Bald. Und bis dahin würde sie ihrer Arbeit nachgehen, sich um die Kinder kümmern und dieses Geld nicht anrühren.

IX

Und dann kam die Liebe zurück in ihr Leben. Vicki musste immerzu an ihn denken. Wenn sie die Kinder morgens weckte, ihnen Frühstück machte, einen Tee trank. Wenn sie Wolfgang bei der Schule ablieferte und mit Peter noch ein bisschen durch die Straßen spazierte, ehe sie zum Metzger, zum Gemüsehändler und zum Bäcker gingen. Ständig dachte sie an ihn, an seine geschmeidigen Bewegungen, seine angenehme Stimme, sein tiefes, gurgelndes Lachen. Sein herber Geruch hing ihr in der Nase, wo immer sie hinging. Ein Hauch von Frühling im düsteren Novembernebel, und während sie Kartoffeln schälte und Fleisch anbriet, lächelte sie in Gedanken an seine breiten Hände und seine amüsanten Geschichten. Er ermutigte sie, von ihrer Arbeit zu erzählen und hörte mit einer Inbrunst zu, von der sie nicht geglaubt hatte, dass ein Mann sie aufbringen könnte. Stets ermunterte er sie, stellte Fragen, gab Anregungen, las, was sie ihm zeigte, und stellte sich vehement auf ihre Seite, wenn sie sich über geschwätzige Nachbarinnen, unwirsche Lektoren, naserümpfende Gesellschaftsdamen ärgerte oder über ihren gefühllosen Ehemann.

Vicki war verliebt in Bengt Wadsted. Sie lief schier über vor Liebe, einer leidenschaftlichen, gefühlsbeladenen Liebe – die selbstverständlich verboten war. Mit ihren achtunddreißig Jahren fühlte sie sich wie ein Backfisch, der sich vor Herzklopfen nicht zu helfen weiß. Das war nicht die versonnene Bruderliebe, die sie für Hans empfunden hatte. Ihre Gefühle für Bengt waren spontan, lustig, schlaflos und erregend. Denn für ihn fühlte sie eine rauschhafte, sinnliche Liebe, die sie für Hans nie empfunden hatte. Er war wie guter Wein oder köstlicher Honig, während Hans immer wie Brot gewesen war, grundlegend, angenehm, nährend, aber mit der Zeit schal und dumpf.

Bengt kam aus Kopenhagen, dort war er geboren. Ein blonder, schmal Typ, mit offenen Gesichtszügen, lebenslustig und charismatisch. Immer war er in Bewegung, an allem interessiert. Erpicht darauf, immer neue Abenteuer zu erleben und die Welt zu bereisen. Mit fünfundzwanzig hatte er in einer Silbermine in Mexiko gearbeitet, war von dort in die Vereinigten Staaten gezogen. Um all das beneidete Vicki ihn. Wie gerne würde sie selbst reisen, verschiedene Kontinente entdecken. Fasziniert hatte sie im Kino gesehen, wie die balinesischen Frauen Reis stampften und ihre Waren auf dem Kopf zum Markt trugen. Die Stammestänze, die aufwändigen Masken, die Monster, die an den Türen der Tempel Wache standen. Sie konnte sich nicht sattsehen an diesen Bildern – denn mehr war ihr nicht vergönnt. Sie saß in Mannheim fest, saß in ihrem Leben fest. Und jetzt war da eben Bengt, der herzlich über ihre Anekdoten lachte und sie amüsiert ansah, als hätte sie etwas zu sagen. Zwar war auch er verheiratet, lebte mit seiner Ehefrau Viebke aber eine offene Beziehung. Über seine Partnerschaft musste Vicki sich also keine Gedanken machen, nur über ihre eigene.

Kennengelernt hatten sich die beiden während Recherchearbeiten zu ihrem aktuellen Roman. Protagonistin war eine junge Studentin, ein ganz fleißiges, gradliniges Ding, wie sich Ullstein das gewünscht hatte. Vicki würde sie auf Abwege führen. Da das Mädchen Chemie studieren sollte, hatte Vicki verschiedene chemische Labore angeschrieben. Die Firma Dorr in Wiesbaden wollte ihr Rede und Antwort stehen. Bengt Wadsted hatte sich ihrer angenommen, neugierig auf eine Autorin, die sich die Mühe der Recherche machte, wissbegierig, wie so ein Buch denn nun entstand und geschrieben wird. Lange Gespräche hatten sie geführt, über das Studium der Chemie, über die Arbeit im Labor und das Miteinander. Bengt las, was sie über die Experimente ihrer Figur geschrieben hatte, gab weitergehende Hinweise. Vicki hörte begierig zu, griff Ideen und Anregungen auf, achtete seine Kritik. Sie suchte den Austausch, denn das Schreiben war ein einsamer Dienst. Dass sie ihre Gespräche fortsetzten, als die Recherche längst abgeschlossen war, das schien niemanden zu stören.

Als er sie an der kleinen Bahnstation zum ersten Mal geküsst hatte, dachte sie noch daran, dass es für diesen neuerlichen Ehebruch eigentlich ein Unwetter bräuchte, Regen und Wind, Blitze und Donnerknallen, eine Gefahr vielleicht und eine Rettung. Aber das Leben fügte sich nicht den Vorgaben der Literatur und so musste sie sich damit begnügen, dass er sie in einem leeren Wartesaal an sich zog. Immerhin fühlte sich Vicki wie an einer Schnur gezogen. Als könnte sie sich gegen die blauen Augen, gegen die sanften Berührungen, gegen die leidenschaftlichen Begegnungen nicht wehren. Tatsächlich wollte sie sich gar nicht dagegen wehren. Sie wollte aus den Gleisen geraten. Es war längst an der Zeit.

Drei

Geradewegs ins neue Leben

I

Im Minutentakt strömten Menschen aus den Hochbahnen, U-Bahnen, Trams und Bussen rund um das Berliner Zeitungsviertel. Herren in Anzügen, Frauen in knielangen Kostümen, mit leichten Lederhandschuhen und modischen Hüten. Sie eilten Treppen hinauf oder hinunter, liefen zielstrebig an den hupenden Autoschlangen vorbei, die sich Richtung Stadtmitte stauten, überquerten geschmeidig die Leipziger Straße, die Wilhelmsstraße, die Lindenstraße oder den Mehringer Platz und trieben wie von selbst vor die Eingänge der einzelnen Verlagshäuser: Mosse, Ullstein, Scherl.

In der Kochstraße 22-26 residierte das Medienimperium von Leopold Ullstein. Hier erschien seit über zwanzig Jahren die *B.Z. am Mittag*, die im Ruf stand, die schnellste Zeitung der Welt zu sein. Außerdem eine ganze Bandbreite von Zeitschriften für jeden Geschmack: die *Berliner Illustrierte Zeitung*, *Die Dame*, *Die grüne Post*, die Satirezeitschrift *Uhu*, das Kulturmagazin *Querschnitt*, genauso wie die Kinderzeitschrift *Der heitere Friedolin* und *Das Blatt der Hausfrau*.

Unter den Arkaden der Kochstraße gab sich der Tross der Angestellten die Klinke in die Hand, ergoss sich aus der Eingangshalle in die verglasten Büros und weiter in die klappernden Sekretariate der zweiten und dritten Etage.

Ein ganz gewöhnlicher Montagmorgen, nur dass unbemerkt ein Neuankömmling im immergleichen Strom mitschwam. Gekleidet im altrosa Schneiderkostüm mit passendem Glockenhut fügte sich Vicki Baum in die Menge ein. Ihr Schritt war vielleicht eine Spur beschwingter, ihr Blick ein Hauch zielstrebiger, denn die frischegebackene Redakteurin ging geradewegs einem neuen Leben entgegen.

Seit einem halben Jahr hatte sie diesen Tag vorbereitet, jetzt war es so weit. Heute würde sie ihren ersten Arbeitstag beginnen, zum ersten Mal seit zehn Jahren wieder angestellt sein, mit

Arbeitszeiten, täglichen Aufgaben und einem monatlichen Einkommen. Sie konnte nicht aufhören zu lächeln.

Die Eingangshalle hätte ihr von ihrem letzten Besuchen in Berlin vertraut sein müssen. Vor vier Jahren hatte Ullstein sie in diesem Haus umworben. Damals war sie geschmeichelt, schlug den angebotenen Exklusivvertrag aber aus. Mittlerweile hatte sich das Blatt gewendet.

Kurz nach Neujahr war Hans wutentbrannt nach Hause gekommen. Er hatte das Mittagessen nicht angerührt und saß schweigend, mit finsterem Blick am Tisch, verdüsterte die ganze Atmosphäre mit seiner Wut. Wolfgang und Peter wagten kaum zu sprechen, so viel Spannung lag in der Luft. Nach dem Birnenkompott schickte Vicki die Kinder hinaus. Sie hatte wenig Lust, Hans zum Reden zu bringen, wollte nicht von seinem dummen Ärger hören, von seinem Gezanke um Budget und Bühnenzeit. Am Ende tat sie es aber doch. »Was ist denn los?«, fragte sie. »*Schlechte Probe*? Oder gab es *Stunk*?«

»Stunk? Ja! Davon kannst du ausgehen. Dem Sioli habe ich gehörig die Meinung gesagt. Bescheid hab' ich dem gegeben.«

»So? Was hat der Herr Intendant denn verbrochen?«, fragte Vicki, doch sie erhielt keine Antwort.

Hans steigerte sich in eine Tirade hinein: »Wenn es nach mir ginge, würde ich noch heute kündigen, ach was, vor die Füße werfen würde ich ihnen diesen unsäglichen Vertrag. Die denken doch, sie könnten alles mit mir machen und ich muss alles mittragen. Kompromisse hier, Kompromisse da. Aber die Musik verträgt keine Kompromisse. Das will ihnen nur nicht in den Kopf. *Wenn ich nicht Frau und Kinder hätte, bliebe ich keinen Tag mehr in diesem Schweinestall!*«

Vicki hörte sich den Ausbruch schweigend an, doch ihr gefror das Blut. *Als hätte sie Eiswasser in den Adern*. Wie konnte er es wagen, ihr Vorhaltungen zu machen? Es war genug. Hier war die Grenze. Sie würde sich das nicht länger anhören.

»Wegen uns musst du keine Kompromisse machen«, sagte sie

mit einer gefährlich ruhigen Stimme. »Nicht mehr. Das war es für uns!«

Hans hörte ihr nicht zu. Aber das änderte nichts. Es war vorbei. Wieder hatte sie eine lebensverändernde Entscheidung getroffen, ohne ein zweites Mal darüber nachzudenken. Es war an der Zeit, sich zu trennen. Ob zeitweise oder dauerhaft, das würde sich zeigen. Mit Bengt hatte das übrigens nichts zu tun. Ihre Wege trennten sich schon wieder und das war auch gut so. Die Leidenschaft ist eine schöne Abwechslung, aber kann man darauf dauerhaft ein Leben aufbauen? Vicki glaubte nicht daran. Viel lieber erinnerte sie sich an ihr erstes Jahr in Darmstadt, an die Freiheit, das eigene Leben nicht um die Bedürfnisse eines Mannes drapieren zu müssen.

Noch am selben Abend, als Hans zur Oper gegangen war, setzte Vicki sich an den Schreibtisch. Eine halbe Stunde lang starrte sie auf die Typen der Schreibmaschine, dann tippte sie ohne weiteres Zögern einen Brief an Paul Wiegler und begrub damit alle Träume von der großen Literatur. Mit Leib und Seele verkaufte sie sich an den Ullstein Verlag, bat um eine feste Stelle in Berlin. Irgendwas würde sich doch sicher für sie finden lassen, in der Moderedaktion, als Autorin für Kochrezepte oder auch als Ratgeberkolumnistin. Sie wäre bereit, jede Aufgabe zu übernehmen, das Handwerk des Journalismus gründlich zu erlernen oder auch irgendeine andere Tätigkeit, als Sekretärin oder Schreibkraft. Dann wurde sie zum Vorstellungsgespräch geladen, wieder auf Kosten des Hauses. Vicki reiste im März an, eine Mappe mit Arbeitsproben im Gepäck: Skizzen und Entwürfe zu Abendkleidern, Babywäsche, Sofakissen und Lampenschirme, als hätte sie bei Ullstein nichts vorzuweisen. Sie dachte, sie würde am eheste in einer Moderedaktion unterkommen. Eine Sekretärin mit modischer Wasserwelle führte sie in den

Konferenzraum, wo bereits ein illustrer Kreis beisammensaß: Den Reklamechef Hermann Ullstein kannte sie bereits von ihrer Besprechung vor vier Jahren. Neben ihm saß Emil Herz, auch ein alter Bekannter – der Direktor der Buchabteilung, der kurz nach Peters Geburt in Hannover mit ihr über ihre Zukunft bei Ullstein gesprochen hatte. Die anderen beiden Herren hatte sie noch nie gesehen. Der feiste Mann mit Brille stellte sich als Kurt Szafranski vor, Leiter der Zeitschriftenabteilung, der Vierte im Bunde war Kurt Korff, der legendäre Chefredakteur der *Berliner Illustrierten Zeitung*. Vicki stellte *mit Herzklopfen, Lampenfieber und Würde* die Mappe neben ihrem Sessel ab, nahm Platz, ließ aber das angebotene Glas Branntwein unberührt vor sich stehen. Sie wollte einen klaren Kopf bewahren, wer weiß, welche Prüfungen man ihr abverlangen würde.

Emil Herz eröffnete mit einem kleinen Vortrag über die bisherige Zusammenarbeit mit dem Ullstein Verlag: »In den letzten Jahren hat Frau Baum Romane mit einer Gesamtauflage von über hunderttausend Exemplaren veröffentlicht. Sie zählt zweifellos zu den herausragenden Autorinnen unserer Zeit. Ihre Texte haben Biss und treffen den Geschmack des Publikums.«

Kurt Szafranski rückte seine Brille zurecht und ergriff, an Vicki gewandt, als nächster das Wort: »Es ist bei Ullstein gängige Praxis, erfolgversprechende Autoren als Redakteure einzustellen. So haben sie einen regelmäßigen Lebensunterhalt und einen Finger am Puls der Zeit. Nichts spricht dagegen, diese Regel auf Sie anzuwenden.«

Vicki nickte den Herren erfreut zu. Das würde leichter, als sie erwartet hatte.

»Sie kennen sicher unsere Modeillustrierte *Die Dame*?«, Szafranski hob die Augenbrauen.

»Selbstverständlich«, erwiderte Vicki und versuchte sich den Anschein von Gelassenheit zu geben. *Die Dame*, das war eine elegante Illustrierte für die Frau, mit Mode, Kultur- und Gesellschaftsthemen. Vicki schätzte den anspruchsvollen und freigeistigen Gestus des Blattes. Extravaganz und Emanzipation, das war genau in ihrem Sinne.

»Wir planen, der *Dame* ab Herbst ein Literaturheftchen beizulegen. Um genau zu sein …«, Szafranski machte eine dramatische Pause und schaute ihr ins Gesicht, »Sie sollen das tun.«

Unauffällig schob Vicki die Mappe mit ihren Arbeitsproben unter den Tisch, um sie vor den Augen der Ullstein-Größen zu verbergen. So ein Angebot hätte sie sich niemals träumen lassen. Wie gerne wäre sie in diesem Moment gleichgültig geblieben, aber sie strahlte übers ganze Gesicht.

»Wir stellen uns ein kleines Beiheft vor. Einen Fortsetzungsroman, dazu Rezensionen oder Interviews, Originaltexte, wenn Sie etwas Gutes finden. Mit der Umsetzung haben Sie freie Hand. In einem gewissen Rahmen versteht sich.«

Nun war es an ihr, etwas zu sagen. »Das ist ein wunderbares Angebot«, setzte sie an, doch Hermann Ullstein unterbrach sie direkt: »Aber«, er räusperte sich vernehmlich. »hoffentlich machen Sie sich *keine übertriebenen Vorstellungen von dem Gehalt, dass wir Ihnen für den Anfang zahlen können.*« Vicki schluckte.

»Sie mögen sich zur *höchstbezahlten Autorin* des Landes entwickeln, aber ob Sie die Fähigkeiten haben, die in einer Redaktion gebraucht werden, das muss sich erst zeigen. Denken Sie daran, als Redakteurin fangen Sie gerade erst an.«

Vicki blieb die Luft weg. Das Wort »Redakteurin« hinterließ ein heißes Gefühl in ihrem Kopf. *Redakteurin? Ich? In Berlin? Bei Ullstein?*

»Haben Sie denn schon redaktionelle Erfahrung?«, fragte Korff geschäftsmäßig.

»*Nicht viel*«, gestand Vicki. Ihre *redaktionelle Erfahrung beim Zugrunderichten einer lächerlichen, kleinen Zeitschrift erwähnte sie lieber nicht.*

»Nun, der *Ullstein-Verlag möchte es gerne mit Ihnen versuchen*, wenn Ihre Erwartungen bezüglich des Gehalts realistisch sind.«

Nun war es an Vicki sich zu räuspern. Sie wollte sich keinesfalls unter Wert verkaufen. »*Sehen Sie, wenn ich mit meiner Familie nach Berlin kommen sollte – es hängt ja noch alles in der Luft – ich muss mich natürlich auch mit meinem Mann besprechen. Morgen treffe ich mich mit unserem alten Freund Generaldirektor Kleiber*, sollte sich die Möglichkeit ergeben und *mein Mann an die Berliner Staatsoper* berufen werden …«

Sie holte noch einmal tief Luft und *fragte dann nonchalant: »Was würde ich denn zunächst bekommen?«*

»Es tut uns sehr leid, aber mehr als achthundert Mark im Monat können wir Ihnen nicht anbieten.«

Da saß Vicki nun mit gefüllten Lungen und musste sich Mühe geben, nicht zu lachen. Mit einem langgezogenen »Aha« ließ sie einige Luft entweichen, was die Herren am Tisch offenbar gleich als Zögern werteten.

»*Sie können aber mit Leichtigkeit das Doppelte erzielen*«, warf Korff hastig ein. »*Und wir hoffen, dass Sie das auch tun werden – Sie brauchen nur ein paar kleine Füller für unsere Zeitschriften zu schreiben, wir zahlen Ihnen für jede Zeile eine Mark, unseren höchsten Honorarsatz.*«

Das war der Auftakt. Heute stand Vicki etwas ratlos im Foyer. Sie war zu früh – eine dumme Angewohnheit aus Kindertagen, als sie es nicht erwarten konnte, den strengen Augen des Vaters zu entfliehen und die halbe Stunde vor Unterrichtsbeginn brauchte, um ihre Schulaufgaben zu erledigen. Heute brachte sie diese harmlose Neurose in Not, denn sie ahnte nichts von *dem Klassenunterschied, der* die niedrigen Lohngruppen *zu Neunuhrwesen machte, während Redakteure und Abteilungsleiter ihre Höhe dadurch wahrten, dass sie erst um halb zehn* ins Büro kamen. Um neun Uhr gehörten Straßen, Eingangshallen und Flure der Kochstraße den Sekretären, Stenotypistinnen, Telefonistinnen und Botenjungen. Nur Vicki strandete verloren im Foyer der dritten Etage vor den skeptischen Augen des Herrn Appel.

Er reichte ihr einen Anmeldezettel, sie möge ihn ausfüllen: Name, Ansprechpartner, Abteilung, Uhrzeit. Vicki schluckte nervös. Sie vermochte beim besten Willen nicht zu sagen, wo sie erwartet wurde oder von wem. Allein die Uhrzeit – 9.30 Uhr – war gewiss, doch das schien den überaus korrekten Botenmeister überhaupt nicht zu befriedigen. Er schaute missbilligend auf die Lücken ihres Anmeldezettels.

»Von den Herren Redakteuren ist noch keiner im Hause«, erklärte er knapp und ließ sie zur Sitzecke an der Treppe bringen. Dort saß sie nun, blätterte in den ausgelegten Zeitungen und geriet unversehens in den *Bann des Paternosters*. Noch nie hatte sie ein solches Gefährt gesehen. Kein Halt, keine Türen, eine unausgesetzte Folge von Gondeln, die kamen und gingen, kamen und gingen. Wie hypnotisiert schaute Vicki den Ein- und Aussteigenden zu. Für dieses Teufelsgerät brauchte es flinke Füße. Inständig hoffte sie, es niemals betreten zu müssen.

Der Zeiger der Wanduhr rückte vor, doch das Kommen und Gehen riss nicht ab. Niemand bemerkte sie, niemand nahm sich ihrer an. Vicki erkannte ein paar Gesichter traute sich aber nicht, einen der Herren auf sich aufmerksam zu machen. Es ging schon auf Mittag zu, als Szafranski sie endlich entdeckte. »Frau Baum, herzlich willkommen.«

Vicki war sich nicht sicher, ob er überhaupt wusste, warum sie da war, aber er begrüßte sie überschwänglich. Schon in dieser Herzlichkeit lag der Geist des Hauses verborgen, die Wärme, die Heiterkeit und der unerschütterliche Optimismus. Szafranski führte sie durch einen langen Gang, an den Glastüren zahlreicher Büros vorbei. Ganz offensichtlich wusste er nicht, wo er seine frischgebackene Redakteurin lassen sollte. Schließlich öffnete er eine, wie es schien, beliebige Tür und ließ sie eintreten. »Hier können Sie einstweilen bleiben«, verkündete er. »Herr Appel wird Ihnen alles besorgen lassen, was Sie brauchen.«

Und damit war der vielbeschäftigte Herrscher über die dritte Etage schon wieder verschwunden.

Vicki blickte sich um: ihr erstes eigenes Büro. Eine Einzelzelle, lang und schmal, ein Kämmerchen, das den Schreibtisch eng umschloss, aber immerhin ihres. Das Fenster ging auf den Gang, von dem aus adrette Männer und Frauen neugierig durch die Scheiben schauten. Schließlich setzte sie sich an den Schreibtisch. Eine Aufgabe hatte sie noch nicht bekommen und kam sich vor, wie ein Kanarienvogel im Käfig. In diesem Zentrum der Geschäftigkeit war sie zur Untätigkeit verdammt. Nie hatte sie sich so überflüssig gefühlt. Ihre Kehle schnürte sich zu und ihr leerer Magen zeigte an, dass die Mittagsstunde bereits verstrichen war.

»Das Kasino befindet sich in der vierten Etage«, erklärte Herr Appel, den Vicki um Auskunft gebeten hatte. »Aber beeilen Sie sich. *Nach zwei bekommen sie höchstens noch eine Tasse Kaffee.*«

»*Und wie komme ich dahin?*«

»*Mit dem Paternoster,* natürlich. *Gar nicht zu verfehlen.*«

Vicki ließ das Mittagessen ausfallen.

»Herr Korff wünscht, Sie zu sprechen.« Ein dunkelhaariger Botenjunge steckte den Kopf zur Tür hinein. Vicki erhob sich von ihrem Stuhl und reihte sich ein in den endlosen Verkehr durch den Korridor. Sie ließ eine Bürotür nach der anderen hinter sich, Klarglas ohne Vorhänge, mit Vorhängen, dann die Milchglas-Türen. Vor so einer stellte man sie ab. Sie zögerte nur kurz, klopfte dann etwas zu laut – sie wollte einen energischen Eindruck machen – an die Tür und öffnete, als sie von drinnen ein »Herein« zu hören meinte.

Kurt Korff, Chefredakteur der *Berliner Illustrierten*, war ein charmanter kleiner Mann, dem man das journalistische Genie nicht an der Nasenspitze ansah. Er, ein Ausbund an Kompetenz und Höflichkeit, stand umringt von seinem Redaktionsstab, einer Entourage junger Männer mit langen Haaren und modischen Krawatten, dünn und unruhig, fast noch grün hinter den Ohren.

»Frau Baum. Guten Tag!« Korff stand auf, als sie den Raum betrat. Er verbeugte sich knapp, bot ihr einen Stuhl und nahm selbst erst wieder Platz, als sie sich gesetzt hatte. Die jungen Herren taten es ihm nach, aber bei weitem nicht so selbstverständlich, nicht so gekonnt und überzeugend.

»Ich freue mich, Sie endlich im Berliner Hauptquartier begrüßen zu dürfen.«

Verbindlich lächelte Vicki: »Sie ahnen nicht, wie sehr ich mich freue.« Sicher wusste er, dass sie den ganzen Tag nur herumgesessen hatte. Jetzt hatte sie genug vom Warten und wollte endlich anfangen. »Der Redaktionsalltag ist eine spannende Angelegenheit, und nun, wo wir die Höflichkeiten hinter uns haben, seien Sie so gut, geben Sie mir eine Aufgabe, damit dieser Tag für mich nicht ganz verloren ist.«

Das Gefolge grinste blöde.

»Genau aus diesem Grund habe ich Sie hergebeten.« Einer der Jungen hustete unvermittelt. Vicki war sich fast sicher, dass er dahinter ein Lachen verbarg. »Ich muss Sie in einer heiklen Angelegenheit um Unterstützung bitten. Kennen Sie Fritz Skowronnek?«

Lag da nicht eine gewisse Verlegenheit in seiner Stimme? »Diesen ostpreußischen Heimatautor?«

»Genau den.«

»Ich kenne ihn vom Namen her, gelesen habe ich ihn nicht.«

Korff lachte freundlich. »Ja, das ist schon ein ganz eigenes Genre. Aber sehr beliebt. Wir haben dutzende Bücher dieser Art herausgegeben. Ein Millionenpublikum. Aber das hier, ...«, er reichte ihr einen dicken Stapel Papier, »... das geht nun nicht mehr. *Stinkt zum Himmel. Blut und Boden und Vaterland und Kuhmist.* Da ist die Grenze weit überschritten.« Vicki hielt das geächtete Manuskript in den Händen. Sie ahnte schon, was jetzt kommen würde.

»Seien Sie so gut und geben Sie ihm das zurück, er ist soeben eingetroffen und wartet auf einen Einschätzung. Von uns hat gerade keiner Zeit.«

Vicki spürte die neugierigen Blicke auf sich.

»Aber seien Sie freundlich. Natürlich sind wir ihm zu Dank verpflichtet, nach all den Jahren guter Zusammenarbeit. Vielleicht wird das nächste Buch wieder ein Verkaufsschlager. Ich bin sicher, Sie haben das nötige Fingerspitzengefühl. *Wenn er wild wird, rufen Sie sich Botenmeister Appel zu Hilfe*, nicht dass der Skowronnek am Ende noch Jagd auf uns macht.«

Gemeinsam lachten sie über diesen ostpreußischen Jäger und Heimatautor, dem zuzutrauen war, dass er mit Feldstecher und Jagdgewehr in die große Stadt reiste.

»*Schmeicheln Sie ihm auf Deubelkommraus.* Sie werden schon wissen, wie man das macht. *Sie haben doch sicher selbst genug freundliche Absagen bekommen.*«

»Klar«, log Vicki, denn tatsächlich war ihr diese Erfahrung bisher erspart geblieben. Sie erhob sich vom Stuhl. Korff erhob sich gleichfalls, und wie ein Echo rutschte das Gefolge von den Stühlen. Vicki folgte dem Botenjungen zu einem Wartezimmer, das dem engsten Mitarbeiterkreise vorbehalten war. Ihre Schritte hallten durch den Gang und Vicki dämmerte es, dass sie ihrer Feuerprobe entgegenging. Auf ins Gefecht!

Sie straffte die Schultern, trat ein und lieferte dem Ostpreußen eine Show, die in ihrer schauspielerischen Leistung einer Tilla Durieux Konkurrenz gemacht hätte. Sie schmeichelte und log, *bewarf sämtliche Ullsteins, Korff, seine* Berliner Illustrierten *und seine Lektoren, mit Schmutz. Asphaltpflanzen, einer wie der andere, dekadente Großstädter, die noch nie auf einem Pferderücken gesessen, nie ihre Nase in einen Stall gesteckt, überhaupt kein Gefühl für Natur, Wald und Heide und Weide haben. Sie schlug sich in sein Lager, verbündete sich mit ihm gegen die Weltstadtge-*

wächse, vergaß ihre Überzeugungen und sprach in höchsten Tönen von der Jagd; die Erregung, in der Abenddämmerung darauf zu warten, dass man zum Schuss kommt – die Wildenten, ach, wer hätte all das schöner geschildert als er, Skowronnek? Dieser neue Roman, der war eben einfach zu gut für die Berliner Illustrierten, *das war alles. Es würde ihr direkt wehtun, ihn in dieser Gesellschaft zu sehen.* Und der große Mann mit dem geschwungenen Schnauzbart war hingerissen von dieser kompetenten jungen Dame, wunderte sich über ihre Fachkompetenz. Vicki blieb in ihrer Rolle und behauptete schlicht, sie wäre auf dem Land aufgewachsen. Skowronnek schluckte das Schauspiel oder tat doch zumindest so. Immerhin hatte sie seinen Ruf bewahrt und so ließ er die Sache bewenden, verabschiedete sich sogar mit einer bärenhaften Umarmung, bei der ihr die Knochen krachten. Auf dem Weg zurück zu ihrem Schreibtisch belohnte Korff sie mit einem vielsagenden Lächeln. Die Feuertaufe war bestanden und Vicki nun eine vollwertige Ullsteinredakteurin.

II

Auch heute schloss sich Vicki, wie jeden Abend, zufrieden dem Zug der Menschen an, die das Zeitungsviertel für die Nacht verließen. Es war schon dunkel, die Luft roch frostig. Sie war müde. Die Beine waren lahm, die Kniekehlen prickelten vom Stehen in Fotoarchiven, vom Eilen durch die langen Flure, vom Beobachten und Lernen hinter den Schreibtischen der Meisterredakteure. Aber auch wenn der Kopf vor Benommenheit brannte, überwog das Gefühl von Pflichterfüllung und gutem Gewissen.

Ihre Wohnung lag im Vorort Grunewald. Zwischen den Reichen und Glücklichen hatte sie eine abenteuerliche Unterkunft aufgetan: die Mansarde einer palastartigen Villa an der Koenigsallee. Ein Glücksfall, denn in Berlin war Wohnraum knapp und es brauchte schon eine verarmte Bankiersfamilie, um so standesgemäß unterzukommen. Zugang zum Garten und zum See, leckes Ruderboot inklusive. Außerdem sieben Zimmer mit Platz für die ganze Familie Lert. Auch wenn die Zukunft mit Hans noch immer ungewiss war und das Paar in Trennung lebte, kamen die Jungs gelegentlichen ihre Mutter in Berlin besuchen. Abenteuerlich war die Sache allemal. Denn im Grunewald lebten außer ihr keine beruflich erfolgreichen Frauen – schon gar nicht allein. Außerdem war die großzügige Wohnung nur über die Hintertreppe und eine Dachluke zu erreichen. Wolfgang und Peter waren begeistert, manch anderen Besucher befremdete dieser Aufstieg allerdings. Für Vicki jedenfalls war er perfekt. Jedes Mal, wenn sie die schmale Treppe erklomm und den Kopf durch die Luke steckte, freute sie sich an der zurückgewonnenen Freiheit.

Nicht dass sie unglücklich gewesen wäre in all den Jahren – den Jahren der Ehe und der Provinz –, aber wie festgefahren alles war, das spürte sie jetzt umso deutlicher. In Berlin, da weitete sich der Kopf und das Herz schlug Kapriolen. Da herrschte frischer Wind und die Unabhängigkeit hielt Einzug. Sie durfte selbst über ihr Leben bestimmen, durfte entscheiden, wo sie lebte und wie, was sie tat und mit wem. Als Hans zu seinem ersten Gastspiel an der Lindenoper anreiste, zeigte er sich von dem Mansarden-Arrangement irritiert. Zwar sagte er nichts, aber die Verstimmung wich die ganzen zwei Tage nicht aus seinem Gesicht. Auch die Einrichtung entsprach nicht seinem Geschmack. Vicki hatte es ganz schlicht gehalten, modern und funktional. Ganz anders als in Mannheim, weniger konventionell. Natürlich verstieß das gegen die Gepflogenheiten. Ein Chorleiter, ein Dirigent, ein Intendant stellte etwas dar und musste den Ansprüchen genügen, auch im Privaten. Was würden die Leute sagen? Aber hier in Berlin war es eben anders. Sie war nicht die Frau Generalmusikdirektor Lert. Sie war Vicki Baum, Schriftstellerin und Redakteurin, und als solche konnte es ihr nicht wild genug sein.

Margarethe hatte ihr ein Abendessen vorbereitet. Die Nachbarn hatte ihr die freundliche Mittvierzigerin empfohlen. Ohne Dienstmädchen ging es nun mal nicht, schon gar nicht in Grunewald. Und Vicki war froh, die lästigen Haushaltspflichten an Margarethe abzutreten, die einkaufte, die Wohnung in Ordnung hielt, Wäsche wusch und Fenster putzte. Sehr viel war nicht zu tun, ohne Wolfgang und Peter, die vom Spielen in der Nachbarschaft Sand und Schmutz die Stufen herauftrugen. Vicki wärmte sich die Mahlzeit auf und setzte sich etwas einsam an den großen Tisch, an dem die ganze Familie samt Gästen Platz gefunden hätte. Sie würde sich einen separaten Essbereich einrichten, einen kleinen Winkel, mehr brauchte sie nicht.

Nach dem Essen machte sie es sich auf dem niedrigen Kanapee bequem und ließ sich mit Mannheim verbinden. Den Luxus eines Telefons konnte sie nicht entbehren. Die Entscheidung, die Jungs dort zu lassen, war richtig und wohlüberlegt. Wolfgang ging dort zur Schule und sollte seine gewohnte Abläufe behalten, zumindest, bis er das Gymnasium besuchte. Peter war erst fünf. Ihn in der Obhut des angestammten Personals zu wissen machte die Trennung leichter. Aber sie vermisste das Geplapper der zwei Buben, die allabendlich von ihren Abenteuern und Erlebnissen berichteten und ihre Erkenntnisse über die Welt und ihre Bewohner mit ihr teilten. Immerhin, ein bisschen Heimweh konnte der Telefonapparat kurieren.

Das Fräulein vom Amt brauchte ewig, bis die Verbindung stand. Bei Ullstein gab es schon die neuen Wählbetriebstelefone, aber zu Hause konnte man noch eine kleine Kanne Tee trinken, ehe sämtliche Kabel gesetzt waren. Rund 500 Kilometer waren zu überbrücken, ein langwieriges Unterfangen. Endlich klingelte der Apparat.

»Berlin 284, hören Sie.«

»Ja.«

»Ich verbinde Sie«

Es rauschte, dann hörte sie Wolfgang.

»Hallo Mama, wie geht es dir?«

»Gut. Und dir? Hattest du einen aufregenden Tag?«

»Den hatte ich. Ich war heute im Luisenpark.«

»Toll.«

»Der Heinrich ist bei den Pfadfindern und da durfte ich mitgehen. Wir waren im Palmenhaus, da war es sehr warm und wir haben uns die Palmen genau angesehen. Der Heinrich hat uns etwas über die Pflanzen erzählt. Und am neuen Baggersee waren wir auch ...«

Und so erzählte Wolfgang von seinem Abenteuer und Vicki hörte zu, fragte nach und konnte sich kaum satthören. Zwischendurch schaltete sich Peter ins Gespräch ein, der sich nun die Schuhe binden konnte und grüne Bohnen zu Mittag aß. Am Ende griff das Mädchen ein, übernahm den Hörer, rückte die Abenteuer der Kinder ins rechte Licht und ließ die Buben das Gespräch unter Geschrei und herzlichen Küssen beenden.

Lachend legte Vicki den Hörer auf. Diese lebendigen Geister, die ihre Welt mit allen Sinnen erfuhren, das waren ihre Buben. Nie hatte sie sich etwas anderes gewünscht.

Draußen lag schwere Dunkelheit auf dem See. Vicki schloss die Vorhänge an der Gaube und ließ sich ein Bad ein. Der Tannenduft zog durch die Zimmer und markierte die Ruhepause, die zwischen Tag und Abend lag. Das heiße Wasser spülte die Müdigkeit davon und erfrischte Körper und Kopf für die zweite Tageshälfte: die stillen Stunden des Abends.

In einer kleinen Nische in der Ecke des Salons hatte sie ihren Schreibtisch gequetscht. Ein schmales Tischchen ohne Ablenkung und Chichi, auf vier Quadratmeter. Der Blick ging an die weiße Wand, auf die ihr Geist die Geschichten projizierte, die sie dann nur noch ablesen und aufschreiben musste.

Das Klappern ihrer AEG-Zeigerschreibmaschine zerhackte die Stille in einem ganz eigenen Rhythmus. Mit der linken Hand stellte sie den Metallstift auf einen der Buchstaben ab, mit der rechten bediente sie einen Hebel, der den Typenzylinder in Bewegung setzte. In diesem besonderen Takt waren alle ihrer Romane entstanden. Das Schreiben war ihr noch immer freudige Gewohnheit, auch Zuflucht. Sie hätte nicht gewusst, wie sie die Stunden nach dem Abendessen anders füllen sollte. Es war nie eine Last und irgendwas gab es immer zu schreiben: Romane, Geschichten, Artikeln und natürlich jede Menge Briefe.

Irgendwann schrillte das Telefon. Vicki hatte es fast erwartet. Sie sprang auf, hob ab. »Gott sei Dank«, rief sie dem Anrufer entgegen, kaum hatte sie den Hörer in der Hand. Am anderen Ende meldete sich Max Terpis.

»Königin der Nacht, es ist Zeit den Schreibtisch zu verlassen und vor dein Volk zu treten.«

»Was sind denn die Pläne für heute Nacht?«

»Ein bisschen saufen, koksen, tanzen, vielleicht brechen wir aber auch zu einer Reise nach Amerika auf.«

»Das darf ich natürlich nicht verpassen.«

»So ist es, eure Hoheit. Erwiesenermaßen ist das Tanzen extrem förderlich für die Gesundheit, es regt die Fantasie an und belebt den Geist.«

»Wenn das so ist, kann ich mich wohl kaum dagegen wehren.«

»Ihr Wagen wird in einer halben Stunde vorfahren.«

»Gemacht!«, antwortete Vicki, zog sich auf dem Weg ins Schlafzimmer schon ihren Hausmantel aus und stürzte sich in Windeseile in ihr nachtblaues Seidenkleid mit Pailletten und Glasperlen. Dazu wickelte sie sich ein dunkles Tuch um den Kopf, wenn Terpis sie als Königin der Nacht einführen wollte, war sie für diesen Spaß gerne zu haben, nicht als Mozarts wütende Rächerin, aber herrschaftlich und kühl.

In den letzten Wochen hatte Vicki sich eine neue Garderobe zusammengestellt. Mit ihren blassen und abgetragenen Kleidern aus der Provinz konnte sie sich in Berlin nicht sehen lassen. Wusste man erst einmal, welches Puder, welchen Schal, welche Schuhe die Dame von Welt heute trug, konnte man sich diesem Wissen keinesfalls verweigern. Und da das Gehalt von Ullstein in unglaublicher Regelmäßigkeit eintraf, egal ob gerade Saison war oder nicht, legte die Nachwuchsredakteurin ihr Aschenbrödel-Image schnell ab.

Die goldenen Stegspangenschuhe klackerten erwartungsfroh, als sie die Hintertreppe hinunterkletterte. Draußen wartete sie in der eisigen Novembernacht auf das Automobil. In der Anhängerschaft der Tänzer fand sich immer einer mit Automobil, der sich den Wagen vollpackte und die versprengten Nachteulen auflas. Heute war es ein junger Mann aus Potsdam, offensichtlich schwul, offensichtlich verknallt in Terpis, dieser allerdings machte sich einen Spaß daraus, nur Augen für Vicki zu haben und den bedauernswerten Fan weitgehend zu ignorieren. Vicki gab sich redlich Mühe den schüchternen jungen Mann einzubeziehen, während Terpis ihr Komplimente für den Artikel über die Ballettstunde in der Schule der Berliner Staatsoper machte, der kürzlich in der *Berliner Illustrierten Zeitung* erschienen war und versuchte, ihr Informationen über ihren nächsten Roman aus der Nase zu ziehen, der bei Ullstein bereits angekündigt war.

Sie fuhren zum Alexanderplatz. Der große Ballsaal war brechend voll. Die Stimmung war aufgeheizt. Das Orchester spielte einen Foxtrott nach dem anderen, gelegentlich war auch ein Shimmy zu hören. Auf der Tanzfläche drängten sich die Paare. Erst bei genauerem Hinsehen merkte man, dass sich hinter dem sorgfältigen Make-up so mancher Dame in Wirklichkeit ein Herr befand. Das Publikum war eine Mischung aller Alters- und Gehaltsklassen. Die Touristen waren leicht zu erkennen. Sie hielten sich mit ungläubigen Augen an ihren Sektgläsern fest, während sie die berühmten Berliner Perversitäten bestaunten.

An drei kleinen Tischen im hinteren Teil des Raumes wartete der Rest der Meute auf die Spätankömmlinge. Zarte Männer mit Belladonna-Blick und einem Rest Theaterschminke im Gesicht, dazwischen ein paar knabenhafte Ballettmädchen, die perfekt in die modernen Abendroben passten. Flach und eckig, dazu die schmalen Unterschenkel mit den geschundenen Füßen, die unter den kurzen Röcken hervorlugten. Die Stimmung war ausgelassen. Sektgläser füllten den Tisch, man fiel sich gegenseitig ins Wort und lachte zu laut. Die Musik quietschte und schnarrte. Es herrschte ein einziges Hin und Her, ständig stand jemand auf und befreite sich auf der Tanzfläche kurzerhand von den Regeln des klassischen Balletts. Man beugte die Knie, warf die Beine in die Luft, sprang hoch, spreizte sich und kam dann unvermittelt im schönsten Schwung zum Stehen.

Vicki ließ – trotz oder wegen ihres fortgeschrittenen Alters – keine Müdigkeit aufkommen. Kaum hatte sie den Saal betreten, folgte sie auch schon dem ersten Gentleman auf die Tanzfläche. Sie tanzte wahllos: mit dem Ensemble der Berliner Staatsoper, mit einem jungen Angestellten von Wertheim, der bereits angeheitert war, dann ließ sie sich von einem Chauffeur des Papierfabrikanten Elsner übers Parkett schieben. Und immer wieder amüsierten sich alle bei den Schlagern der vergangenen Saison. Wenn die Band *Die Käte ist heute etepetete*, *Mein Papagei isst keine harten Eier* und *Wenn ich die blonde Inge abends nach Hause bringe* spielte, sang der Saal lautstark mit.

Es waren ungezwungene Abende, man unterhielt sich glänzend und Vicki flirtete zuweilen sogar, weil sie in Berlin nicht mehr an die Würde einer Frau Generalmusikdirektor denken musste. Dabei hätte sie nicht einmal sagen können, wem ihr Flirt eigentlich galt, denn die meisten dieser jungen Männer hatten wenig Interesse an Frauen und so verteilte Vicki ihren Charme einfach gleichmäßig um sich herum.

Ein Student, der den großen Mann markierte, hielt ihr heute ein Loblied auf den Rotwein, bis eines der Ballettmädchen sie erlöste und ihr den brandneuen Klatsch aus der Oper erzählte. Am Nebentisch schwärmte Terpis vom Tanz als religiöse Mission und verkaufte den Tänzer im erhitzten Kopf als Gottesgeschenk an die Menschheit. Marco, ein verhinderter Opernsänger aus Paris, bezirzte Vicki mit seinen freundlichen Augen und seinem Akzent. Er lobte ihren Tanzstil und machte ihr Komplimente für ihr Kleid, suchte aber eigentlich eine gute Seele, die ihn hätschelte.

»Wissen Sie«, verkündete er weinerlich, »als Gott mich auf die Welt geschickt hat, da muss ihm ein Fehler unterlaufen sein. Eigentlich eigne ich mich gar nicht zum Franzosen. Ich hasse Wein, von starken Zigaretten wird mir übel und ich habe mich in meinem ganzen Leben noch nicht ein Mal verliebt.«

»Das mag sein«, erwiderte Vicki trocken, »aber Sie würden ohne weiteres einen mittelbegabten Casanova abgeben.«

Marco schaute überrascht, verkniff dann die Augen, als zöge er diesen Gedanken erstmalig in Erwägung. Ihr Übermut kreiste einen Moment lang über dem kleinen Tisch und brach sich dann in schallendem Gelächter Bahn.

Vicki nippte an ihrem Fruchtcocktail, der ihre Abstinenz hinter einer aufwändigen Dekoration verbarg, und entschwand schon wieder auf die Tanzfläche. *Das Tanzen trieb ihr die Flausen aus Körper, Gehirn und Nerven.* Nach einem langen Arbeitstag konnte sie gar nicht genug davon kriegen. Sie liebte den Glanz und den Flitter im Raum, die geröteten Wangen der Mädchen, die schwingenden Arme der Herren und den weichen Klang des Saxophons. Wie sehr sie das in den letzten Jahren vermisst hatte! Wann war sie zum letzten Mal mit Hans tanzen gewesen? Das muss in den ihren ersten gemeinsamen Jahren gewesen sein, in Darmstadt, noch vor dem Krieg. Lieber Gott, das war ja schon ewig her.

Es kam ihr so vor, als würde sie an längst vergangene Zeiten anknüpfen. Das Leben war so unendlich leicht hier in Berlin. Jetzt konnte sie mit wenigen Stunden Schlaf einen ganzen Arbeitstag überstehen. Die Müdigkeit, die Antriebslosigkeit der letzten Jahre war wie weggeblasen. Sie waren keine Folge des Alters gewesen, sondern allein der Tristesse der Provinz geschuldet. Jetzt trieb sie der Puls der Zeit durch den Tag und führte sie am Abend in Premieren und Spelunken. Alles war dramatisch, erregend, inspirierend. Sie probierte alles aus, was ihr begegnete, sagte Ja zum Hier und Jetzt. Natürlich würden die braven Bürger in Mannheim darüber die Nasen rümpfen. Aber sie tat nichts Ungebührliches, trank selten Alkohol, da sie ihn schlecht vertrug, und wies das angebotene Kokain stets zurück. Lieber berauschte sie sich an der Bewegung, der Musik, der Kunst – am Leben in der großen Stadt.

Jedes Mal endete der Abend unvermittelt. Die Band spielte das letzte Lied, die Musiker packten ihre Instrumente ein. Auf den erhitzten Gesichtern der Gäste machte sich Ernüchterung breit.

Vicki schlang sich einen Schal um die verschwitzten Schultern und zog den Wintermantel drüber. Draußen herrschten Minusgrade. Sie verabschiedete sich von ihrer Meute und bestieg das Automobil des Potsdamers. Er würde sie nach Hause fahren. Die Nacht hatte nur noch fünf Stunden.

III

Die Sonne schickte erste zaghafte Strahlen durch die Wolken. Vor dem Haus lag die Straße schon im Dämmerlicht, während See und Garten aus dem Fenster noch gar nicht zu erkennen waren. Vicki besprach mit Margarete die Haushaltsangelegenheiten und Besorgungen des Tages und machte sich dann rasch auf den Weg ins Hallenbad. Im Sommer wollte sie im Grunewaldsee schwimmen, aber dafür war es einfach noch zu kalt.

Erfrischt von der Bewegung fuhr sie dann in die Redaktion, öffnete die Tür zu ihrem Büro und hängte den Mantel an die Garderobe. Die schmale, knielange Neuerwerbung war farblich auf Hut und Schuhe abgestimmt. Wenig an ihrer Unabhängigkeit genoss sie so sehr wie die Tatsache, dass sie über ausreichend Geld verfügte, um ihre Garderobe sorgfältig auszuwählen. Die Zeit der marineblauen Stoffe war ein für alle Mal vorbei. Ein größeres Geschenk konnte man ihr gar nicht machen.

Vicki ging auf die Vierzig zu, die Jahre frühlingshafter Blüte waren vorbei. Umso mehr genoss sie es, sich in hochwertige Materialien und modische Schnitte zu hüllen. Ihre Kleider waren sportlich elegant: blusige Oberteile, die weiten Röcken plissiert oder mit Kellerfalte, jedenfalls kniekurz, damit sie sich darin frei bewegen konnte. Ziernähte, ein schmaler Kragen mit Schleife oder Krawatte gaben ihrem Auftritt den nötigen Pfiff.

Auf dem großen Schreibtisch in ihrem Büro stapelten sich Bücher und Manuskripte. Vicki griff zuerst zur Pendelmappe und prüfte die aktuellen Belange und Nachrichten. Anfangs hatte sie keine klare Vorstellung davon gehabt, was sie eigentlich tun sollte. Und auch im Verlagshaus schien keiner einen rechten Verwendungszweck für sie zu haben. Also hatte sie sich selbst einen gesucht. Sie las stapelweise Manuskripte für *Die losen Blätter,* entschied, was sie als Fortsetzungsroman bringen konnte und welche Buchbesprechungen auf keinen Fall fehlen durften.

Natürlich immer in Hinblick auf die Zielgruppe – die Dame von heute.

Ihre Ehe mit Max Prels und die aussichtslose kleine Zeitschrift, die ihr damals fast den Verstand geraubt hatte, zahlten sich nun aus. Natürlich wäre sie nie darauf gekommen, sich mit ihrer Erfahrung zu brüsten. Aufschneiderei sah man bei Ullstein nicht gerne. Es war unprofessionell. *Nur Dilettanten brauchten Zuckerchen.* Alle anderen arbeiteten professionell, das konnte man erwarten.

Vicki beobachtete die Abläufe und sprang ein, wo sie nur konnte: Sie stellte Exposés zusammen, schrieb Rezensionen, beantwortete Leserbriefe und korrespondierte mit den Autoren. Manchmal wählte sie die Witze aus: *»Das steht nun mal fest, Müller, wenn ich nicht da bin, sind Sie der faulste Kerl im ganzen Betrieb«* oder *»Gnädiges Fräulein, ich hab' das Tanzen in einem Abend erlernt.« – »Das habe ich gemerkt, mein Herr.«* Sie durchforstete die zahlreichen Mappen mit ausländischen Zeitschriften, die überall im Haus kursierten, auf der Suche nach Artikeln, die sie zum Ankauf empfehlen konnte. *War der Beitrag eines Autors drei Tage vor Redaktionsschluss noch nicht da, so musste sie ihn schreiben.* Vicki war das Mädchen für alles.

Es hatte nicht lange gedauert, bis sie ihr erstes bescheidenes Zimmerchen gegen ein anständiges Büro getauscht hatte. Jetzt gingen die Fenster nicht mehr auf den niemals endenden Strom von Kollegen und Besuchern, die mit unbekanntem Ziel durch die Gänge liefen, sondern auf die Kochstraße. Schaute Vicki hinaus, so sah sie eine Gruppe Prostituierter, die sich im Haus gegenüber eingemietet hatten und durch beharrliches Fensterputzen die Kundschaft auf sich aufmerksam machte.

Ihr Freund Fröschlein steckte den Kopf durch die offene Tür, grüßte freundlich und vermerkte: »Redaktionskonferenz um 12.« Vicki schaute auf die Uhr. Noch zwei Stunden also.

Sie war gerade in einen unbedeutenden Roman vertieft, als sich zwei bekannte braune Hosenbeine in ihr Blickfeld stellten.

Etwas weiter oben räusperte sich Herr Büttner, der Metteur, ein bärtiges Männchen, *das Gesicht unauslöschlich von Blei und Druckerschwärze gezeichnet.*

»Sagen Sie nichts«, Vicki hielt ihm eine abwartende Hand entgegen, während sie den Absatz zu Ende las und dann langsam den Blick vom Manuskript hob.

Herr Büttner hatte eine Seite aus der *Berliner Illustrierte*n in der Hand.

»Der Umbruch?«

»So ist es, Frau Baum. *Ich brauche hier einen Füller.*«

Herr Büttner hatte schnell begriffen, dass er sich so manchen Umweg sparen konnte, wenn er sich bei Problemen mit dem Umbruch gleich an Vicki Baum wandte. Gedankensplitter und Füllmaterial konnte keiner so gut wie sie. Noch dazu zeilengenau.

»Zeigen Sie mal her.« Vicki nahm die Seite entgegen, überflog den Artikel. Es ging um Beethoven.

»Zweihundertsechzig Anschläge? Lassen Sie's mir hier, ich mach' es sofort.«

Da entfernten sich die braunen Hosenbeine wieder und waren zufrieden. Vicki erhob sich seufzend vom Schreibtisch, *lehnte sich mit der Stirn an die Fensterscheibe, konzentrierte sich drei Minuten auf die Wischtücher der Mädchen auf der anderen Straßenseite* und dachte nach.

Beethoven als Schöpfer, Beethoven als Verehrer, als Erneuerer … Was ließ sich da hinzufügen? Ein weiteres Beispiel funktionierte immer. Sie ging zum kleinen Schreibtisch in der Ecke, der Tisch, an dem sie tatsächlich schrieb, setzte sich an die Schreibmaschine und tippte los: … *Ihn, der Schillers ›Seid umschlungen, Millionen‹ nicht als eine willkommene Textunterlage zum Musizieren in Besitz nahm, sondern die Dichtung erst in jene Höhen emporhob, die vielleicht Schiller nicht einmal vorgeschwebt haben, als er seinen Hymnus verfasste.*

Sie las den Absatz nochmal. Er passte problemlos zwischen das allgemeine Lob und die Freude über die Wiederkehr der überirdischen Klänge von *Sanctus Dominus Deus Sabaoth* in der *9. Symphonie*. Vicki war zufrieden und übergab den rettenden Zettel einem der Botenjungen.

Kurz vor elf machte sie sich auf den Weg in die Redaktionssitzung. Die letzte Ausgabe war auf dem Weg in den Druck und alle Mitwirkenden fühlten sich gerade wie sterbende Schweinchen, weil diese Nummer endgültig den letzten Rest Gehirnschmalz geschluckt hatte, *den letzten Energiefunken und, noch schlimmer, die letzten Reserven druckfähigen Stoffes, die man in der unteren linken Schublade für Notfälle gesammelt hatte.*

Den ganzen Morgen schon schlichen die Redakteure leer und gedankenlos durch die Räume, hilflos sahen sie der Aufgabe entgegen, *eine bestimmte Zahl leerer weißer Bögen zu füllen, den Lesern ein paar Überraschungen aufzutischen, ihn zu zerstreuen, zu fesseln und ihn der Zeitschrift zu erhalten.* Bis zur Redaktionssitzung. Da erschien Kurt Korff, munter und lebendig, ein Phänomen und einer der ganz großen Redakteure seiner Generation. Er hatte die *Berliner Illustrierte* zur auflagenstärksten Zeitschrift Europas gemacht, und wurde von seinen Mitarbeitern – einem Haufen ausgekochter, zynischer, kluger Redakteure – über alle Maßen geschätzt und geliebt. Wenn alle erschöpft und müde waren, zog Korff aus seinem brillanten Kopf neue Einfälle und Ideen hervor und riss seine Mitarbeiter aus ihrer Lethargie: Die Räder setzen sich in Bewegung. Die *Karikaturisten bekamen ihre Anregungen*, die festen Mitarbeiter neue Themen und Aufträge. Die Fotografen jagten los und legten ihre Beute dem Chefredakteur auf den Tisch. Dieser sortierte sie mit flinkem Blick. Vicki sah zu und lernte. Sie *lernte zu sehen, lernte zu erfassen, was an Menschlichem, Komischem, Wirksamem und Schönem in diesen Bildern verborgen lag.* Ehe sie es sich versah, steckte sie wie alle anderen Hals über Kopf in der Arbeit für die neue Ausgabe.

Es dauerte nicht lange, da beherrschte Vicki die hohe Kunst der Bildunterschriften. Von außen betrachtet mochte diese Aufgabe einfältig erscheinen, aber kein Geringerer als Hermann Ullstein persönlich kontrollierte die Bilder und machte das Unterfangen zu einer delikaten Angelegenheit.

»Zu morbid!«, wütete sein Schrei durch die Gänge. *»Nicht genug Schönheit! Schönheit! Ich will Schönheit sehen! Natur! Lebensfreude! Warum nicht ein paar von Puttkamers schönen chinesischen Reisestudien?«*

Mit Feuereifer stürzte sich Vicki auf die China-Fotos, nur um festzustellen, dass es sich um eine Sammlung leicht bekleideter Frauen handelte: *sehr junge, sehr liebreizende Chinesinnen, künstlerisch beleuchtet durch einen Lampion. Auf manchen Fotos sah man auch einen Gong, eine Trommel oder einen Bambuszweig.*

»Das ist doch jetzt nicht wahr«, verdrehte Vicki die Augen. Schmittchen, der Fotoassistent schmunzelte. Es war nicht das erste Mal, dass einer der Redakteure diese Entdeckung machen musste.

»Für solche Bilder muss man doch nicht nach China reisen«, schnaubte Vicki. »Das hätte er auch im chinesischen Restaurant in der Kantstraße aufnehmen können.«

»Wer weiß, ob sie nicht genau daher sind.«

»Was mich wirklich ärgert, ist diese Heuchelei«, gestand Vicki, dem jungen Mann mit der Brille. »Ich möchte nur einmal hören, dass der große Mann sagt: ›Hört mal Kinder, eure informativen Fotos sind ja schön und gut, aber *wir müssen dem Leser mehr Fleisch zeigen, sonst kauft er das Ding nicht*.‹«

Sie lachte, Schmittchen stimmte ein. »Das werden wir wohl nicht erleben.«

»Nein, wohl nicht. Aber schön wäre es doch.« Wohl oder übel wählte sie eine Chinesin mit Lampion aus.

Zum Glück konnte der Paternoster Vicki nicht mehr schrecken. Wie alle anderen sprang sie behände hinein und fuhr zum

Mittagessen ins Kasino. Dort traf sie Kurt Korff, der wie immer ein Ausbund an Höflichkeit war und sie einlud, an seinem Tisch Platz zu nehmen. Er war ein freundlicher Mann, nahm jeden ernst, *respektierte* seine Mitarbeiter und vor allem *seine Leserschaft, sprach sie niemals von oben herab an und blieb sich immer bewusst, dass er es mit allen Bevölkerungs- und Bildungsschichten zu tun hatte.*

Nachdem die anderen Gäste sich erhoben hatten, nutzte Korff die Gelegenheit, Vicki wegen einer Bildunterschrift freundlich ins Gericht zu nehmen. Er legte ihr ein Bild mit einer von ihr formulierten Unterschrift vor, und erklärte: »Frau Baum, Sie wissen, das kann so nicht stehen bleiben.«

Vicki schaute erstaunt auf die Fotografie. Es zeigte die imposante Kuppel des Invalidendoms. Die Unterschrift, nun wahrlich kein Meilenstein der Poesie, lautete ganze schlicht: *Der Invalidendom mit Napoleons Grab*. Sie konnte sich kaum vorstellen, was sie da verpatzt haben könnte.

»Ach nein?«, fragte sie.

»Auf keinen Fall!«, Korff wurde fast schon ungehalten über so viel Ignoranz.

Ratlos las Vicki vor: *»Der Invalidendom mit Napoleons Grab.«*

»Und wer, bitte, ist Napoleon?«, fragte Korff mit funkelnden Augen.

»Na, das weiß doch wohl jedes Kind.«

Korff winkte den Botenmeister Appel herbei, der gerade die Kantine betreten hatte. Dienstbeflissen wieselte er heran.

»Schicken Sie mir sofort ihren klügsten Botenjungen, Appel«, verlangte Korff und nur Minuten später stand ein junger Mann am Tisch, vielleicht siebzehn Jahre alt, *blond wie ein durchgebackenes Brötchen, aufgeweckt und munter.*

»Sag' mal, Adolf, wer war eigentlich Napoleon?«, fragte Korff.

Adolf stammelte sich etwas zusammen: »Der war doch Franzose, nich? Oder? So'n französischer König, nich? Jehabt ham wir'n ja auf der Schule, aber so jenau weeß ich det ja nu ooch nich mehr, Herr Korff ...«

»Schönen Dank, Adolf. Guck mal in unsre nächste Nummer, da steht's drin.«

Vicki schluckte. Ihr fiel nun also die Aufgabe zu, Napoleons Biografie in nicht mehr als fünfzehn Wörter zu erzählen. Dabei verstand sie sich nun wahrlich als Epikerin, redselig und ausschweifend, wie ihr jeder Mitarbeiter aus der Buchabteilung sicher bestätigt hätte.

Am Nachmittag kümmerte sich Vicki um ihr eigenes Heftchen. Sie war schließlich die verantwortliche Redakteurin für *Die losen Blätter*, die kleine Literaturbeilage der *Dame*. Dafür verteilte sie Aufgaben und Aufträge, schrieb selbst Besprechungen, heute über die *Kindernovelle* von Klaus Mann. Der Sohn von Thomas Mann hatte in den letzten Jahren ja eher mit Skandalen auf sich aufmerksam gemacht, aber Vicki gefiel das freie Treiben der neuen Generation. Und das kleine Büchlein gefiel ihr auch. Es erinnerte durchaus an den talentierten Vater, obwohl sie die Herkunft des Autors für die Bewertung seiner Arbeit eigentlich nicht heranziehen mochte.

Hier ist alles rund und ausgereift, urteilte sie, erstaunlich ausgereift sogar, *alles geht still und verhalten vor sich und federt doch von innen her. Es ist die Geschichte eines jungen Menschen, der halb noch in der Kindheit und bei den Kindern wohnt, und dann zu der Frau hinübergleitet und zuletzt hinausgeht in das Irgendwohin, in das Leben der ganz Jungen von heute. Eine entzückende Geschichte alles in allem, voll Humor und Musik und Ahnung.*

Der altbekannte Klang der Typen bereitete ihr Freude, nicht immer fiel ihr das Schreiben in der Redaktion leicht. Jahrelang hatte sie in der Abgeschiedenheit der nächtlichen Stille geschrieben und still war es bei Ullstein nun wirklich nicht. Zum Glück waren Artikel eine ganz andere Art von Schreibarbeit – prägnant und auf den Punkt. Und es gefiel ihr, Teil eines Kollegiums zu sein. Sie genoss die Konkurrenz und dass sie jederzeit ihrer Neugierde und Experimentierfreude nachgehen konnte.

Später am Nachmittag ärgerte sich Ullstein dann noch über eine andere Fotografie: Einer der Pressefotografen legte einen immerwährenden Klassiker vor, einen dieser sensationellen Schnappschüsse, die einen Mann auf einem Fensterbrett zeigte. *Atemlos sieht eine Menschenmenge zu, wie sich ein Mann anschickt, aus dem neunten Stockwerk in den Tod zu springen.*

»Zu düster!«, schrieb Ullstein an den Rand. »Durch optimistisches Bild ersetzen.« Lebensfreude und Zuversicht, das waren die Grundfesten des Ullstein Verlags. Die Forderung war an sich nicht schlecht, denn sie gab dem Hause seine unverwechselbare Atmosphäre und verlieh den Mitarbeitern den nötigen Schwung, *all diesen gescheiten, witzigen, aufgeweckten Menschen, die die Köpfe zur Tür hereinsteckten und den neuesten Witz von morgen in Umlauf setzten, sich über jeden lustig machten, auch über sich selber, und jede gespreizte Würde durch ihr Lachen töteten.*

Korff war nun einigermaßen erschüttert, dass das Bild des Fensterspringers nicht erscheinen sollte. Er sah es sich nochmal an, las die Unterschrift und fügte ihr einen Zusatz bei. Neugierig warf Vicki einen Blick darauf. *Aber er tat es nicht,* stand da. Sie lachte herzlich. *Aber er tat es nicht.* Innerhalb von Tagen wurde dieser Zusatz zum geflügelten Wort in der dritten Etage der Kochstraße.

»Ich werde heute noch den Artikel über die Girls-Schule beenden.« – »Aber er tat es nicht.«

»Ich schwöre, beim nächsten Mal überlasse ich dir die Karten für die Reinhardt-Premiere.« – »Aber sie tat es nicht.«

»Das war das letzte Mal, dass ich mir das anhöre. Noch einmal eine solche Unverschämtheit und ich schmeiße ihm die ganze Kollektion vor die Füße.« – »Aber er tat es nicht.«

IV

Der Garten am See, das war ein wahrer Genuss. Hin und wieder genoss Vicki zur Abwechslung die Stille hier. Denn eines war ganz offensichtlich: Sie war ein Großstadtpflänzchen durch und durch. Nie in ihrem Leben war sie so aufgeblüht wie jetzt. *Berlin war so herrlich lebendig, so geladen mit einer seltsamen Elektrizität.* Ullstein hatte die besten und modernsten Autoren unter Vertrag. *Sie brachte ihren desillusionierten, bitteren Nachkriegs-, Nachrevolutions-, Nachinflationshumor und ihren unbesiegbaren flammenden Idealismus* und machten daraus Kunst.

Und in Berlin verstand man, zu leben. Vicki kannte jede Bar und trank mit ihren Freunden die vielgescholtenen amerikanischen Cocktails statt der edlen deutschen Weine. Sie besuchte Kostümfeste in Privatwohnungen, da ging es wild zu: die Damen trugen knappe Kostüme und ließen viel Fleisch sehen. Oder sie ging ins Theater. *Die Berliner Theater der zwanziger Jahre galten als die besten der ganzen Welt.* Nur der Kunst verpflichtet, nicht dem Profit.

Die Premiere von Carls Zuckmayers *Der Hauptmann von Köpenick* im Deutschen Theater, das war einer der seltenen Abende, wo einfach alles stimmte: das Stück, die Darsteller, das Bühnenbild, der Geist der Inszenierung. Im Foyer lächelte sich das Publikum verzückt an und freute sich daran, dass es mit dem lang bekämpften Militarismus endlich aus war. Zum ersten Mal konnte man diese Abwegigkeit belächeln, *nachsichtig, belustigt, gutmütig – wie man über den verhassten Schultyrannen lächelt, wenn man ihn viele Jahre später geschlagen und erledigt sieht. Gott sei dank, sagte man sich, die Zeiten sind vorbei; und dachte: Das kommt nicht wieder, nie! Nie wieder Militarismus, nie wieder Krieg; und man lachte über die Burleske, die der Vergangenheit angehörte.*

Es lebte sich gut in Berlin, während der Wirbel der Zeit in Tausenden von Fotos, in Hunderten von Menschen und in den

Stimmen des ganzen Erdballs an ihr vorbeiströmte. Und dann gab es da ihren Garten, wo Vicki zu ihrem reinen Vergnügen ein kleines Beet beackerte. Sie buddelte in der Erde, setzte Samen und freute sich an den Blumen, die ihr nach einiger Zeit der Aufzucht und Pflege freundlich zunickten. Der Garten lag still, der See trieb kleine Wellen ans Ufer, der lecke Kahn wogte behaglich. Eine Oase im Trubel der Großstadt.

»Gnädige Frau!« Ein junger Mann im geschmeidigen Anzug spazierte auf dem Weg zum Gartenhäuschen an ihrem kleinen Paradies vorbei.

»Hallo Toller. Schau dir doch nur meine Schlüsselblumen an.«

Der expressionistische Dramatiker war an einem regnerischen Frühlingstag in das Gartenhaus der Villa Hirschberg gezogen. Vicki hatte den Träumer und Idealisten gleich ins Herz geschlossen und lauschte gebannt seinen Ausführungen zur Politik, zum Krieg, zum Internationalismus, blieb dabei aber, was sie immer war: parteilos, mit einer *Neigung zur Demokratie.*

Sie hatten sich rasch angefreundet und verbrachten so manchen Abend zusammen. Beide liebten das Reisen. Während Ernst Toller, der nach dem Putsch in Bayern fünf Jahre in Festungshaft gesessen hatte, immer unterwegs war, rastlos Vorträge hielt und über seine humanitären und sozialistischen Ideale sprach, hatte Vicki ihre Reisebegeisterung gerade erst entdeckt. Sehnsüchtig betrachtete sie die Reportagen in den Zeitschriften und träumte von Afrika, dem Orient und Asien.

Schnell hatten die beiden Autoren herausgefunden, dass sie ähnliche Schreibgewohnheiten hatten und nur in völliger Stille und Abgeschiedenheit zu kreativen Höchstleistungen fähig waren. Vicki bevorzugte nach wie vor die kleine Nische in ihrem Wohnzimmer und Toller richtete sich Stille ein, wo immer er seinen Hut ablegte.

»Wie du das immer schaffst«, sagte er, ihren Blumen zugewandt. »So viel zu tun und du sitzt hier auf dem Boden und wühlst in der Erde.«

»Es ist mir einfach ein Vergnügen, dieses Wachsen und Gedeihen. Es unterscheidet sich gar nicht so sehr von unserer Arbeit: Ein bisschen Aufmerksamkeit, Saft und Spucke, eine Weile Ruhe und schon trägt es die schönsten Farben.«

»Deinen Optimismus kann ich nur bewundern.«

»Den bekommt man bei Ullstein eingeimpft. Da kann man sich nicht wehren.« Vicki zuckte lachend die Schulter.

Später am Abend balancierte sie mit zwei Tassen Kakao durch ihre Bodenluke, ging durch den dämmerigen Garten und klopfte mit der Fußspitze sachte an die Tür des Nachbarn. Er hatte so niedergeschlagen gewirkt. Vicki fürchtete, die Depression hatte ihn schon wieder in den Klauen.

Drinnen hörte sie Schritte. »Ach du bist's«, grüßte Toller. Er hatte das Jackett ausgezogen, die Krawatte saß locker. Die langen Haare standen in alle Richtungen ab. Vicki fragte sich kurz, ob er wohl geschlafen hatte, aber am Schreibtisch brannte die Lampe, und als er sie eintreten ließ, verfiel sie in lockeres Plaudern.

»Mein Lieber, ich bringe dir Kakao«, Vicki gab ihrer Stimme einen munteren Klang. Toller nahm die Tasse entgegen und folgte der Freundin zum Sofa, auf das sie sich mit einer Selbstverständlichkeit fallen ließ, die sie in nächtelangen Gesprächen erworben hatte.

»Kennst du die Frau vom Korff?«, fing sie an. Die lustigsten Anekdoten kamen doch meist aus der Kochstraße. »Eine Französin, sehr mondän und attraktiv.«

»Glaube nicht.«

»Jedenfalls besitzt sie eine schneeweiße Angorakatze. Ein wunderschönes Tier. Ich glaube, Munkácsi hat sie mal fotografiert.«

Vicki nahm einen Schluck von ihrem Kakao. »Jedenfalls war die Dame kürzlich in Südfrankreich und als sie zurückkam, hat Korff ihr erzählt, die Katze hätte auf einer Katzenausstellung einen Preis gewonnen.«

»Aber so war es nicht?«

»Nein. Aber er ließ sich von der Bronzemedaille eine genaue Kopie anfertigen und übergab sie der Frau nach ihrer Rückkehr. Sie zeigte sie überall herum und alle waren glücklich. Nur dass die neidischen Freundinnen in der letzten Woche in den *Tierfreund* schauen und dort den wahren Gewinner verzeichnet sehen.«

Vicki grinste breit. Diese Geschichte war einfach zu köstlich. »Die Frau ist empört und was macht der Korff da?« Sie machte eine theatralische Pause und schaute ihr gegenüber erwartungsvoll an.

»Gestehen wäre wohl das Klügste«, sagte Toller grinsend. Er hörte gerne Geschichten aus der Redaktion.

»Ja, das wäre es wohl, aber andererseits so gar nicht nach Art des Hauses. Er verfasst auf dem Briefbogen der Redaktion eine zerknirschte Entschuldigung, eine Hymne an das Kätzchen – und das Versprechen einer Richtigstellung in der nächsten Ausgabe.«

Toller lachte.

»Die Frau ist beruhigt, aber Korff sitzt weiter in der Patsche, weil sie jetzt natürlich die Richtigstellung sehen will.«

»Der Fluch der bösen Tat, dass sie fortzeugend, immer Böses muss gebären«, Toller zitierte Schiller.

»Genau! Korff rennt also zum Büttner, dem Obermetteur, und der heckt mit Korff eine Meisterfälschung aus. Sie machen *eine getreuliche Kopie des* Tierfreund *mit Impressum und allem Drum und Dran.* Korff schreibt selbst acht Seiten. Ich glaube, so stolz war er auf keine Nummer der *Berliner Illustrierten.* Auf Seite drei die Katze, mit Name und Foto und dem Namen der Frau.«

Sie lachen gemeinsam. Doch die Geschichte ist noch nicht zu Ende: »Die Frau ist glücklich, will aber jetzt jeder ihrer Freundinnen ein Exemplar der Zeitschrift zur Verfügung stellen. Sie sagt: ›Bemüh dich nicht, ich lass sie mir vom Verlag schicken.‹

Also rennt Korff am nächsten Tag in aller Herrgottsfrühe in die Druckerei, ehe die kostbaren acht Seiten vernichtet waren. 500 Exemplare hat er dann drucken lassen. Sicherheitshalber.«

Als der Kakao ausgetrunken war, kehrte sie in ihre Mansarde zurück. Verständnis brauchte keine langen Gespräche. Ein kurzes gemeinsames Lachen zeigte ihm, dass sie da war, wenn er sie brauchte.

Vicki wusste ja, was Toller durchmachte. Er litt am Ende einer Arbeitsphase. Sie kannte diese Leere, die jeden Schreibprozess begleitete. Man saß zu lange mit seinen Figuren und Geschichtchen zusammen, als das man sie leichtfertig aus der Hand geben konnte. Und doch musste man es tun, übergab sie der Welt, wo Redakteure, Reklameleute, Leser und Kritiker damit machten, was sie wollten. Gegen diese Niedergeschlagenheit gab es nur ein Rezept: Kämpfen. Wenn ein Projekt abgeschlossen war, ging sie gleich zum nächsten Roman über. Ullstein hatte ihren letzten Roman *Stud. chem. Helene Willfüer* noch immer nicht gedruckt. Was soll's, sagte sie sich. Bald würde ihr Sommerroman *Hell in Frauensee* erscheinen. Vicki setzt sich an ihren Schreibtisch und nahm die allabendliche Arbeit auf.

V

»Schauen Sie hierher. – Ja. Gut. – Jetzt einmal die Unschuld vom Lande. Und jetzt nicht ganz so ländlich.«

Vicki drehte den Kopf, zeigte mal die linke, mal die rechte Seite, lächelte breit und offen, dann wieder schmal und schüchtern. Sie schaute von unten herauf und von oben herunter, lachte lauthals und stemmte mit kritischem Blick die Arme in die Seite.

»Vielen Dank. Garderobenwechsel.«

Eine junge Frau half Vicki aus der Kulisse zu klettern und führte sie zum Umkleiden in den Nebenraum, wo man sie fürs nächste Set fertigmachte. Ullstein hatte die ganze Zeit eine geheime Strategie verfolgt, die man ihr kürzlich mit einigem Pomp präsentiert hatte.

Wieder war Vicki zu einem Gespräch ins vertäfelte Konferenzzimmer geladen. Wieder saßen Korff, Szafranski, Herz und Ullstein vor ihr, doch diesmal war Vicki den *vier Gewaltigen* nicht als Bittstellerin gegenübergetreten. Sie wollte Fragen stellen, wollte Antworten erhalten. Ihr Roman über die junge Studentin lag seit fast zwei Jahren beim Verlag, war zwar kurzzeitig als Fortsetzungsroman angekündigt, dann aber doch nicht veröffentlicht worden. Korff hatte sie nett zum Mittagessen ausgeführt und dann behauptet, er hätte kalte Füße bekommen. »*Da kommt eine Abtreibung drin vor! Das kann ich meinem Leser doch nicht vorsetzen*«, hatte er gesagt. Die *Berliner Illustrierte* würde den Roman nicht bringen.

Vicki nahm es ihm nicht übel, *fügte sich achselzuckend*. Immerhin hatte sie ein ungewöhnlich hohes Honorar bekommen, das Ullstein nicht zurückverlangte. Drei Monate später hatte Korff es sich dann doch noch anders überlegt. Er fragte bei Vicki an, ob er das Buch nun veröffentlichen dürfte und Vicki schrieb ihm einen freundlichen Brief zurück, dass sie Ullstein das Manuskript gern zur Verfügung stellte. *Aber da man ihr den Roman zurückgegeben und auf Rückzahlung des Honorars verzichtet hätte, müsste er jetzt noch einmal angekauft werden. – Und so geschah es.* Vicki war keine Anfängerin. Sie wusste, wie die Sache lief.

Und nun saß sie da, im Besprechungsraum, fest entschlossen, sich nicht rumschubsen zu lassen. Aber sie lag ganz falsch, denn als alle am großen Tisch Platz genommen hatten, die Getränke bestellt und verteilt waren und die Herren geschäftig mit ihren Papieren hantierten, da ergriff Hermann Ullstein das Wort. Er begrüßte die Anwesenden freundlich und wandte sich dann direkt an Vicki: »Sicherlich fragen Sie sich schon, was der Grund unserer heutigen Zusammenkunft ist.«

Vicki murmelte: »Ich kann es mir schon denken.«

Ullstein überging diesen Kommentar. Vielleicht hatte er ihn auch nicht gehört. »Sie arbeiten nun schon eine Weile hier bei uns und aus allen Abteilungen lässt sich vernehmen, dass Sie ein wahres Talent im Redaktionsbetrieb sind.«

Lächelnd nahm Vicki dieses Kompliment zur Kenntnis. Jetzt kommt das aber, dachte sie.

»Schon damals, als wir uns entschieden hatten, Sie einzustellen, hatte ich einen kleinen Plan ausgeheckt, und jetzt ist es an der Zeit ihn auszuführen.«

Vicki horchte auf. Was kam denn nun?

Ullstein konnte sich das Grinsen kaum verkneifen. »Wir haben hier einen großen Coup vorbereitet! Eine ganz einmalige Sache. Kommt natürlich aus Amerika. In Deutschland wurde das meines Wissens noch nie angewendet. Frau Baum, wir werden Sie aufbauen. Wenn Sie sich bereit erklären, dann werden wir Ihren Namen zur Marke machen. Sie werden ›die‹ neue Frau sein.«

»Sie sprechen in Rätseln, verehrter Herr Ullstein.« Vicki wusste wirklich nicht, was sie davon halten sollte.

Da schaltete sich Emil Herz ein: »Frau Baum, unsere langjährige und überaus erfolgreiche Zusammenarbeit hat uns zu der Erkenntnis geführt, dass Sie wie keine zweite Autorin im ganzen Konzern, für ein solches Experiment geeignet sind. Sie sind eine Frau, die mit beiden Beinen im Leben steht, im Hier und Jetzt. Gleichzeitig sind Sie neugierig und offen für das Neue. Sie stehen also gewissermaßen auch für die Zukunft. Für die Zukunft der Frauen. Sie können Geschichten erzählen, haben einen Blick für Themen und den nötigen Biss. In den letzten Monaten konnten Sie ein Gespür für Geschmäcker und die unterschiedlichen Zielgruppen bei Ullstein entwickeln. Ihre Bücher verkaufen sich schon jetzt sehr gut. Darum haben wir Sie ausgewählt, um eine ganz einzigartige Werbestrategie an Ihnen anzuwenden.«

»So ist es«, schaltete sich Ullstein nun wieder ein, offensichtlich der Initiator der ganzen Aktion. »Wir werden Sie ganz groß rausbringen. Haben Sie sich jemals gefragt, wie man berühmt wird? Es ist ganz einfach: Man muss präsent sein. Bei den wichtigen Ereignissen in der Stadt, aber vor allem in den Berichten darüber. Stars werden in Zeitschriften geboren! Und wir haben alles, was dazu nötig ist: Zeitschriften, Illustrierte und Zeitungen, sogar Filmateliers. Und dazu Ihr aktuelles Manuskript über das patente deutsche Mädchen. Daraus machen wir einen Kassenschlager! Und Sie, Frau Baum, machen wir zum Star!« Er war laut geworden vor Begeisterung.

»In den Augen der Öffentlichkeit haben Sie sich in den letzten Monaten als Expertin für Frauenthemen eingeführt«, versuchte nun Korff, Licht ins Dunkel zu bringen. Er wollte möglichst konkret bleiben und Vicki eine Vorstellung davon vermitteln, was auf sie zukommen würde. »Uns ist nicht entgangen, dass Sie sich in den Monaten in Berlin verändert haben. Die Großstadt tut Ihnen gut. Sie wissen, was läuft, und wo. Sie sind zu einer Erscheinung geworden, und das ist genau das, was unsere Leserinnen auch gerne wären. Sie verwirklichen diesen Traum stellvertretend für tausende junger Frauen. Wir forcieren das jetzt. Sie schreiben weiterhin über Mode und Schönheitsthemen, aber wir zeigen Sie dabei, veröffentlichen Artikel zusammen mit Fotos, und bringen Sie dabei dem Leser deutlicher vor Augen.«

»Und sie muss über Chemie schreiben«, bemerkte Szafranski.

»Das habe ich bereits. Der Artikel erschien im letzten November«, wandte Vicki ein.

»Natürlich, aber ab jetzt wird das Ganze viel intensiver vermarktet.«

»Wir machen Dampf. Sie kommen gar nicht mehr raus aus den Zeitungen. Ihr Roman *Hell in Frauensee* beschäftigt Ihre Leserschaft in den Sommerferien. Wenn sie dann wieder in der Stadt sind, schauen sie sich *Feme* im Kino an. Das Studio rechnet mit einer Premiere Ende August. Da werden Sie natürlich dabei sein, ein ganz großer Auftritt. Wir führen Sie vor, bei den Premieren, bei den großen Partys, an Ihrem Schreibtisch. Gleichzeitig bereiten wir die Veröffentlichung Ihrer *Helene Willfüer* vor. Der Roman wird bei der Image-Kampagne von zentraler Bedeutung sein.«

Vicki drehte sich der Kopf. Was hatten sich die großen Zauberer da nur ausgedacht? Die Aufregung stand greifbar im Raum und die Herren schienen nicht weniger unruhig als sie selbst, überboten sich mit Details und Plänen, bis schließlich Hermann Ullstein wieder das Wort ergriff: »Frau Baum, es ist ganz einfach. Sie haben alles, was wir brauchen: Gespür für den Markt, Blick für die Zielgruppe und einen aufsehenerregenden Stoff, über den das ganze Land reden wird.«

Eine Woche wollte Vicki über das Angebot nachdenke. Ein Image bei Ullstein zu werden, das wäre die endgültige Absage an die ernste Literatur, möglicherweise das Ende der Privatsphäre. Eine solche Entscheidung konnte sie nicht leichtfertig treffen, denn es war längst geplant, dass Hans und die Jungen im nächsten Jahr nach Berlin kommen sollten. Möglicherweise würde das wiedergewonnene Familienleben durch so eine Vermarktungsstrategie völlig durcheinandergeraten.

Andererseits war das Angebot äußerst ertragreich. Keiner wusste, was die Zukunft bringen würde. Vicki war fest entschlossen, nie wieder so abhängig und abgehängt zu leben, wie in den Jahren der Provinztingelei. Nicht noch einmal würde sie sich ihr Leben aus der Hand nehmen lassen. Und das ging am besten, wenn sie ihr eigenes Geld verdiente. Je mehr, desto besser, denn die großen Ideen könnten jederzeit ausbleiben und das ganze Schriftstellerleben wie eine Seifenblase zerplatzen.

Am Ende sagte sie zu und jetzt hatte sie Fototermine, gab Interviews und schrieb in den verschiedenen Zeitschriften über die fürsorgliche, moderne Mutter und die vollkommene Ehefrau – um ihren Ruf zu schützen, ehe sie ins Zentrum der Abtreibungsdebatte geriet. Vicki hatte ein Talent zur Selbstdarstellung, genoss den Rummel um ihre Person, die Aufmerksamkeit, die Mode, das Make-up, die Premierenabende und natürlich die Auftritte.

Mit ondulierten Haaren, dezent geschminkt und edel gekleidet verließ Vicki die Garderobe für die nächste Session. So würde sie sich im November ihrer Leserschaft präsentieren: interessant, attraktiv, intellektuell und verführerisch. Die Kulisse war inzwischen umgeräumt, zeigte jetzt einen dunklen Hintergrund, von unten mild beleuchtet. Sie stellte sich in Positur und wartete auf die Anweisungen des Fotografen, nahm die Hand ans Kinn, legte den Kopf schief und freute sich des Lebens.

VI

»*Vorige Nacht war endlich der Einbrecher da.*« Kurt Korff erschien strahlend in Vickis Büro.

»Ein Einbrecher?«, fragte sie und ließ ab von dem Artikel, an dem sie gerade arbeitete.

»Ich hatte Ihnen doch erzählt, dass meine Frau sich da draußen in Dahlem so arg vor Einbrechern fürchtet. *Ich hatte ihr geschworen, ich würde sie mit nackter Faust zu schützen wissen, notfalls mein Leben für sie einsetzen.* ›Du?‹, hat sie gefragt und gelacht. *Vorige Nacht hab' ich's ihr gezeigt. Und wie! Es war fabelhaft. Der Einbrecher schlich sich mit der Pistole in der Hand durch die Hecke. Sie hätten sehen müssen, wie ich ihn ansprang, zu Boden riss, auf ihm herumtrampelte und ihn würgte; um ein Haar hätte ich den Kerl umgebracht.*«

Vicki reichte dem Chefredakteur ungerührt ein Glas. Bestürzung konnte sie nun wirklich nicht aufbringen, denn sie ahnte schon, was da kommen würde.

»Meine Frau war ganz hin und weg. *Ganz Bewunderung und Liebe. ›Hatte ja gar nicht gewusst, wie stark du bist‹*, sagt sie mir. *Fünfzig Mark hat der Junge von mir gekriegt, nicht zu viel für einen solchen Erfolg.* Einen Zehner hab' ich ihm zusätzlich gegeben, weil ich ihm im Eifer einen Zahn ausgeschlagen habe.«

Vicki lachte. Genau so etwas hatte sie erwartet. Sie kannte Korff mittlerweile lange genug.

»War übrigens einer der Mahir-Schüler. Sie kennen ihn vielleicht.«

Vicki trainierte seit einiger Zeit regelmäßig im *Studio für Boxen und Leibeszucht,* das der ehemalige türkische Profifußballspieler und Boxkämpfer Sabri Mahir auf dem Kurfürstendamm eröffnet hatte. In der von Schweiß und Ledergeruch geschwängerten Luft malträtierte sie den Punchingball, kräftigte ihre Muskeln und pflegte ihr Talent, niemals aufzugeben. Zwar durfte sie als

Frau nicht in den Ring steigen, aber schon das konstante Training gab ihr eine immense Selbstsicherheit. Hätte sie eine Tochter gehabt, sie hätte ihr das Boxen nahegebracht.

»War er schmal und zäh, mit einem dunklen Lockenkopf?«, erkundigte sie sich.

»Möglich wär's. Ein netter Kerl jedenfalls.« Lachend leerte Korff sein Glas, erhob sich und schlenderte zur Tür.

Vicki schickte ihm ein Lachen hinterher und machte sich wieder an die Arbeit. Die aktuelle Ausgabe der *Losen Blätter* lag vor ihr. Sie hatte die Aufmachung verändert. Stefan Ernstmann und Georg Hermann schrieben jetzt jeder eine Kolumne und Lion Feuchtwanger hatte eine Besprechung eingereicht. Außerdem gab es neue Rubriken, mit kleinen Anekdoten und Bonmots: Über die Kunst der Ehe, aus dem Literaten-Café oder dem Künstleratelier. Das kam gut an.

Bis zum Mittag war sie damit beschäftigt und verließ dann das Büro. Seit Hans und die Kinder mit ihr in Berlin lebten, aß sie selten im Kasino. Entweder sie speiste nach dem Training zusammen mit Sabri nach seiner *strenger Diätvorschrift Salat à la Balkan* oder sie fuhr – wie heute – früh heim und aß mit der Familie.

Hans holte sie mit dem Wagen ab, denn die Zeiten waren gut und nichts sprach dagegen, ein eigenes Automobil zu unterhalten. Das sparte Zeit, denn um nichts in der Welt hätte Vicki ihre geliebte Mansardenwohnung im Grunewald aufgegeben. Es gab Platz genug und auch Hans hatte sich mittlerweile daran gewöhnt.

Die Dinge zwischen ihnen hatten sich geändert, seit er die entscheidende Stufe auf der Karriereleiter genommen hatte und endlich an der Staatsoper in Berlin angekommen war. Die Eheleute waren wieder vereint, aber unter neuen Vorzeichen: Vicki gab den Ton an. Jeder lebte sein eigenes Leben und war glücklich, wenn er Zeit mit der Familie verbringen konnte. Der alte Groll war verflogen. Wenn man genau darüber nachdachte, lag das Geheimnis einer guten Beziehung genau in diesen Pausen. Einfach mal auseinandergehen, ohne sich böse zu sein, dann konnte man später wieder zueinanderfinden und da weitermachen, wo es vorher wie ein Ende ausgesehen hatte. Das Ehepaar Lert kehrte also zu ihrer ursprünglichen Abmachung zurück: einander beizustehen, füreinander zu sorgen und einander in beruflichen Dingen keinesfalls im Wege zu stehen.

So ließ es sich gut leben und auch das beträchtliche gemeinsame Einkommen trug zum Glück bei. *Die beiden Jungen besuchten das Gymnasium und brachten vorzügliche Zeugnisse nach Hause.* Sie konnten sich alles leisten, was sie sich wünschten. Berlin war voller Freunde und nach den mageren Jahren fühlte Vicki sich in ihrer zweite Blüte. Und dabei ging die Fahrt erst jetzt richtig los.

Wie gern hätte Vicki Wolfgang und Peter ins Rundfunkstudio mitgenommen. Die Jungs interessierten sich sehr für diese neue Technik. Erst kürzlich hatte Vicki ein Empfangsgerät gekauft. Seither saßen die Jungen davor, drehten an den Knöpfen, suchten ihr Programm und lauschten gebannt. Und heute würden sie also die Stimme ihrer Mutter aus dem Radio hören.

Neugierig schaute Vicki sich um. Sie wollte den Jungs alles haarklein erzählen, doch eigentlich gab es nicht sehr viel zu sehen. Ein paar schwarze Kästchen, Schalter und Spulen, hier und da brannte ein Lämpchen. Jemand setzte sie auf einen Stuhl und baute ein Mikrofon vor ihr auf. Vicki räusperte sich. Laut und deutlich wollte sie sprechen und ja nicht wie ein verschämtes Fräulein. Sie sollte einen kleinen Auszug aus ihrem Roman lesen.

»Frau Baum, ich freue mich, Sie kennenzulernen.« Ein junger Mann reichte Vicki die Hand. »Mein Name ist Kurt Freistein.

Machen Sie sich keine Sorgen. Ich zeige Ihnen, was Sie tun müssen.«

Sorgen machte sie sich keine, vielmehr fühlte sie eine kitzelnde Neugier. Jetzt ging es also tatsächlich los. Die Kinder saßen sicher schon gespannt vor dem Empfangsapparat.

Freistein hantierte mit dem Mikrofon vor ihr herum. »Wissen Sie, meine Freundin ist ganz beeindruckt, weil ich Ihnen heute persönlich begegne«, gestand er. »Sie sagt, sie hat noch nie einen Roman gelesen, der das Anliegen der Frauen von heute besser vor Augen führt.«

Vicki lächelte den jungen Mann freundlich an. Das passierte ihr nicht zum ersten Mal. *Stud. chem. Helene Willfüer* hatte alle Erwartungen übertroffen. Die Auflage der *Berliner Illustrierten* war um 200.000 Exemplare gestiegen – wegen ihres Romans! Jeder hatte ihn gelesen.

»Das ist sehr freundlich«, entgegnete sie.

»Sie studiert auch, meine Helga, aber nicht Chemie. Sie studiert Medizin, da kann es eine Frau schon weit bringen, heutzutage.«

»Allerdings«, pflichtete Vicki ihm bei.

»Die Sache mit der Abtreibung, das hat sie richtig aufgebracht. Helga sagte, es sei unerhört, dass der Staat sich anmaßt, über das Schicksal der Frauen zu bestimmen. So ein Kind, sagt sie, gehört doch zuallererst zur Mutter, also dürfe nur sie über diese Dinge bestimmen.«

Dieses Thema hatten alle aufgegriffen. Alle. Nicht nur die Ullsteinblätter. Die konservative Frauenbewegung schlug Alarm und hätte das Buch am liebsten auf dem Index gesehen. Eine Studentin des katholischen Hochland-Verbandes wehrte sich öffentlich dagegen, mit Helene Willfüer in einen Topf geworfen zu werden.

Auf der anderen Seite lobten die fortschrittlichen Stimmen das Buch, gerade weil es so ein heikles Thema berührte. In der *Vossischen Zeitung* erhob Gabriele Reuter Helene Willfüer zum

Rollenmodell ihrer Generation: *Das tüchtige, lebensvolle, studierende Mädchen, in dem sich der ewige Kreislauf weiblichen Leidens und weiblicher Siege vollendet.* In der *Neuen Freien Presse* lobte Felix Salten den Roman als *vortrefflich,* weil er mitten aus dem Leben gegriffen und *virtuos erzählt* sei. Er nannte sie *eine kameradschaftliche Gefährtin der neuen Generation und zugleich Wegweiserin auch der Eltern* – als hätte es das Problem der ungewollten Schwangerschaften vor fünfzehn Jahren noch nicht gegeben.

Es gefiel Vicki gut, dass sie ein wichtiges Thema ins Gespräch gebracht hatte. In der Redaktion der *Berliner Illustrierten* waren Hunderte Leserbriefe eingegangen. Frauen, die selbst über ihren Körper bestimmen wollten und Frauen, die in der Abtreibung ein Verbrechen sahen, ergriffen die Feder. Natürlich eignete sich das Thema auch zur politischen Agitation. Die Linken sprachen sich seit jeher für die Abtreibung aus und sahen ihr Argument durch Vickis Schilderung bestätigt.

Dabei hatte sie sich und ihre Figur letztlich gar nicht eindeutig positioniert. Ja, Helene Willfüer wird ungewollt schwanger. Ja, sie will abtreiben, aber letztlich kommt es nicht dazu. Natürlich konnte der Roman als Kampfschrift für Emanzipation und Selbstbestimmung gelesen werden, andererseits heiratete Helene am Ende, was genauso gut als Sieg konservativer Wertvorstellungen zu deuten war.

Vicki blickte auf das Buch in ihrer Hand. Hoffentlich würde der junge Mann keine politische Stellungnahme von ihr fordern. Rund fünfzig Seiten ihres Romans befassten sich mit Abtreibung, jedoch schien ihr diese Passage nicht fürs Radio geeignet.

»Lesen Sie einmal den ersten Absatz vor, damit ich alles einrichten kann«, forderte er sie auf.

»*Das junge Mädchen, von dem nachstehend die Rede sein soll, saß in der vierten Klasse eines Personenzuges, der mit ziemlicher Eile seinen Weg durch die Nacht nahm, um zu der vorgeschriebenen Zeit den Hauptbahnhof von Frankfurt zu erreichen.*«

Ihre Stimme war klar. Sie artikulierte jedes Wort deutlich, aber nicht übertrieben. Freistein jedenfalls schien zufrieden.

»Das war sehr gut.«

Es ging letztlich doch um mehr als um das eine Thema. *Diese Helene Willfüer ist das moderne Mädchen, das nicht mehr in einem Wolkenkuckucksheim lebt, umnebelt von sentimentalen Phrasen. Sie steht mitten im Leben, ist von seltener Sachlichkeit, will als selbständiger Mensch in der Arbeit leben.*

Es war Vicki gelungen, ein kluges Buch zu schreiben, das sich mit *ernsthaften Themen befasste und trotzdem unterhielt.* Sie hatte ein breites Publikum erreicht. Das war doch die eigentliche Leistung. Davon, für ein handverlesenes Grüppchen zu schreiben, hielt sie nichts. Geschichten mussten erzählt und gehört werden. Wenn das Publikum damit nichts anfangen konnte, machte der Autor etwas falsch. Sie war lang genug dabei, sie wusste: Schreiben war Handwerk. Eine Autorin stürzte sich ins Leben, neugierig und aufmerksam, beobachtete die Menschen, hörte zu, erkannte gute Geschichten, wann immer sie ihr begegneten. Alles konnte Material sein. Aus allem ließen sich Erzählungen, Essays, Romane machen: ein Trauerfall, übermäßiger Ehrgeiz, ein Sonnenaufgang über der Stadt. Als Schriftstellerin war es ihre Aufgabe, über die Dinge zu schreiben, *die eigentlich jeder weiß, aber so nicht ausdrücken konnte.*

»Haben Sie eigentlich gehört, dass die Polizei eine Hochstaplerin verhaftet hat, die sich als Vicki Baum ausgab und alleinreisende Männer ausplünderte?«, fragte Freistein.

»Ja, davon habe ich gehört«, Vicki lachte. »Dass Schauspielerinnen oder Artistinnen so etwas passiert, das wusste ich, aber einer Schriftstellerin? Das ist doch wirklich köstlich.«

»Na, wenn sie so berühmt ist, wie Sie.«

Vicki nahm das Kompliment lächelnd entgegen. Er hatte schon recht, sonst säße sie nicht in diesem Rundfunkabenteuer, sie war *die neue Frau.* Wer hatte sich diesen Begriff eigentlich ausgedacht? Das war bestimmt einer von der Presse. Wahrscheinlich vom Verlag selbst. Erst zimmern sie ein vages Bild zusammen – jung, ungebunden, eigenständig, erfolgreich im Beruf – und erst danach suchen sie ein passendes Bild: nicht mehr ganz jung, Ehefrau und Mutter, aber immerhin unabhängig. Nicht mädchenhaft, nicht sexy, kein Flapper, sondern interessant, verführerisch, elegant, intellektuell – und äußerst beschäftigt.

Denn Vicki las in Buchhandlungen und Kaufhäuern, diskutierte mit Studentinnen, gab Interviews und zeigte sich bei allen Premieren, Sportveranstaltungen, Festivitäten und gesellschaftlichen Ereignissen. Es unterschied sich gar nicht so sehr, von dem Leben, das sie als Frau Konzertmeisterin geführt hatte, nur stand sie jetzt selbst im Rampenlicht und ihr Foto war regelmäßig in den Illustrierten zu sehen.

Freistein hatte seine Vorbereitungen endlich abgeschlossen. »Wir sind dann gleich dran«, bemerkte er und drehte an ein paar Reglern. »Sind Sie bereit?«

Vicki atmete einmal tief ein und aus. »Ja!«, sagte sie und sah zu, wie der junge Mann neben ihr unversehens in die Rolle des weltgewandten Rundfunkmoderators glitt. Mit vergnügter Stimme stellte er den unsichtbaren Hörern vor den Empfangsgeräten seinen Gast vor.

»Sehr verehrte Herren, liebe Damen, machen Sie es sich bequem, denn neben mir sitzt eine Frau, deren Name so bekannt ist wie *Leibnitz Butterkeks* und *Klosterfrau Melissengeist*. Sie kennen ihre Bücher aus der *Berliner Illustrierten* und vom *Ullstein-Bücherkarren*. Ihren letzten Film *Die drei Frauen des Urban Hell* können Sie noch immer im Kino sehen. Heute liest die berühmte Vicki Baum für uns ein paar Seiten aus ihrem aktuellen Roman Chemiestudentin Helene Willfüer, der landauf landab die Gemüter erhitzt.«

Er sah sie erwartungsvoll an. Einen kleinen Augenblick staunte Vicki, wie unprätentiös es beim Rundfunk zuging. Kein Applaus erleichterte ihr den Anfang, also senkte sie, ohne weiteren Übergang den Blick auf die Seiten und begann zu lesen.

VII

Der Frühstückstisch war vorbereitet: Butter, Marmelade, Eier, Kaffee und Tee. Alles soweit fertig. Fehlte nur noch der Brotkorb. Vicki rief die Jungen und stellte jedem ein Glas Saft neben den Teller. Groß sind beide geworden, Wolfgang fast zwölf und Peter acht Jahre alt. Sie hatten schon ihr eigenes Leben, gingen zur Schule, trieben ihren Sport und waren alles in allem ganz tüchtige kleine Burschen, die, wie immer, etwas zu laut und sich gegenseitig überholend das Esszimmer stürmten.

»Nicht so wild«, mahnte die Mutter und versuchte ein ernstes Gesicht zu machen, genoss sie doch das muntere Treiben am Morgen, und wenn sie auch großen Wert auf Tischmanieren und Höflichkeit legte, konnte sie nicht genug kriegen von der Lebendigkeit und dem fröhlichen Geschwätz ihrer Söhne.

»Mach dir mal keine Sorgen«, verkündete Peter großspurig, »wir werden es denen schon zeigen. Auf dem Platz macht uns keiner was vor. Unsere Geheimwaffe heißt Gunnar. Der ist unser ganz persönlicher Grenzl!«

»Dann träumt ihr also von der Vizemeisterschaft?«, fragte Wolfgang.

»Ha, ha!«, Peter zog seinem Bruder eine Grimasse, die Vicki vorgab nicht zu bemerken. »Grenzl hat immerhin sieben Tore in vier Spielen geschossen. Kann er ja nichts dafür, wenn am Ende alles schiefläuft.«

Sie schmunzelte über ihren Jüngsten, der sich gerade große Mengen Marmelade aufs Brötchen strich. Im letzten Sommer war sie mit Peter bei ein paar Spielen der Meisterschaft gewesen, seither war er dem Fußballfieber verfallen. Er las alles, was er finden konnte und ließ keine Gelegenheit aus, selbst zu spielen. Wolfgang dagegen war weiterhin dem Wasser verbunden, ruderte gerne und schwamm wie ein Fisch. Und er liebte es, seinen Bruder zu necken.

Hans kam herein, drückte ihr einen Kuss auf die Stirn und setzte sich, bewehrt mit der Zeitung, an seinen Platz. Sie goss ihm seinen Kaffee ein, reichte ihm die Butter und warf einen Blick auf die Post.

»Ist denn die *Berliner Illustrierte* schon da?«, fragte Wolfgang.

Vor zwei Jahren hatte er sich ihrem Œuvre zugewandt. Eines Tages war er zu ihr gekommen, schlang ihr die *Arme um den Hals und verkündete: »Ich hab' jetzt alle deine Bücher gelesen, Mutti.«*

»Na, und wie gefallen sie dir?«

Da streichelte er ihr Gesicht und sagte in herablassend, teilnahmsvollen Ton: »Ach arme kleine Mutti, die sind ja so blöd und langweilig.«

Herzlich gelacht hatte sie, denn es war ihre feste Überzeugung, dass Männer doch bestenfalls lesen, um etwas zu lernen und schlimmstenfalls für den Nervenkitzel. Da hatten ihre Romane wenig zu bieten.

Aber jetzt mit fast zwölf war Wolfgang ganz wild auf Zeitschriften und die schillernde Welt, die er darin fand. Darum verfolgte er die Geschichte der Studentin Helene Willfüer, wie hunderttausend andere als Fortsetzung in der *Berliner Illustrierten.*

»Sie liegt noch auf dem Schrank.« Er würde sie noch vor der Schule lesen, um mitreden zu können, da war sich Vicki sicher. »Mein neuer Roman ist schon angekündigt. Er wird Ende des Monats erscheinen.«

»Schon?«, fragte Hans.

»Zwei Fortsetzungsromane so kurz hintereinander von derselben Autorin? Das hat es noch nie gegeben.«

Erst vor Kurzem hatte Vicki ihr neues Werk fertiggestellt. Etwas Modernes sollte es sein, das den Menschen zu Herzen ging, wie Helene Willfüer, aber doch wieder ganz anders. Kurt Korff hatte sich klar ausgedrückt: »Sie brauchen etwas, das den errungenen Erfolg stabilisiert und Ihnen einen festen Platz in der vorderen Reihe der großen Unterhaltungsautoren sichert.«

Hermann Ullstein, der kein Blatt vor den Mund nahm, fragte: »So etwas haben Sie doch sicher in der Schublade, oder nicht?«

Vicki war nach Hause gefahren und hatte ihre archivarischen Hutschachteln durchsucht. Schließlich hatten sie in der Vergangenheit ja immer dann ein Juwel zum Vorschein gebracht, wenn sie es am dringendsten brauchte. Vage erinnerte sie sich an eine tragisch-komische Geschichte, die sie schon ihr halbes Leben mit sich herumtrug.

Damals war sie bei einer Tante im südlichen Mähren zu Besuch, in Lundenburg, einem kleinen Städtchen mit wenigen tausend Einwohnern und nicht viel im Angebot. Sie war erst sechszehn Jahre alt gewesen, hatte als Harfenistin aber schon ein wenig Bühnenluft geschnuppert und sollte nun, auf Wunsch ihres Onkels, vor den *Hohepriestern und Göttern der* örtlichen *Zuckerfabrik* ihre Fähigkeiten zur Schau stellen. Der Onkel war dort Prokurist und erhoffte sich Vorteile von diesem Auftritt.

Natürlich tat ihm Vicki dem Gefallen. Sie wollte *kein blöder Snob sein und auch keine Szene mit ihren Eltern heraufbeschören. Sie* ließ sich also auf dieses kleine Abenteuer ein, obwohl ein Konzert mit dem örtlichen Männergesangsverein eigentlich unter ihrer Würde war.

Bei der Veranstaltung jedenfalls fiel ihr ein kleiner Mann auf, *der im Konzert einen Augenblick aus dem Chor hervortrat, ein Tenorsolo von acht Takten hinlegte und wieder zurücktrat.* Er hinterließ einen unauslöschlichen Eindruck, *komisch und rührend zugleich*, denn der magere Mensch mit seinem mächtigen Adamsapfel ertrank geradezu in einem *wahrscheinlich geborgten Gehrock, seine Stimme war klein, dünn, ein zitternder Diskant, der unter einem mächtigen Nietzschebart hervorkam.* Offenbar war dieses kleine Solo die Krönung seines armseligen Daseins.

Als sie ein paar Tage später nach Wien zurückfuhr, dichtete sie diesem Männlein ein Leben an und schrieb alles nieder. Schicht für Schicht trug sie ein erfundenes Leben zusammen:

eine Hochzeit mit der Tochter des Kolonialwarenhändlers, einen beständigen Husten und eine hohe Lebensversicherung, die man wegen seiner schlechten Gesundheit auf ihn abschloss und für deren Prämie es zu knausern und zu sparen galt. Seine *Frau hackte ständig auf ihm herum, sein Schwiegervater war ein Tyrann*, kurzum er führte ein armseliges Dasein. Dieses Männlein, sie nannte ihn Otto Kringelein, sollte in ihrem neuen Buch den Auftritt seines Lebens haben.

Vicki fand das kleine Diarium, in das sie die Geschichte damals notiert hatte. Sie blätterte durch die Seiten, die sie all die Jahre aufbewahrt hatte und die Ideen kamen ganz von selbst: Der kleine Mann, er war krank. Aber er litt nicht an der Schwindsucht, das beständige Husten würde ihr früher oder später auf die Nerven gehen, er kämpfte gegen Magenkrebs, eine Therapie lag bereits hinter ihm, auch eine Operation. Jetzt war er nach Berlin gekommen, hatte einen Spezialisten konsultiert und eine schlechte Prognose erhalten: noch zwei oder drei Monate, dann würde der Tod ihn holen.

Da half kein Zetern und kein Schreien. So war es, das Leben, es schuldete niemandem etwas, auch nicht den Braven und Korrekten oder denen, die sich stets bemühen. *Genieße dein Leben, solange du kannst*, sagte sich das Männlein, machte die teure Lebensversicherung zu Geld und stieg im besten Hotel der Stadt ab, bereit diese letzte Chance zu nutzen. Zwei, drei Monate blieben ihm, um das große Leben doch noch kennenzulernen.

Ein Hotel schien Vicki als Schauplatz bestens geeignet. Ein *Symbol des Lebens*. Da kamen die Menschen zusammen. Der kuriose Herr aus Lundenburg war da nur einer von vielen. Die anderen Figuren entsprangen der täglichen Ausbeute von Fotos und Nachrichten, die Vicki bei der Arbeit auf den Schreibtisch flatterten. Da war dieser angesehene Geschäftsmann aus der Provinz gewesen, der nachts in seinem Hotelzimmer einen Dieb überraschte und niederschlug. Als man den Einbrecher der Polizei übergab, stellte sich heraus, dass er ein gesuchter Verbrecher war. Und dann die Pawlowna, die berühmte Balletttänzerin. Vicki hatte sie erst kürzlich auf der Bühne gesehen. Ein bedrückender Abend war das gewesen, *der Saal halbleer, das Publikum ballettmüde – und doch schimmerte die Glut der großen Tänzerin* in jeder ihrer Bewegungen.

Dann brauchte es noch ein bisschen Staffage, den dienstbeflissenen Angestellten, das Mädchen, das groß hinaus will und damit die Symbolik dem Leser auch wirklich nicht entging, setzte sie noch einen kriegsversehrten Arzt ins Foyer. Die Ideen kamen, in einer immensen Geschwindigkeit. Ob es daran lag, dass sie ihren Kringelein schon so lange kannte?

Kaum hatte sie den Ablauf festgelegt, alle Figuren durch ein Lichtlein im Inneren durchsichtig gemacht und die Handlung verwoben, ging ihr das Schreiben schnell von der Hand. Nur sechs Wochen brauchte sie. Und das war gut, denn Ullstein wollte das Manuskript am liebsten gestern auf dem Tisch haben, so dringend, dass sie sich auch von ihren respektablen Honorarforderungen nicht abschrecken ließen. 40.000 Mark hatte der Verlag gezahlt.

»Sie haben es geschafft!«, Korff hatte herzlich gratuliert. »Ich ziehe meinen Hut vor Ihnen.«

»Glauben Sie mir, dieser Roman hat mir alles abverlangt.«

»Das mag sein, aber jetzt können Sie sich mit den ganz Großen messen. Goethe hat *Die Leiden des jungen Werthers* auch in sechs Wochen fertiggestellt.«

Vicki lachte. »Tatsächlich?«

»Selbstverständlich. Und eines kann ich Ihnen sagen, so eine Geschichte in Briefen, in der nicht einmal ein Telefonapparat vorkommt, ließe sich heute keinesfalls verkaufen.«

»Ich sage Ihnen, das war auch für mich eine einmalige Sache. Geschrieben in sechs Wochen, ja, aber daran gedacht, gespart, entwickelt habe ich zwei Jahre lang.«

»Seien Sie sicher, er wird genauso einschlagen wie die Willfüer. Er ist nicht so kontrovers, aber dafür moderner.«

Korff hatte recht, *Menschen im Hotel* hatte alles, was jetzt in der Luft lag: die Welt der Reichen und Berühmten, die Wirtschaftskrise, die der kleine Mann nun schon zu spüren bekam, die modernen Kommunikationsmittel und die Macht des Geldes, der die Großen und die Kleinen gleichermaßen unterlagen. Das alles bis zum Rand gefüllt mit Ironie.

»Ein Meisterwerk moderner Unterhaltungsliteratur!«, befand Korff großzügig. Vicki lächelte über den Stich, der dieses Urteil ihr versetzte, hinweg. Eigentlich hatte sie eine Parodie auf den Kolportageroman geschrieben, im Untertitel stand es sogar, aber bei Ullstein hat das niemand verstanden. Später würden sie den Untertitel wahrscheinlich streichen. Jedenfalls würde sich das Buch gut vermarkten lassen, da waren sich alle sicher, auch wenn es nicht ihre beste Arbeit war. Das Handwerk beherrschte sie, aber mit Büchern wie diesem hatte sie die Chance, eine erstklassige Schriftstellerin erster Güte zu werden, vertan. Sie schluckte ihren Stolz hinunter, denn trotz allem liebte Vicki dieses kleine Büchlein, das so viele skurrile Figuren versammelte. Dann war sie eben *eine erstklassige Schriftstellerin zweiter Güte* und mehr musste sie auch nicht sein.

VIII

Am Morgen des 17. April 1929 erreichte sie Algier. Vicki stand an der Reling und schaute dem Land entgegen, betrachtete unverwandt das undurchsichtige Muster, aus dem sich Knoten um Knoten Einzelheiten und Details erschlossen. Zum Hafen hin stand eine Reihe moderner Gebäude, übergroß mit ihren vielen Stockwerken, wie eine Festungsmauer dem Meer entgegen, eine Wand, hinter der sich die gewundenen Gassen der Stadt verbargen. Dort erstreckten sich die gleichartigen, geweißten Quadrate der Häuser mit ihren schwarzen Fenstern.

Das ist es, dachte Vicki und ihr Herz machte einen kleinen Sprung. Ihre Hände waren plötzlich kalt und lagen leicht zittrig auf dem Holz der Reling. Das hier will ich machen. Sie lächelte. Da muss ich erst einundvierzig Jahre alt werden, um zu begreifen, was ich mit meinem Leben anfangen will. Mit wachem Blick betrachtete sie den unbekannten Hafen, die nie gesehene Stadt dahinter. Die Gewissheit breitete sich wohlig in ihrem Kopf aus. Reisen. Sie würde Reisen. Das war alles, was sie in ihrem Leben tun wollte. Dafür lohnte sich die Arbeit, das Ewige sitzen und grübeln, die durchwachten Nächte und die ganze Disziplin. Für die Söhne natürlich, um ihnen ein Leben zu geben, wie sie es sich wünschen. Aber auch für diesen Blick, für dieses Herzklopfen, für dieses Kribbeln.

Sie blieb noch eine Weile stehen, beobachtete das Treiben der Hafenarbeiter beim Ausladen im Morgenlicht. Kisten und Fässer, mit Tauen verknotet, standen auf dem Quai. Ein Soldat patrouillierte.

Es sind die kleinen Züge, aus denen sich das Ganze baut. Die kleinen Züge, *in denen sich die Seele eines Landes, eines Volkes enthüllt.* Man brauchte nur *die Augen, sie zu sehen und das Kodakgehirn, sie festzuhalten.* Vicki konnte es nicht erwarten, selbst diese Erfahrung zu machen, tief in das Herz dieser unbekannten Gegend vorzudringen und einer fremden Kultur ins Herz zu blicken. Plötzlich war das möglich.

Seit drei Jahren lebte Vicki jetzt in Berlin und alles hatte sich ganz wunderbar gefügt. Die vergangenen Jahre waren die besten ihres Lebens. Sie hatte sich von der Einsamkeit und den Spannungen ihrer Ehejahre erholt und eine Stellung gefunden, von der sie im tristen Mannheim fast nicht zu träumen gewagt hätte, die Freiheit, die Kunst, die Kultur, die Großstadt und das mondäne Leben.

Menschen im Hotel hatte ihr noch einmal ganz neue Möglichkeiten eröffnet. Vicki war jetzt berühmt. Sie wurde auf der Straße erkannt und gab Autogramme. Jeder kannte ihren Namen. Das hatte viele Vorteile, auch im heimischen Ullstein Verlag. Fürs Reisen wurde Vicki von der Arbeit freigestellt. Natürlich ließ man sie nur gehen, weil man annahm, dass die tüchtige Redakteurin mit einem unerschöpflichen Fundus an Inspirationen und Ideen zurückkam, die in spannende Artikel und Romane mündeten. Aber das war kein Problem.

Ausgerüstet mit einer Spiegelreflexkamera, die ihr blitzgescheites *Kodakgehirn* unterstützen würde, hatte sich Vicki auf ihre erste große Reise gemacht. Sie fuhr mit Hans nach Jerusalem, besichtigte sie Klagemauer, die Grabeskirche, den Tempelberg, tauchte tief ein in die Geschichte des Landes und genoss die Vielfalt der Landschaft, die ihr morgens schneebedeckte Berge zeigte und sie mittags in glühende Täler führte. Ein Abstecher nach Ägypten führte sie zu den Pyramiden von Gizeh, wo Vicki zum ersten Mal auf einem Kamel ritt. Hans fotografierte diese majestätische Premiere, mit der Sphinx und der Cheops-Pyramide im Hintergrund.

Nach drei Wochen im Orient fuhr Vicki allein weiter nach Marseille, wo sie auf einem Dampfer nach Nordafrika eincheckte. An Bord lernte sie die Geschwister Moses kennen. Dr. Elisabeth Moses, Kustodin im Kölner Kunstgewerbeverein und Spezialistin für jüdische Kunstgeschichte, recherchierte in Algerien für einen Artikel. Ihr Bruder Paul Josef begleitete sie. Eine fröhliche Gesellschaft, aus der sich, niemand ahnte es bei der ersten Begegnung, eine lebenslange Freundschaft entwickeln sollte.

Vicki erkannte Elisabeth und Paul auf der Gangway. Ein Bote vom Hotel Algeria führte sie zu einem Wagen. Erst jetzt wandte sich Vicki dem Ausgang zu. Vielleicht wartete man auf sie, denn auch sie war in diesem Hotel eingebucht. Ein Zimmer mit Privatbad für zwei Tage. Der Hotelbote eilte auf sie zu, begrüßte sie mehrmals freundlich und zeigte sein herzlichstes Lachen. »Bitte hier entlang«, sagte er in einem entzückenden Akzent und Vicki folgte ihm zu dem Wagen, in dem schon die Moses' Platz genommen hatten. Der Weg war nicht weit, selbstverständlich residierten die Europäer in einem der mehrstöckigen Häuser, die Vicki vom Schiff aus gesehen hatte. Fünf Stockwerke, mit verzierter Fassade, ein Stück Europa an der Küste Afrikas mit Blick auf den Hafen, die Stadt im Rücken. Das Zimmer entsprach dem gehobenen Geschmack, war prunkvoll eingerichtet mit kunstvollen Möbeln und Stoffen und Palmen in großen Tonkübeln. Vicki nahm ein Bad und traf sich zu einem schnellen Mittagessen mit den neuen Bekannten.

»Was wollen Sie sich ansehen?«, fragte Elisabeth.

»Nichts Spezielles«, sagte Vicki, »oder vielmehr alles. Die Menschen, die Gassen, vielleicht finde ich ja einen Markt. Ich will einfach alles sehen.«

»Ich gehe zur Djama'a al-Kebir. Das ist die große Moschee ganz in der Nähe. Wenn Sie mich begleiten wollen, sind Sie mir herzlich willkommen.«

Gleich nach dem Essen zogen sie los, Vicki mit ihrer Kamera im Anschlag. Wenn man fremd ist, werden die gewöhnlichsten Kleinigkeiten von einer besonderen Atmosphäre erhöht, dies galt es, mit der Kamera einzufangen: die Menschen in ihren seltsamen Gewändern, ein langes, bis zur Wade, darüber ein zweites, wie einen Mantel. *Kaftan* hießen sie und *Bisht*, klangvolle Bezeichnungen, die Vicki sich auf der Zunge zergehen ließ. Auf dem Kopf trugen die Männer Turbane aus langen Bändern, die sie unregelmäßig um den Kopf gewickelt hatten, aber so, dass in der Mitte noch der Schopf hervorlugte. Ein Mann mit ölschwarzen Haaren und Zahnlückenlächeln blickte freundlich in die Kamera. Kinder kamen neugierig näher.

Sie gingen weiter durch enge Gassen, in deren Nischen Händler ihre Waren feilboten. Auf einem staubigen Platz standen zwei schwer beladene Maultiere und blökten grunzend im Schatten magerer Bäume. Erst nach einer Weile bemerkte Vicki, dass keine Frauen auf den Straßen zu sehen waren. Suchend blickte sie sich um. Da, weibliche Gestalten. Sie huschten, Kopf und Gesicht hinter schwarzen Tüchern verborgen durch die scharf geschnittenen Schatten, die die grelle Sonne auf Boden und Häuserwände warf.

»Sehen Sie«, Paul, der ihr Interesse für die Menschen teilt, deutete unauffällig auf eine Taverne. Dort saßen Männer zusammen, redeten und spielten, tranken dabei starken Tee aus kleinen Gläsern. Die Älteren missbilligten offensichtlich die Unterbrechung und verbargen ihr Gesicht vor der Kamera, aber die Aufgeweckten und Lustigen genossen die Aufmerksamkeit und zeigten ihr schönstes Lächeln.

Und schon ging es weiter. Da wusch sich ein alter Mann mit Fes die Füße an einem Brunnen. Ein Zehnjähriger posierte vor Vicki, als er ihren Fotoapparat erblickte. Sie schaute sich satt an diesen fremden Menschen, deren Sprache sie nicht sprach, an der fremden Architektur, an den Gotteshäusern, mit ihren Symbolen, die ihr noch nichts sagten und nach deren Bedeutung sie Elisabeth fragen musste.

Am nächsten Abend ging die Reise weiter: im Schlafwagen nach Constantine, dann hundertzwanzig Kilometer nach Süden. Von Batna aus fuhren sie mit einem Automobil nach Lambèse und Timgad, wo die Ruinen der alten römischen Stadt Thamugadi lagen. Das Amphitheater mit Platz für viertausend

Zuschauer, das Gotteshaus, der Trajansbogen und drumherum ein Meer von Säulen, die nur noch den Himmel trugen. Vicki war so fasziniert vom Anblick dieser alten, vergangenen Stadt, dass sogar der Fotoapparat vergessen war.

Dann ging es Richtung Sahara. Einen Tag in Biskra, anschließend nach Touggourt – das sich mit seinen blendend weißen Kuppeln und Mauern aus dem ewigen Sand erhob. Schließlich reiste sie nach Tunesien und besichtigte ein wichtiges Zentrum der islamischen Gelehrsamkeit. In Kairouan – berühmt für seine vielen Gotteshäuser – fühlte sich Vicki bei der Besichtigung der riesigen, ergreifend gestalteten Hauptmoschee mit seinen hundertachtzig Säulen an einen heiligen Wald erinnert.

Ein ganz besonderes Souvenir erstand Vicki in Touggourt. In der Nähe des Marktplatzes sammelte sich unvermittelt eine Schar Kinder um sie. Eines hielt ihr ein Tier unter die Nase, *blonder als die Garbo und ebenso schön.* Sie verliebte sich sofort in das unbekannte Wesen.

»Was ist das für ein Tier?«, fragte sie. Und dreißig Kinder brüllten »Fennek« als Antwort. *Es war also ein Fennek, dieses bezaubernde seidenweiche wüstensandblonde großohrige und schwarzäugige Wesen, das so klein war, dass es* gemütlich in ihrer Hand schlafen konnte. Sie durfte ihn behalten und nannte ihn Joujou.

»Was ist ein Fennek?«, fragte sie die Leute in Algerien. Man war geteilter Meinung. »Ein kleiner Fuchs«, hieß es etwa, oder »ein Schakal«. Manch einer warnte sie, was immer es war, es würde wild bleiben, beißen und schließlich davonlaufen, aber auch diesbezüglich gingen die Meinungen auseinander. *»Er wird zahmer als eine Katze, kommt auf den Pfiff und gewöhnt sich ans Haus.«* Am Ende sollten beide Seiten recht behalten. Denn *Joujou war zahm und zugleich wild. Die ersten Tage der Reise schlief er in ihrer Hand oder in der Manteltasche. Dann begann er, auszureißen.* Jeden Abend lief Vicki über die Hotelterrassen, klopfte an die Türen der Nachbarzimmer, lockte den Wüstenfuchs mit süßen Worten und Datteln und fand ihn schließlich in einer

Regenröhre, die er besonders schätzte. Er hatte seinen eigenen Kopf und Vicki liebte ihn genau dafür.

Bei der Ankunft in Marseille schmuggelte sie das Tierchen in der Manteltasche durch den Zoll. Kaum hatte Joujou europäischen Boden betreten, ließ er sich ein prächtiges Winterfell wachsen und fühlte sich in der Koenigsallee pudelwohl. Wolfgang und Peter waren hingerissen von dem langohrigen Wesen, das sogleich ein Teil der Familie wurde. Mehr als ein Jahr lebte Joujou glücklich und zufrieden unter den Menschen. Im Sommer 1930 verschwand er spurlos. Über Monate stellte Vicki jeden Tag eine Schale frische Milch in den Garten, aber er kam nicht zurück. Sie redeten sich ein, er jage im Grunewald nach Vögeln, von denen er so gerne mal einen gefangen hätte, aber vielleicht war er auch auf dem Weg zurück nach Afrika.

IX

Vicki saß schon wieder am Schreibtisch. Immer am Schreibtisch. Tagsüber in der Kochstraße, abends im Grunewald. Zuweilen hatte sie es satt. Es war Montag. Das Wochenende steckte ihr noch in den Gliedern. Sie schaute die Zeitungen durch. Was gab es Neues? Sie warf einen sehnsüchtigen Blick auf den Stapel Fotografien, die sie von ihrer Reise im Frühjahr mitgebracht hatte: die Gassen, die Wüste, die Menschen ... Berlin war vielleicht doch zu klein.

Es klopfte an der Tür.

»Guten Tag, ich hoffe, ich störe nicht.« Ein kleiner, gescheiter Herr streckte den Kopf zur Tür herein. Es war Dr. Erdey, ein enger Freund des bekannten Bühnenverlegers Georg Marton. Schon bei unzähligen Gelegenheiten hatte Vicki die beiden Herren getroffen und schätzte die kluge Kultiviertheit des Ungarn Erdey, der die deutsche Grammatik fehlerfrei beherrschte, seine Sätze aber in die schönste Farbmelodie kleidete.

»Kristóf. Willkommen!« Vicki bat den Gast herein. »Das ist ja eine Überraschung.«

Er überreichte ihr eine Bonbonniere. »Georg schickt mich. Er hat die Bühnenrechte für *Menschen im Hotel* gekauft und mich beauftragt, dich bei der Erstellung einer Bühnenversion zu unterstützen.«

»Bitte was?«, fragte Vicki. Sie fühlte sich, als hätte ihr Kristóf eine Ohrfeige verpasst.

»Georg war der Ansicht, du könntest Hilfe brauchen, bei der Dramatisierung von ...«

Vicki war baff. Zorn stieg in ihr auf. Was dachte sich dieser Mensch? Unterstützung? Bei der Dramatisierung? Eine Unverschämtheit. Als würde sie von der Materie nichts verstehen, als hätte sie nicht *die letzten fünfzehn Jahre im magischen Zirkel der*

Bühne und in seinen Außenbezirken verbracht. Kein Stück und keine Oper hatte sie verpasst. *Sie kannte alle Schwierigkeiten einer Inszenierung und hatte manche Nacht an den Problemen ihr eng befreundeter Regisseure, Dramatiker, Bühnenbildner und anderer Theaterleute herumgekaut.* Für ihre Söhne hatte sie *ein kleines Theater gebaut und dafür Stegreifstücke ersonnen, die dann, ausgearbeitet und gefeilt, von vielen Bühnen in das Weihnachts-Kinderprogramm übernommen wurden. Wenn sie etwas beherrschte,* dann *die Technik des Stückeschreibens.*

»Was habt ihr euch denn da für einen Unsinn ausgedacht? Aus *Menschen im Hotel* ein Bühnenstück machen? Ja, seid ihr denn total verrückt?« Sie konnte nicht verhindern, dass ihre Stimme dem ungebetenen Gast laut entgegenschlug.

Kristóf war offensichtlich von der gelassenen Sorte. Er schwieg einstweilen, so dass Vicki ihren Zorn ausschreien konnte: *»Da sind doch viel zu viele Figuren drin, und viel zu viele Nebenhandlungen. Da braucht man ja allein drei Stunden, um die Personen überhaupt erst einzuführen. Nein, nein, nein – ganz und gar unmöglich. Ich würde es nicht einmal versuchen.«*

»Na gut – aber wenn du nicht willst, hätt'st du etwas dagegen, wenn wir's mal versuchen? Wenn wir den ersten Akt skizzieren und dir zeigen?«, fragte Erdey.

»Beißt euch getrost die Zähne daran aus«, sagte Vicki verdrossen. Sie wandte sich wieder den Bildern zu, die auf ihrem Schreibtisch lagen.

Ein paar Wochen später hatte sie noch nichts vom Bühnenverlag Marton gehört und so meldete sie sich telefonisch bei Erdey, um den aktuellen Stand zu erfragen: Er kämpfte mit den Schwierigkeiten, die sie vorausgesehen hatte, war aber zuversichtlich eine nach der anderen überwinden zu können. Er werde mit der Arbeit warm, wärmer, am wärmsten ... Bald müsste der erste Akt stehen, er sei großartig ... Heureka! Er werde dann vorbeikommen und ihn ihr zeigen.

Als Vicki am nächsten Tag ins Büro kam, war Erdey bereits da. Sie las seinen Entwurf. Es war grauenvoll.

»Schlimmer als ich befürchtet hatte! Völlig unmöglich! *Aber das liegt nicht an dir. Je mehr Figuren man streicht, desto schlimmer wird es – siehst du das denn nicht? Ich will nicht, dass mein Roman vergulascht wird. Ich hab' dir ja gleich gesagt, es gibt gar keine Möglichkeit, all die vielen Personen einzuführen, es sein denn –«*

Vicki stand auf, lehnte die Stirn an die Scheibe und starrte zu ihren Huren hinüber.

»Es sei denn, das erste Bild zeigt eine Reihe Telefonzellen, und in jeder spricht eine der Figuren des Stückes und enthüllt durch ihre Worte ihre Probleme.«

Augenblicklich verfiel Vicki in ihre kreative Trance. *Sie sah die Szene vor sich, hörte die Menschen sprechen.*

Erdey widersprach: »Telefonzellen, so ein Quatsch, das kriegst du doch nie auf die Bühne.«

Vicki kümmerte sich nicht weiter um ihn. Wahrscheinlich hatte Marton ihn nur engagiert, um sie aus der Reserve zu locken. Kam hier mit so einem unmöglichen Mist an.

»Vielen Dank, auf Wiedersehen. Ich muss es wohl doch selbst machen.«

Gustav Gründgens sollte das Stück im Januar 1930 im Theater am Nollendorfplatz auf die Bühne bringen. Vicki saß zusammen mit ihm und Hans während der Premiere in der Porszeniumsloge.

»Ist es nicht lächerlich, dass das Schicksal meines Stücks von Geschmack und Laune all dieser Trottel hier abhängt? Hoffentlich haben sie alle gut gegessen und sich auf dem Herweg nicht mit der teuren Gattin gezankt, sonst gibt's einen Reinfall«, raunte Vicki

Gründgens zu. Hans drückte ihre Hand. Er war die Ruhe selbst, zwischen Vickis arktischer Arroganz und Gründgens nervöser Zappeligkeit.

Das Licht ging aus, der Vorhang hob sich. In der Dunkelheit hörte man *die Stimme der Telefonvermittlung: »Grandhotel! Grandhotel« Fünf-null-zwo, bitte melden. Hier Grandhotel.«* Langsam wurde es heller, Telefonzellen waren zu erkennen, darin die Figuren, die mit ein paar eilig in den Hörer gesprochenen Worten ihr Wesen und ihre Nöte enthüllen. Eine nach der andern. Unterdes drehte sich die Bühne, Lämpchen flammten auf, Klingeln schrillten, dann lag die Bühne wieder im Dunkeln.

Das Exposé hatte nur ein paar Minuten gedauert. Und da geschah etwas: Donnernder Beifall erschütterte das Haus. Vicki packte Gründgens entsetzt am Arm. »Um Himmels willen, wer hat denn da der Claque ein falsches Stichwort gegeben?«

Gründgens lächelte ein glitzerndes Mephistolächeln. »Wir haben hier keine Claque. Sie klatschen eben – die Zuschauer! Hören Sie bloß, die Lautstärke! Wir haben sie! Wir haben gewonnen!«

Vier

Auf in die Welt

I

Der See lag fast unsichtbar unter grauen Wolkenmassen. Das trübe Licht erreichte ihn kaum. Ernst Tollers Gartenhaus fügte sich still in die dämmrige Tristesse. Der Bewohner war ausgegangen. Vielleicht sah er sich ein mittelmäßiges Theaterstück an oder warnte auf mittelgroßer Bühne vor dem heraufziehenden Faschismus. Die Mansarde im Haupthaus dagegen war fröhlich erleuchtet. Dort brannten alle Lichter, die an der Decke und die auf den Tischen. In der Küche bereitete die neue Köchin ein leichtes Abendessen zu. In der Diele durchsuchte der dreizehnjährige Wolfgang mit lautem Klappern die Garderobenschubladen nach dunkelbraunen Waschlederhandschuhen. Richtig wüst sah es im Schlafzimmer aus, dort lagen Kleider und Blusen auf dem großen Bett und allen Polstermöbeln, hingen an den offenen Türen der Kleiderschränke, eines hatte es sogar bis an die Gardinenstange geschafft. Ein Heer aus Kleidern: Seide, Chiffon, Jersey, Tweed und Baumwolle, gemustert, gesteppt, mit üppigen Kragen und Schleifchen am Dekolleté. Unter der kunstvoll drapierten Kleiderauswahl standen die passenden Schuhe, mit breiten Absätzen und Schnallen, knöchelhohe Stiefelchen und ausgestellte Riemchenschuhe. Dazwischen hingen Kaschmirschals und Pelzstolas, auf der Kommode schlängelten sich Seidenstrümpfe in verschiedenen Stärken und auch die Schmuckkästchen hatten ihr Innerstes nach außen gekehrt.

Zwischen all den Schätzen schritt Vicki entlang. Wie eine Königin, die ihren getreuen Untertanen Auszeichnungen verleiht. Murmelnd erwog sie Outfits und wählte schließlich eine Kombination aus: »Der schwarze Jumper mit Plisseerock, die silbergrauen Abendschuhe aus Satin und der passende Seidenschal.«

Sofort griff Margarethe das ausgewählte Kleid und räumte es in den offenen Schrankkoffer, der majestätisch in der Mitte des

Zimmers thronte. Wie ein Hofnarr folgte der kleine Peter dieser Prozession, hob die angewiesenen Schuhe auf und trug sie samt Schal dem Dienstmädchen hinterher.

Vicki packte für ihre nächste Reise und sie genoss es. Nie hätte sie gedacht, dass das Fernweh sie einmal so packen würde wie in diesem Moment. Seit ihrer Afrikareise im letzten Jahr spürte sie die Ruhelosigkeit wie ein Fieber. Sie wollte raus in die Welt, wollte alles sehen: die Tempelanlage von Wat Phra Kaeo, die Ruinen von Tulum und die endlose Weite der Mojave-Wüste. Und wenn das nicht ging, dann zumindest das Pantheon, den Roten Platz oder die Westminster Abbey.

Und die würde sie nun tatsächlich bald sehen. Dank *Menschen im Hotel.* Ullstein hatte Lizenzen in fast alle Länder Europas verkauft. Frankreich, Italien, Niederlande, Polen, Schweden, Ungarn und Portugal. Vor ein paar Wochen war ihr Roman in England erschienen. Die Kritiker überschlugen sich vor Lob und die Leserschaft stürmte die Buchläden und kaufte, kaufte, kaufte.

Nun würde sie also nach London reisen. Der P.E.N.-Club hatte sie eingeladen und gab ihr zu Ehren eine Festveranstaltung. Aber vorher würde Vicki nach Moskau fahren, denn auch dort wartete man darauf, die Frau kennenzulernen, deren Kopf all diese Figuren entsprungen war: Kringelein, Grusinskaja und Baron von Gaigern, kranke, einsame und traurige Gestalten.

Vicki träumte davon, das Bolschoi-Theater mit eigenen Augen zu sehen. Sie wollte das Lenin-Mausoleum am Roten Platz besichtigen, immerhin war sie gebürtige Wienerin, da musste ein bisschen Totenkult schon sein. Sie konnte es kaum erwarten, das Land von Dostojewski, Tolstoi und Gogol kennenzulernen. Ebenso sehr freute sich auf die Heimat von Shakespeare und Dickens. England, das bedeutete was. Das war der internationale Durchbruch.

»Ist ein Roman erst einmal ins Englische übersetzt, dann wird es auch für den amerikanischen Markt interessant«, hatte man ihr erklärt. Und das war ein gewaltiger Markt. Nur sehr wenige deutsche Autoren waren nach dem Krieg ins Englische übersetzt worden: Thomas Mann, Alfred Döblin und erst kürzlich Erich Maria Remarque. *Im Westen nichts Neues* hieß sein bedrückendes Kriegsbuch – Antikriegsbuch musste es eigentlich heißen. Mit Schaudern hatte Vicki es gelesen. Es war unerträglich. Und nun war das Buch verfilmt worden und hatte vor ein paar Tagen in Los Angeles eine wichtige Auszeichnung erhalten. Da konnte man schon ins Träumen geraten.

»Das Seidenkleid mit den Blütenmustern und die grünen Schnallenschuhe.« Vicki zeigte auf die genannten Stücke. Sofort setzten Margarethe und Peter sich in Bewegung.

Kaum war Vicki in Moskau angekommen, erhielt sie ein Telegramm: *Grand Hotel größter Broadwayerfolg seit dreißig Jahren. Gratuliere!* Ihre ehemalige Schülerin Stephanie Goldner hatte es ihr geschickt. Sie spielte mittlerweile Harfe im Philharmonischen Orchester von New York, wo die Bühnenfassung von *Menschen im Hotel* am 14. November 1930 Premiere gefeiert hatte.

Die Amerikaner waren hingerissen, dabei wäre das Stück beinahe nicht zur Aufführung gekommen. Vickis amerikanischer Agent, Edmond Pauker, hatte auf der Suche nach einem Financier einen Herrenunterwäschefabrikanten aufgetan. Ihm gefiel das Stück und er wollte seiner Frau die weibliche Hauptrolle zur Silberhochzeit schenken. *Für die Hobbyschauspielerin aus Cleveland wäre es die Erfüllung ihres Lebenstraums gewesen, mit ihrem eigenen Pekinesen als Grusinskaja über die Bühne zu stolzieren, wie Vicki es in ihren Regieanweisungen für den ersten Auftritt der Tänzerin vorgesehen hatte.* Zum Glück erkannte die Dame schon nach der ersten Vorprobe, dass sie dieser Aufgabe nicht gewachsen war. Die finanzstarke Filmproduktionsfirma Metro-

Goldwyn-Mayer übernahm schließlich die Finanzierung des Stücks zusammen mit den Filmrechten und zog die Sache ganz groß auf.

Das waren dann auch schon alle guten Nachrichten rund um Vickis Russland-Aufenthalt. Moskau erwies sich als Reinfall. Väterchen Frost hatte die Stadt fest im Griff und Väterchen Generalsekretär richtete ein wachsames Auge auf seinen Gast. Nie gelang es Vicki, ihren Begleiter und den reizenden Dolmetscher abzuschütteln und allein durch die Straßen zu ziehen. Jede Stunde war verplant, jeder Versuch, das Hotel eigenmächtig zu verlassen, endete in der Lobby. Wahrscheinlich wartete eine ganze Herde Aufpasser in einer kleinen Kammer und bewachte die Eingangstür. Obwohl sie nie auf eigene Faust loskam und ihr Blick stets auf das gelenkt war, was man der deutschen Autorin zeigen wollte, hatte Vicki stets das Gefühl, dass Armut und Angst in den Gassen und auf den Plätzen hausten.

England war da ganz anders. Man atmete freier, das Wetter war milder, die Menschen sahen erfreulich vertraut aus und Vicki probierte ihre ersten Englischlektionen am lebenden Objekt. Ihr Roman war gerade erschienen und hatte das Land im Sturm erobert. *Grand Hotel* hieß es hier und war der erste Bestseller des noch jungen Bles Verlags. Anders als in Deutschland, wo die Kritik die abgedroschene Geschichte, die banalen Krisen und flachen Figuren beklagte und Ullsteins aggressive Reklamestrategie sich allmählich gegen sie wandte – Alfred Kerr verdammte das Buch als Kitsch und Schmarrn und unterstellte ihr im *Berliner Tageblatt*, sie würde für Geld alles tun –, liebte nicht nur das Publikum den Roman, auch die Kritiker überschlugen sich vor Lob.

»Ladys and Gentlemen«, begrüßte der Schriftsteller und Literaturkritiker John B. Priestley, die Gäste beim festlichen Dinner, das der P.E.N.-Club für Vicki Baum in London abhielt. »Heute Abend sind wir zusammengekommen, um eine ganz besondere Frau zu ehren. Sie kann schreiben und sie tut das auf so unterhaltsame Art und Weise, dass die Leserschaft in ganz Europa ihr die Romane aus den Händen reißt. Sie hat einen unschlagbaren Blick fürs Detail und gleichzeitig erahnt sie die großen Bewegungen unserer Zeit. Sie polarisiert und inszeniert ihre Geschichten als wären sie *eine Art von Kinofilm des modernen Lebens, mit Themen,* so aktuell, dass sie *gerade erst anfangen, die Aufmerksamkeit anderer Schriftsteller und Dramatiker zu erregen.* Ladys and Gentlemen, ich freue mich, Ihnen die Schriftstellerin Vicki Baum vorzustellen, die den weiten Weg aus Berlin nach London gekommen ist, um heute mit uns zu feiern.«

Aufmunternder Applaus begleitete Vicki zum Rednerpult. Da stand sie also. Vicki Baum. Fast dreiundvierzig Jahre alt, Autorin von dreizehn Romanen, fünf Novellen und zwei Theaterstücken, auf dem Podium des P.E.N.-Clubs, um für diese Arbeit gewürdigt zu werden. Sie blinzelte in den kleinen Scheinwerfer, der auf sie gerichtet war, sah in die freundlichen Gesichter der Anwesenden und war stolz. Zuerst bedankte sie sich für die Ehrung, dann sprach sie über die große Bedeutung der Literatur, insbesondere der Englischen, auf ihr Leben und auf das Leben so vieler Menschen. Über Charles Dickens und D. H. Lawrence verlor sie lobende Worte, ebenso über Virginia Woolf – deren Werke sie *wegen ihres ausgeprägten Sinns für Humor und Mitleid bewunderte.* Frei und in fließendem Englisch, dem man nicht anmerkte, dass sie selbst kaum ein Wort davon verstand, sprach die Schriftstellerin fast eine Stunde lang. Zum ersten Mal praktizierte sie hier eine Methode, die sie noch jahrelang beibehalten sollte: Ihre Freundin Margaret L. Goldsmith hatte die auf Deutsch verfasste Rede in englische Lautschrift übersetzt und Vicki hatte alles *Wort für Wort auswendig gelernt.*

II

Die *Statendam* schob sich unter unablässigem Tönen der Schiffssirenen in den Hafen. Der Nebel lag über dem tintenschwarzen Wasser, so dicht, dass die zwei Schornsteine des Luxusliners dahinter verschwanden. Vicki starte erwartungsvoll ins Dunkel, konnte aber nichts entdecken. Nicht die berühmte Skyline, nicht die Freiheitsstatue, nur Dunkelheit in unterschiedlichen Schattierungen.

Behäbig verließen die Passagiere das Schiff, doch kaum hatte Vicki einen Fuß an Land gesetzt, ging alles Drunter und Drüber. Zwei Gruppen standen erwartungsvoll am Quai. Jede davon fest entschlossen, die schmale Frau unter ihre Fittiche zu nehmen. Da war zum einen Dr. Ernst Lert samt Gattin Emmy. Der ältere Bruder von Hans, der zum Ärger seiner Mutter einer Schauspielerin in die Fänge gegangen war, hatte es mittlerweile zum Regisseur an der Metropolitan Opera gebracht. Wie er von ihrer Ankunft erfahren hatte, war ihr schleierhaft. Nicht ohne Grund hatte sie darauf verzichtet, ihn zu benachrichtigen. Sie wollte die neue Welt erkunden und nicht bei Gebäck und trübem Kaffee der braven Schwägerin beim Spülen zuschauen.

»Frau Baum!«, noch ehe Ernst Lert das Wort an sie richten konnte, war Dr. Edmond Pauker auf sie zugetreten. Ihr amerikanischer Agent und Initiator dieser Reise. *»Sie müssen unbedingt nach New York kommen und sich die Aufführung* von Menschen im Hotel am Broadway *ansehen!«,* hatte er gesagt. »Es ist *ein Erlebnis* erster Güte! Das dürfen Sie sich *nicht entgehen lassen.«*

Vicki musste nicht lange nachdenken. Natürlich wollte sie nach New York reisen. »Aber wie soll das Gelingen, lieber Dr. Pauker? Wer soll das bezahlen?«

»Lassen Sie das meine Sorge sein«, hatte er geantwortet. »Ich werde Ihnen ein äußerst lukratives Angebot machen und dann kommen Sie nach New York. *Die ganze Stadt wird Ihnen zu Füßen liegen.*«

Und hier war sie nun. Paukers Angebot konnte sich wirklich sehen lassen: Paramount bot ihr 2.500 Dollar, wenn sie zusammen mit Ernst Lubitsch einen Filmstoff erfand. So viel Geld! Das waren um die 10.000 Reichsmark und reichte gut für die drei Monate, die sie in den USA bleiben wollte.

Beim Anblick des Agenten hellte sich Vickis Miene auf. Das war die Rettung vor dem Schwager samt Gattin.

»Dr. Pauker! Ich freue mich, Sie zu sehen.«

»Das ist doch selbstverständlich. Hatten Sie eine gute Reise? War alles zu Ihrer Zufriedenheit?« Er ergriff ihre Hand. Hinter ihm stand ein Assistent, der ein überladendes Bouquet in Händen hielt.

»Alles war superb«, versicherte Vicki.

Lert hielt sich *zähneknirschend und mit angespannten Kaumuskeln* am Rand. Vicki ignorierte ihn.

»Das ist ja ein bezaubernder Empfang! Noch ehe ich das Schiff verlassen hatte, kam schon die *New York Times* auf mich zu und bat mich zum Interview. Zunächst war ich ziemlich erschrocken, denn sehen Sie, mein Englisch ist noch nicht sehr ausgereift. Aber zum Glück kam mir ein junges Verlagsfräulein zu Hilfe. Ich denke, dieser Auftritt ist mir gut gelungen.«

»Die *New York Times*? Das ist ja wunderbar. Was haben Sie erzählt?«

»Von meiner Neugier und wie sehr ich mich auf New York freue, auf die Fifth Avenue und Harlem. Und natürlich auf die Arbeit. Zu Hause hätte ich wenig Zeit zum Schreiben. Da seien die Kinder und die Arbeit in der Redaktion ...« Natürlich bediente Vicki die gängigen Stereotype, die Amerikaner sich von Deutschen machten. Sie war lang genug Redakteurin, um zu wissen, was den Zeitungsleuten gefiel. »Ich sei eben eine typische deutsche Hausfrau, eine Expertin für Braten und Apfelstrudel.« Vicki kicherte über Pauker sorgenvolles Gesicht hinweg.

»Ich nehme an, dass ich Ihnen dieses öffentlichkeitswirksame Interview verdanke«, sagte Vicki, aber Dr. Pauker schüttelte den Kopf.

»Nein, durchaus nicht.«

»Dieses Vergnügen verdanken Sie mir.« Ein hünenhafter Mann im modischen Anzug trat auf sie zu. Aus dem Augenwinkel sah Vicki, wie ihr Schwager vor Empörung die Farbe wechselte, während der Riese sich, mit seinem Hut in der Hand, als Nelson Doubleday vorstellte, ihr Verleger von Doubleday Publishing.

Vicki blieb der Mund offen stehen. Vor ihr stand *die beinahe übervollendete Kopie* eines Amerikaners, *wie sie nicht in Wirklichkeit, sondern nur in den Illustrierten und Anzeigen der amerikanischen Frauenzeitschriften existierten.* Ein *sonnengebräuntes, lächelndes, wohlproportioniertes Gesicht von der Farbe kalifornischer Pfirsiche. Glänzendes, glattes, dunkles Haar, das an den Schläfen den beliebten Stich ins Silberne hatte. Schlank, mit den gelösten Bewegungen des trainierten Sportmanns und der ebenso gelösten, saloppen Eleganz,* die Londoner Schneider dem Amerikaner auf den Leib schneiderten.

Während sie in ihrem Kopf nach den paar englischen Vokabeln suchte, die sie in den vergangenen Wochen in der Berlitz Sprachschule geübt hatte, entdeckte sie einen weiteren Herrn, der offensichtlich zu Doubleday gehörte. Er war *kein schöner Amerikaner aus den Reklameseiten*, auch groß und schlank, aber im Vergleich zu Doubleday eher unauffällig.

»Ich habe meinen Übersetzer mitgebracht«, sagte Mr Doubleday. »Er spricht deutsch.«

»Aber nur mittelmäßig«, strahlte sie der Dolmetscher an.

Vicki erwiderte sein Lächeln und folgte ihm vertrauensvoll zur Zollabfertigung. »*Bitte erklären Sie den Beamten doch, dass die große Flasche in meinem Gepäck nur Eau de Cologne ist.* Wir haben in Deutschland viel gehört von der Prohibition. Da hab' ich mir die ganze Überfahrt Gedanken gemacht, wegen meiner

Flasche. Aber es ist ja kein Alkohol. Ich bin so daran gewöhnt, dass ich genug für die gesamte Reise mitgenommen habe.« Vicki plapperte gleich drauflos und wunderte sich kein bisschen über die Aufmachung des Burschen, der mit ungekämmten roten Haaren und entzündeten Augenlidern zur Arbeit erschienen war, sie aber wie ein geölter Blitz durch den Zoll schleuste. *Vicki brauchte nicht einmal die Koffer zu öffnen.*

Aha, dachte sie, *er hat sie bestochen. Amerikanische Korruption. Auch davon hatte sie gehört.*

Hinter dem Zoll stießen sie *auf düstere, verärgerte Mienen. Die Verwandten ihres Mannes hielten es, obwohl Vicki sie kaum kannte, für selbstverständlich, dass sie bei ihnen wohnte und auf dem Sofa schlief.* »Nein, das macht absolut keine Umstände. Familie ist Familie.«

Dr. Pauker jedoch hatte für sie ein kleines Appartement im *St. Moritz on the Park* bestellt und Mr Doubleday wiederum im exklusiven *Pierre* ein Zimmer reserviert. Vicki stand den Ansprüchen hilflos gegenüber. *Sie kam sich vor wie das Baby bei Salomon, nur, dass sie nicht in zwei, sondern in drei Teile zerschnitten werden sollte.* Zum Glück nahm der Dolmetscher die Sache in die Hand. *Red,* wie Mr Doubleday ihn genannt hatte, sprach sanft aber bestimmt mit allen Anwesenden. Was er sagte, konnte Vicki nicht verstehen, aber sie bewunderte die Kunstfertigkeit, mit der er die Wogen glättete.

Irgendwo habe ich dieses Gesicht schon mal gesehen, dachte sie. Wo war das denn nur? Auf jeden Fall in einer Zeitung. Dieser Mann war nie im Leben ein Dolmetscher. Er war berühmt. Während Vicki sich den Kopf darüber zerbrach, regelte Red ihre Angelegenheiten wie ein Diplomat im Auftrag seiner Majestät. *Es wurde vereinbart, dass sie im St. Moritz wohnen sollte – schließlich war es ja Pauker, der den Verkauf an Paramount* und diese Reise *zustande gebracht hatte. Mittags sollte sie mit ihren Verwandten bei Rumpelmayer essen. Und Mr Doubleday* hatte die Ehre, *sie in seinem Wagen* nach Midtown zu fahren.

Vicki setzte sich auf das weiche Lederpolster einer luxuriösen Limousine. Mr Doubleday nahm neben ihr Platz und zum Glück kam auch der Übersetzer dazu. Die beiden Gentlemen führten ein freundliches Gespräch, von dem Vicki wieder kein Wort verstand. Das heißt, eines verstand sie schon: Bootlegging – Alkoholschmuggel. Was sollte sie davon halten?

Die Fahrt dauerte lange. Mit der Zeit lichtete sich der Nebel und *plötzlich erschien hoch am Himmel ein phantastischer Turm, schälte sich* heraus aus den Nebelfetzen, *strebte über die Dächer und Wolkenkratzer New Yorks hinauf, von denen Vicki zahllose Fotos gesehen hatte, ohne recht an ihre Wirklichkeit zu glauben.*

Red *packte sie am Arm und schüttelte sie: »Schauen Sie, Vicki, schauen Sie! Das Empire State Building! Sagen Sie, dass es Ihnen gefällt, bitte sagen Sie es!«*

Vicki war hingerissen. *»Oh, wie schön! Wie großartig«, stammelte sie, »nicht zu glauben, wunderbar!«*

In seiner Begeisterung schloss der Rothaarige sie in die Arme. Vicki wunderte sich nicht. So waren sie eben, die Amerikaner, direkt und begeisterungsfähig. Während sie in der Dunstwolke seiner Alkoholfahne darauf wartete, dass er sie losließ, traf die Erkenntnis sie, wie ein Blitz: Das – war – Sinclair – Lewis!

Fast blieb ihr die Luft weg. Sie hatte alle Bücher gelesen, die ins Deutsche übersetzt worden waren. Wie kein Zweiter geißelte Lewis die Intoleranz und Engstirnigkeit des provinziellen Bürgertums und das tat er mit feiner Ironie und einer realistischen und detailgenauen Schilderungen vor der Vicki aus Ehrfurcht erstarren wollte. Gerade einmal vier Monaten war es her, dass man ihm einen Nobelpreis verliehen hatte. Zu Recht wie sie fand. Warum hatte sie ihn nicht gleich erkannt? Noch in der letzten Ausgabe hatte *Die Dame* ein Foto von ihm gebracht. Und sie hatte ihn für einen Assistenten gehalten. Das konnte nur an diesem verrückten Tag liegen.

»Mr Lewis«, stammelte sie, als er sie endlich aus seiner Umarmung entließ.

Nelson Doubleday lachte herzlich. »Sie haben ihn also doch erkannt. *Vicki darf ich Ihnen meinen Freund Sinclair Lewis vorstellen?*«

»*Ich wollte Sie als Erster begrüßen und Ihnen New York zeigen*«, kommentierte Lewis seine Enttarnung. »Und ich kann Ihnen sagen, dafür habe ich einige Strapazen auf mich genommen.« Er lachte. »Was für eine elende Nacht. *Diese verfluchten holländischen Schiffe kommen doch immer zu der unmöglichsten Stunde an und dann ausgerechnet drüben in Hoboken*!«

»Also haben wir die Nacht durchgemacht, um sicherzugehen, dass wir Sie auf keinen Fall verpassen«, erklärte Doubleday.

Das war Vickis erste Berührung mit der *natürlichen, unerschöpflichen Güte und Freundlichkeit, die den Kern des amerikanischen Wesens bildete und die dem Fremden so ungewohnt ist, dass er sich zuerst wie betäubt fühlt, als hätte er einen Schlag auf den Kopf bekommen.*

Sinclair Lewis hatte sich am Auto von ihnen verabschiedet. Er wollte den verlorenen Nachtschlaf nachholen, aber Mr Doubleday stand Vicki bei den Formalitäten der Anmeldung zur Seite, bestellte einen echten Dolmetscher – einen schlecht gekleideten, älteren Herren mit starkem Akzent – und begleitete Vicki in ihre Suite. Eine weise Entscheidung, denn als Vicki am Pagen vorbei ins Zimmer trat, raubte ihr der Ausblick fast den Atem.

»Schauen Sie sich das an!«, staunte sie. Einen Moment lang blieb sie am Fenster stehen. Während Doubleday den Pagen anwies und Erfrischungen bestellte, sah sie einfach hinaus, genoss die Weite, die in ihrer Erhabenheit fast dem Alpenpanorama glich. Klares Licht strömte durch die breite Fensterfront und öffnete den Blick über den Park – weit und weiter und immer weiter. Die Häuser der East Side und West Side standen dem Grün Spalier und ganz hinten waren die Dächer von Harlem zu sehen. »Als könnte man mit einem Blick die ganze Stadt erfassen«, sagte Vicki, als das Staunen eine schickliche Grenze schon beinahe überschritten hatte.

»Manhattan ist eben nur eine kleine Insel, gerade groß genug für jedermanns Traum vom Erfolg«, sagte Doubleday oder ließ es vielmehr durch seinen Dolmetscher sagen.

Der Zimmerkellner brachte köstliche Clubsandwiches und Tee für die Dame. Sie setzten sich zusammen in die elegante Sofaecke, Vicki versuchte sich in ihrem spärlichen Englisch und Doubleday lobte ihr sprachliches Talent. Gelegentlich kam der Dolmetscher zu Hilfe. Die Sympathie war gegenseitig, die Unterhaltung verlief in heiterer Stimmung.

Doubleday informierte sie, dass die Amerikaner ihr Buch liebten, schmeichelte ihr, lobte ihre Erfahrung, ihre Gewandtheit im Umgang mit Menschen. »Und wie Sie Sinclair Lewis erkannt haben, in seinem ach so desolaten Zustand. I liked that!«

An der Tür reichte er ihr die Hand. »I will catch you, Mrs Baum!«, sagte er freundlich. »You are an American girl. I felt that, when I read your novel and I see it now.«

Unverbindlich lächelte sie. War das wahr? War sie Amerikanerin? Der Gedanke gefiel ihr.

III

New York war ohnegleichen. Niemals hätte Vicki sich träumen lassen, dass es eine so erregende Stadt geben könnte wie diese. *Hier* herrschte *die neue Schönheit, die phantastische, pulsierende, Stromlinienschönheit ihrer Epoche und ihres Jahrgangs.* Hier waren Freiheit und Eleganz. *Hier war das »Heute«.*

Vicki bummelte durch den Tag, den Central Park und die Fifth Avenue, am liebsten gemeinsam mit ihrem Sprachlehrer. Täglich wurde ihr Englisch besser und das musste es auch, denn abends war sie stets unterwegs: Im Theater, bei Banketten, Dinners und Partys. Die Amerikaner, so schien es ihr, waren mindestens genauso verrückt nach Gesellschaften, wie die Berliner nach dem Tanz.

Anfangs hatte Vicki allerdings keine gute Figur gemacht. Sie, die immer so viel auf ihr Äußeres gehalten und der *New York Times* glaubwürdig vermittelt hatte, sie wäre sechsunddreißig Jahre alt, sie kam sich unter Amerikanern wie das hässliche Entlein vor. Einige Zeitungen hatten sich sogar über sie lustig gemacht, sie als *altbacken* bezeichnet und als *Hausfrau mit großen Füßen.* Sie hatte sich nichts anmerken lassen, aber es war doch schmerzlich, dass sie mit den attraktiven und adretten Amerikanerinnen nicht mithalten konnte. Alle waren schlank, makellos zurechtgemacht und extravagant gekleidet. Es hatte ein paar Tage gedauert, bis Vicki ihren Blick geschärft hatte und sah, was sie von den Amerikanerinnen unterschied: Sie trugen keine hochgeschlossenen Schneiderkostüme mit handgenähten Seidenblusen und verschwenderischen Spitzenkragen, hier ließ man sich von Broadwaykostümen inspirieren, trug Pumps mit spitzen Absätzen und dekolletierte Kleider in bunten Farben. Also tat Vicki es ihnen nach.

Noch vor weniger als einem Jahr hatte sie ihrem Publikum die Absurdität der Schönheitsindustrie in einem Theaterstück vor Augen geführt. Heute vereinbarte sie einen Termin im bekannten Kosmetiksalon von Elisabeth Arden und begab sich in die kundigen Hände der ihr zugewiesenen Fachkraft.

»Machen Sie mich zu einem Glamourgirl«, verlangte sie und tauchte so tief ein in das Geschäft mit der Schönheit, dass nicht einmal mehr ihr Haarschopf hervorlugte. Mit geschultem Kennerblick ließ sie sich mustern und folgte gehorsam den Anweisungen: »Blondieren, aber ordentlich. Drei bis vier Nuancen heller sollte es schon sein und kürzer, Augenbrauchen zupfen, Wimpern färben, dazu eine Grundausstattung an Make-up und Nagellack in Purpur.«

Danach war Vicki von den Damen der Gesellschaft nicht mehr zu unterscheiden und sie liebte die Verwandlung. In Amerika konnte man sein, wer man eben sein wollte. Es zählte nur das Heute, ohne den Ballast der Vergangenheit.

Und die Amerikaner wussten das zu schätzen. Doubleday erkannte das Potenzial dieser wundersamen Anpassung und startete eine der spektakulärsten Werbekampagnen, die der Verlag je gesehen hatte. An Vicki Baum kam in diesem Jahr keiner vorbei. Ihr glamouröses Konterfei prangte an den Seitenwänden der Doppeldeckerbusse, die zwischen *Fifth Avenue* und *Empire State Building* verkehrten, und auf großen Werbetafeln in der ganzen Stadt. Die Damen und Herren mussten sich aber nicht mit Fotografien begnügen, denn die Autorin von *Grand Hotel* war ohnehin bei allen Events und Veranstaltungen zugegen und wurde in den angesagten Kreisen herumgereicht wie eine seltene Frucht. Nelson Doubleday und seine Gattin Martha Nicholson gaben ihr zu Ehren eine kleine Soiree in ihrem Apartment. Das Ambiente war stilvoll, die Gästeliste erlesen und wie immer hatte Vicki einen eleganten Auftritt. Sie strahlte, als hätte jemand einen Scheinwerfer auf sie gerichtet, und folgte dem Gastgeber durch den Raum. »Darf ich vorstellen, Vicki Baum, *Starautorin von Menschen im Hotel*, das ist Marc Connelly, jüngst mit dem Pulitzerpreis ausgezeichnet für seine Roman *The Green Pastures*, und bekannt für seinen engen Kontakt zum literarischen Round Table im Algonquin.«

Ein gut gekleideter Herr reichte Vicki die Hand. »Sehr erfreut«, sagte er höflich, und fügte an Doubleday gewandt hinzu: »Nicht enger Kontakt. Gründungsmitglied, mein Lieber, darauf bestehe ich.«

»Selbstverständlich«, grinste dieser, deutete eine Verbeugung an und wandte sich einer dunkelhaarige Schönheit zu.

»Dorothy Thompson, du musst unsere Starautorin kennenlernen. Frisch aus Europa importiert.«

»Guten Abend«, sagte Thompson auf Deutsch. Sie hatte in den letzten Jahren in Berlin gelebt und dort schnell Bekanntschaft mit Geistesgrößen und Künstlern geschlossen. Ihr Ehemann war Sinclair Lewis, den sie in Berlin bei einer internationalen Teegesellschaft von Außenminister Gustav Stresemann kennengelernt hatte.

»Ich freue mich, Sie wiederzusehen«, sagte Vicki. »Erinnern Sie sich noch an den Abend in der Komischen Oper?«

So gingen der große Nelson Doubleday und die kleine Vicki Baum von einem zum andern. *Von Edna Ferber zu Fannie Hurst, dann zum Broadwayproduzenten Oscar Hammerstein II.* und zur *Literaturkritikerin der* New York Herald Tribune *Irita Van Doren.*

»Ich kann Ihnen gar nicht sagen, wie sehr ich es liebe, hier in New York zu sein. Glauben Sie mir, ich will hier nie wieder weg. Würden nicht mein Mann und meine Söhne zu Hause sehnsüchtig auf mich warteten, ließe ich mich sofort hier nieder.« Ein bisschen Charme, ein bisschen Koketterie, aber schon jetzt steckte ein Fünkchen Wahrheit darin.

Eine junge Dame konnte es gar nicht fassen, der Autorin von *Menschen im Hotel* persönlich zu begegnen. Die attraktive Brünette in einem atemberaubenden Kleid mochte kaum zweiundzwanzig Jahre als sein. Sie strahlte Vicki geradeheraus an und war in ihrer Begeisterung ganz entzückend. »Wir haben Ihr Stück am Broadway gesehen. Es war ein Mordsvergnügen.

Schon lange hat mir nichts mehr so gut gefallen, nicht wahr Darling?« Ihr Begleiter nickte freundlich.

»Ihre Grusinskaja, Ihr Kringelein. Und der Baron, wer möchte diesem Herrn nicht verfallen?«

Vicki genoss diese direkte Freundlichkeit. »Das ist sehr liebenswürdig.« So oft sie in den letzten Wochen auf Partys angesprochen worden war, immer war den Menschen das Vergnügen im Gesicht abzulesen.

»Wie ich hörte, haben Sie zu Recherchezwecken als Dienstmädchen in einem Hotel gearbeitet«, ein Herr mit einem Sidecar in der Hand trat hinzu. »Haben Sie da eigentlich viel Trinkgeld bekommen?«

Vicki erwiderte sein leicht unverschämtes Grinsen. »Selbstverständlich nicht«, sagte sie bestimmt. »Ein Dienstmädchen ist für den Gast unsichtbar. Zumal eine wie ich, so neu und unerfahren. Glauben Sie mir, die alten Dienstmädchen sorgen schon dafür, dass die Neuen bei Abreise der Gäste beschäftigt sind.

»Tatsächlich? Aber Sie wurden nicht in den Keller gesperrt?«

»Beinahe. Die meiste Zeit eilte ich mit schweren Packen gebrauchter Bettwäsche durch die Flure.« Vicki hob die Arme und demonstrierte, mit welchen Mengen Stoff sie es zu tun gehabt hatte. »Immer im Laufschritt, dass man unter der Last fast zusammenbrach. Treppab in die Wäscherei und dann schnell wieder nach oben, Betten beziehen. Zwei Drittel des Tages verbrachte ich ja mit dem Wechseln der Bettwäsche.« Sie lachte herzlich. Die Umstehenden stimmten ein. »Die restliche Zeit säuberte ich Badezimmer.«

»Klingt ja sehr anstrengend.«

»Das war es auch. Neun, zehn Stunden hat eine Schicht gedauert, danach fiel ich müde ins Bett.«

Mr Doubleday, der mit einem neuen Glas Champagner neben ihr aufgetaucht war, schaute sie mitfühlend an, aber dann setzte der Schalk ihm doch ein Lächeln in die Augen. »Gab es denn zwischendurch mal eine Flirterei?«

»Auch dieser Gedanke kommt aus dem Märchenland. Sehen Sie, unsichtbare Geister erhalten keine Aufmerksamkeit, schon gar nicht in Form von Avancen. *Die Stubenmädchen eines wirklich erstklassigen Hotels dürfen nicht hübsch und müssen solid sein. Meist sind es altgediente Wesen über fünfzig; oder jüngere Frauen, die zu Hause Mann und Kinder haben.*« Vicki schaute in die Runde. »Das war keine Cocktailparty. Da gab es Augenringe statt Make-up, Schürzen, *Wollstrümpfe* und *derbe Schuhe. Da hat man nicht die leiseste Neigung zum Flirt.*«

»Das hätte ich gerne gesehen«, lachte Maurine, die begeisterte junge Frau, und alle stimmten ein.

»Oh, ich sah natürlich zauberhaft aus!«, grinste Vicki.

»Selbstverständlich!«, bestätigte man von allen Seiten. »Vielleicht sollten Sie das bei nächster Gelegenheit noch einmal demonstrieren.«

Die Stimmung war ausgelassen. Lustiger wäre es wohl nur, wenn die Geschichte wahr gewesen wäre. Dann hätte Vicki auf den New Yorker Cocktailpartys nicht improvisieren müssen. Aber sie wusste, die Amerikaner schätzten gute Rechercheleistung und wo das Gerücht nun einmal im Umlauf war, konnte sie keinen Rückzieher machen.

»Und haben Sie trotzdem etwas Interessantes erlebt?«, fragte Maurine, ehe sich die Gruppe zerstreuen konnte.

»Durchaus. Es gibt Touristen, die *kommen am hellen Mittag betrunken heim, legen sich mit den Stiefeln ins Bett und reden sinnloses Zeug* daher.«

»So etwas könnte hier in Amerika natürlich niemals geschehen«, behauptete einer.

»Glauben Sie nicht? Nun, die Herrschaften waren aus Chicago angereist.«

Gelächter.

»Und sonst?«

»Ein gediegener Geschäftsmann hatte Damenbesuch auf dem Zimmer empfangen und musste daraufhin ausziehen. Und ein Hausdiener erhielt einen Rüffel, als man ihn erwischte, wie er in einem der Gästezimmer ein Bad nahm. Die Dienstmädchen genossen den Skandal natürlich, weil zwischen Dienern und Stubenmädchen ewige Feindschaft herrscht.«

»So?«

»Für meine Recherche war natürlich vieles interessant. Der Zwiespalt von Dienstbereitschaft und Verachtung hat mich nachhaltig beschäftigt. Jetzt gerade wieder, wo ich in einem so erstklassigen Hotel lebe. Wenn Sie sich das vor Augen führten, Sie würden vielleicht gar keine Lust mehr zum Reisen haben.«

»Was meinen Sie denn?«

»Es ist doch so, auf der einen Seite ist der Gast wie eine kleine Gottheit, dem alle zu Diensten sind. Eifrig und eilfertig. Auf der anderen Seite spricht das Personal untereinander sehr abfällig über die Gäste, die immer Schmutz und Durcheinander hinterlassen. Ich glaube, es hat *etwas Hoffnungsloses, immer im Carée die vierzig Zimmer, für die man verantwortlich ist, abzurennen.* Und glauben Sie mir, da rennen eine Menge Leute: Das Stubenmädchen säubert hinter dem Gast her, die Etageninspektion kontrolliert das Stubenmädchen, die Oberinspektion kontrolliert die Etagen, darüber thront die Hoteldirektion. Es ist ein Mordsaufwand für das bisschen Sauberkeit und Ordnung.«

»In welchem Hotel wohnen Sie denn?«

»Im St. Moritz on the Park. Ein wunderbares Hotel. Sind Sie schon einmal dort gewesen? Mein Zimmer hat einen Ausblick auf den Central Park, ganz außergewöhnlich. Und dieses Restaurant. Wie hieß es doch gleich? Es hat einen ganz unamerikanischen Namen …« hilfesuchend wandte sie sich an Mr Doubleday.

»Es heißt Rumpelmayer. Das müsste Ihnen doch leicht von den Lippen gehen.«

»Rumpelmayer natürlich. Ein österreichischer Name. Es ist wunderschön gestaltet. Beautiful. Very beautiful. Alles ganz exklusiv im Art-déco-Stil und die Speisekarte! Da können Sie genauso gut essen wie im guten alten Wien. Es gibt Schnitzel, Sachertorte und heißen Apfelstrudel. Ein Gedicht«, plauderte Vicki, bis Doubleday sie zum nächsten Gast weiterzog, dem sie von ihren Ausflügen an den Broadway erzählte, von ihrem Auftritt für die *Wochenschau*, von Cocktail- und Dinnerpartys und wen sie dort getroffen hatte.

IV

Es regnete nicht mehr, als Vicki die Tür des St. Moritz passierte, aber die Regenwolken wälzten nur knapp über den Dächern der Wolkenkratzer dahin. Autos spritzten schmutzige kleine Fontänen an den Rand des Bordsteins. Die Luft war feucht und frühlingsmild. Vicki blieb auf dem pitschnassen Teppich stehen und wartete, während der Portier mit erhobenem Arm nach einem Taxi pfiff.

»Ma'am«, der Portier hielt ihr die Tür eines gelben Taxis auf. Yellowcab hießen sie hier. Vicki setzte sich mit elegantem Schwung auf die Rückbank, nannte in perfektem Amerikanisch die Adresse und schaute entzückt aus dem Fenster, wo Amerikaner und Amerikanerinnen ihren unergründlichen Geschäften nachgingen.

Heute wurde es ernst für Vicki. Sie war ja nicht zum Vergnügen über den Atlantik gefahren. Oder vielmehr, schon zum Vergnügen, aber auch dieses musste ja irgendwie bezahlt werden. Und Vicki bezahlte in schönen Worten und guten Ideen, die Paramount dann zu einem Film machen wollte. Eine faszinierende Sache, erregend und glamourös. An der Park Avenue verließ sie das Taxi. Ernst Lubitsch wartete in der Lobby des Waldorf Astorias, für dieses Treffen war er extra aus Los Angeles angereist.

»Paramount wünscht einen Film im Stil von *Grand Hotel* – allerdings neu und anders«, erklärte Lubitsch. Die Filmrechte für ihren Weltbestseller lagen bei Metro-Goldwyn-Mayer, aber die Konkurrenz schlief nicht und war bereit, ein Risiko einzugehen. Der hochdotierte Vertrag hatte Vicki imponiert. Sie wusste noch nicht, dass Hollywoodgeld wie Schnee in der Sonne schmolz. Schnell verdient, schnell verschwunden. Sie ließ sich von der Einladung, vom Restaurant, von Lubitsch beeindrucken, bestaunte die hohen, glasverkleideten Decken, die kostbar gestalteten Wände, den Tisch mit dem schweren Leinen, den Kristallgläsern und dem schimmernden Silberbesteck. Sie lächelte dem Kellner entgegen, und nahm die Karte in Empfang.

»Luncheon«, stand darauf, dann eine Auswahl an Suppen, Vorspeisen, Fisch und Braten, Gemüse, Salate, Käse und Obst. Vicki entschied sich für Salat, während Lubitsch Chaud-Froid of Chicken bestellte, was sich als geleeüberzogene Vorspeisenplatte herausstellte.

»Ich habe mir schon einige Gedanken gemacht«, verkündete Vicki, als der Kellner die Gläser gefüllt hatte. »Ein Hotel kann es nicht wieder sein, aber vielleicht ein Kaufhaus. Hier in New York. Ich habe ein paar beeindruckende Exemplare besichtigt, sehr mondän und exklusiv. Macey's, Bloomingdale's und Bergdorf Goodman – das sind ja geradezu Einkaufspaläste.«

Im Wanamaker's Store hatte Vicki ein bezauberndes pflaumenblaues Notizbuch erstanden. Notebook musste es natürlich heißen. Ein pflaumenblaues Notebook aus weichem Leder mit unschuldig weißen Blättern darin. Das holte sie aus der Handtasche und breitete ihre Idee vor ihm aus: »Der Film könnte in einem dieser großen, modernen Kaufhäuser spielen. Das stelle ich mir sehr hübsch vor.«

Lubitsch hörte ihr aufmerksam zu.

»Ich hatte an Émile Zolas Roman *Das Paradies der Damen* gedacht, aber wahrscheinlich lassen sich die Amerikaner nicht auf Zolas Kapitalismuskritik ein.«

»Vor allem darf man nicht mit dem in Europa so verbreiteten intellektuellen Anspruch daran gehen. Ziel ist einzig und allein, den Menschen eine Stunde guter Unterhaltung zu bieten.«

»Verstehe«, sagte Vicki, »Dann bleibt also das Kaufhaus als exklusive Kulisse für eine außergewöhnliche Liebesgeschichte. Alle Figuren wären auf unterschiedliche Weise mit dem Kaufhaus verbunden und der Reigen käme den *Menschen im Hotel* nahe, ohne sie allzu offensichtlich zu kopieren.«

Lubitsch schwieg, sein Gesichtsausdruck war undurchschaubar. Fand er es gut? Schlecht? War er unentschlossen? »Die Kulisse könnte natürlich auch eine andere sein«, sagte Vicki. »Ein Luxusliner zum Beispiel.«

»Nein, nein. Ich finde die Idee gut. Ein Luxusliner wäre einem Hotel auch viel zu ähnlich.«

Da musste sie zustimmen. Um Lubitsch etwas Zeit zu geben, nahm Vicki ein paar Bissen von ihrem Salat. Von dieser Zusammenarbeit erhoffte sie sich viel, denn er hatte geschafft, was sie erreichen wollte. Vor ein paar Monaten hatte die *Berliner Illustrierte Zeitung* den Regisseur porträtiert, auf drei Seiten mit Fotos von ihm, seiner Frau und der beeindruckenden Villa mit Blick auf den Pazifik. Vicki hatte das gespannt gelesen. Lubitsch eroberte Amerika. Seine Salonkomödien kamen beim Publikum gut an. Er wusste, was die Amerikaner sehen wollten und konnte ihr helfen sich weiterzuentwickeln, damit sie für den amerikanischen Markt arbeiten konnte. Erst New York, dann Los Angeles. Wer weiß, vielleicht lag hier die Zukunft. Und Lubitsch war nicht abgeneigt. Er riet ihr, sich ein konkretes Kaufhaus auszusuchen, und dort zu recherchieren. »Die Amerikaner lieben gut recherchierte Geschichten.«

Zwei Wochen später stand Vicki am Fenster ihrer Hotelsuite und atmete tief ein. Sie hatte Wanamaker's in Lower Manhattan ausgekundschaftet und schrieb jeden Abend, wenn Doubleday sie von ihrer Veranstaltung nach Hause gebracht hatte. Hundert Jahre könnte sie diese Aussicht genießen, niemals würde sie ihren Reiz verlieren. Sie lehnte den Kopf an die Scheibe und dachte einen kurzen Augenblick an die Huren vor ihrem Ullsteinfenster. So oft hatten sie ihr geholfen, ihre Gedanken zu sammeln und sich auf die bevorstehende Aufgabe zu konzentrieren.

Vicki war angespannt. Sie hatte eine Entscheidung getroffen

und musste nun mit Hans darüber reden, seine Meinung einholen. Diplomatisch sein, aber bestimmt und ihn letztlich überzeugen. Jetzt würde sich zeigen, ob ihre Unabhängigkeit bestand hatte, ob Hans sie im Herzen wirklich anerkannte. Das Läuten des Telefonapparats fuhr Vicki in die Glieder. Sie ging zu dem prunkvollen Schreibtisch, auf dem die Notizen für ihr erstes Film-Treatment lagen.

»Mrs Baum, connection to Berlin«, sagte die Stimme.

»Yes, please«, erwiderte Vicki und wartete, bis das Klicken und Rauschen zu einer vertrauten Stimme wurde.

»Mama, hast du einen Indianer gesehen?«, Peter war so verrückt nach diesen Karl-May-Büchern, er fragte sie jedes Mal nach Cowboys und Indianern, Büffeln und Mustangs.

»Nein, Schätzchen. Ich bin noch immer in New York. Ich warte doch hier auf Papa, ehe ich weiterreise.«

»Aber du musst unbedingt alles fotografieren, ja?

»Ich werde es versuchen.«

»Aber ich will es gerne mit eigenen Augen sehen.«

»Ich weiß, Schätzchen, bestimmt wird sich später einmal die Gelegenheit finden. Freust du dich denn gar nicht aufs Meer?«

»Doch natürlich. Ich mag Sylt.« Die Söhne würden ihre Ferien in einem Kinderheim auf Sylt verbringen. »Aber was ist das gegen Amerika?«

Aus der Leitung kamen komische Geräusche.

»Hier kommt Papa.«

Vicki atmete tief ein, ehe sie ihren Mann freundlich begrüßte.

»Vickerl, ich freue mich, deine Stimme zu hören.« Er klang weit weg, ein bisschen müde oder verträumt, als wäre er gerade aus einer seiner Kompositionen aufgetaucht. »Wie ist New York zu dir?«

»Es ist ganz wunderbar! Wirklich!«, Vicki ließ ihre Stimme besonders vergnügt klingen. »Paramount hat die Arbeit am Treatment um zwei Wochen verlängert. Ihnen gefällt, was ich mir da ausgedacht habe. Mal sehen, was daraus wird.«

»Das ist schön.«

»Hast du alles für die Abreise vorbereitet?«

Hans würde in zwei Tage losreisen und den Sommer mit ihr in Amerika verbringen. Sie wollten zusammen nach Hollywood fahren und die großen Filmstudios besichtigen.

»Margarete kümmert sich um die Details. Ich bin sicher, deine ausführlichen Anweisungen werden wortgenau befolgt.«

Vicki lachte. »Bestimmt.« Sie hatte vor ihrer Abreise eine sehr detaillierte Liste zusammengestellt mit Dingen, die zu besorgen und vorzubereiten waren, damit ihr stets gedankenverloren Ehemann heil und sicher in New York ankommen würde.

»Ich rufe an, weil ich wunderbare Neuigkeiten habe«, sagte Vicki.

»Ja?«

»Paramount bietet mir an, für sechs Monate nach Hollywood zu gehen. Lubitsch macht dort einen Musikfilm mit Maurice Chevalier. Oscar Straus wird die musikalische Leitung übernehmen.«

»So? Der Oscar ist jetzt beim Film?«

»Er dreht gerade seinen *Walzertraum*.«

»Die Operette?«

»Ja. Der Tonfilm eröffnet Komponisten und Musikern ganz neue Möglichkeiten.«

»Und jetzt willst du für sechs Monate dorthin ziehen.«

»Ja, das will ich. Lubitsch nächster Film, auch wieder ein Musical, ist so eine leicht frivole Sache, wie es hier heißt. Es handelt sich um die Verfilmung von *Nur ein Traum*.«

»Hatte Lubitsch das nicht schon gemacht?«

»Ja, das hat er tatsächlich. Es wird eine Wiederauflage. Remake heißt das hier.« Vicki redete einfach weiter. »Und stell dir vor, der Honorarsatz bleibt. Die Produktionsfirma zahlt mir weiterhin zweitausendfünfhundert Dollar pro Woche. Dafür muss ich nicht mal ein Buch schreiben oder meinetwegen ein Drehbuch. Ich soll mir einfach nur Stoffe ausdenken, aus denen sich Filme machen lassen.«

»Das ist ein tolles Angebot.« Hans Stimme war ganz ruhig geblieben. Vicki hätte nicht sagen können, ob er die Idee gut fand oder nicht.

»Ich könnte da so viel lernen«, erklärte sie. »Die neuen Unterhaltungsromane, die müssen wie Filme erzählt werden, das wollen die Menschen heutzutage lesen. Bei *Menschen im Hotel* ist mir das schon gut gelungen. *Wie im Film*, hieß es, weißt du noch?«

»Ja, ich erinnere mich.«

»Ich sage dir ehrlich, ich möchte es sehr gerne tun, auch wenn ich dich und die Kinder furchtbar vermissen werde.«

»Nun, wenn es für dich so wichtig ist, dann solltest du es tun.«

Vicki atmete auf. »Danke. Deine Unterstützung ist mir wichtig.«

»Und ich freue mich, dich bald wiederzusehen.«

»Du Lieber. Ich freue mich auch. Amerika ist wirklich ein ganz einzigartiges Land. Diese Freiheit! Es wird dir gefallen. Du wirst sehen. Was Amerika ist, erfährt man erst, wenn man den Kontinent durchquert. Ich habe schon eine Route vorbereitet, auf der wir viel sehen werden. Ich bin schon sehr gespannt auf das weite Land, von dem ich mir hier an der Ostküste noch gar keine Vorstellung machen kann.«

»Davon erzählt mir Peter jeden Tag, jede Stunde.«

»Ja, es soll phänomenal sein. Ich kann es kaum erwarten.«

Und so endete das Gespräch mit Zukunftsplänen und echter Vorfreude. Vicki trat zurück ans Fenster. Die Spannung fiel von ihr ab. Ihren für drei Monate geplanten Aufenthalt würde sie um ein halbes Jahr verlängern. Sie freute sich. Vicki Baum in Hollywood. Das klang doch schon wie eine Schlagzeile. Sie wollte lernen und arbeiten und es gab keinen Grund daran zu zweifeln, dass Hollywood ihr genauso zu Füßen liegen würde, wie jetzt Manhattan, und einen Haufen Geld verdienen würde sie auch noch. Geld, das sie für weitere Reisen ausgeben könnte. Für Reisen nach Südamerika vielleicht, oder nach Asien, Indonesien reizte sie schon länger. Hollywood, Amerika, die Welt. Warum sollte das nicht gelingen? Es würde gelingen. Natürlich. Da war sie ganz sicher. Dabei hatte sie keine Vorstellung, was sie in Hollywood erwartete, keine Ahnung von der Filmbranche, keinen Schimmer von ihren Forderungen und Zielen. Aber sie würde all das kennenlernen, in all seinen Facetten.

V

»Kann ich Ihnen etwas bringen, Mrs Baum?« Mit seinen traurigen Augen erinnerte Paul Sinderman Vicki immer ein bisschen an Buster Keaton.

»Nein, Paul, für mich noch nichts. Danke.«

Sinderman schloss die Tür. Seine Schritte entfernten sich auf dem Gang. In einer halben Stunde würde er noch einmal hereinkommen, zu seiner großen Runde, wenn die *writing gang* zur Arbeit antrat. Ob er Buster Keaton mal getroffen hatte? Der Stummfilmkomiker arbeitete schließlich auch bei Metro-Goldwyn-Mayer und war sicher in einem der Studios zu finden. Vicki fühlte sich ihm auf merkwürdige Weise verbunden. MGM und der Tonfilm trieben ihm gerade seinen speziellen Zauber aus und auch Vicki leckte noch ein bisschen ihre Hollywoodwunden.

Kaum war man drin in dem gleißenden Kosmos von Hollywood, sah man die billigen Attrappen und dünnen Kulissen, aus denen die Traumwelt bestand. Eine Welt aus Plastik, in der alle nur darauf aus waren, ihren schnellen Dollar zu verdienen. Es gab kein anderes Ziel. Keine Rücksichtnahme auf Karrieren und Existenzen und Paramount kannte alle Winkelzüge.

Hans war im Juni nach New York gekommen. Stellvertretend für Wolfgang und Peter hatten sie die amerikanische Wüste bestaunt und waren schließlich in Los Angeles eingetroffen. Die Stadt zeigte sich von seiner besten Seite. Sie hatten ein Haus angemietet, ein paar Freunde und Kollegen getroffen, auch Oscar und Clara Straus, die sie noch aus Wien kannten und auf deren Hochzeit sie vor zwanzig Jahren Harfe gespielt hatte. Sie hatten ein paar schöne Wochen zusammen verbracht. Nach Hans' Abreise schrieb Vicki ein vierzigseitiges Treatment zu einem Musical von Maurice Chevalier für Paramount. Vielleicht kein Meisterwerk, sicher etwas mager, aber durchaus mit Substanz. Man hatte ihr keine Unterstützung an die Seite gestellt und sie als Anfängerin auf dem Gebiet allein gelassen. Jedenfalls war es durchgefallen. Offensichtlich, mit ihr gesprochen hatte niemand, auch Veränderungen waren nicht erwünscht. Ende.

Paramount setzte sie vor die Tür. Höflich, aber bestimmt. Ihr Vertrag war gekündigt, ohne ein Wort der Warnung oder Entschuldigung. Die Zusammenarbeit mit Ernst Lubitsch und Oscar Straus war vom Tisch, dass Vicki extra ihren Aufenthalt in den Vereinigten Staaten um sechs Monate verlängert hatte, war gleichgültig. Und der Gipfel von alledem: Am Ende versuchte die Produktionsfirma auch noch, sie um das Honorar für die bereits geleistete Arbeit zu bringen.

Vicki staunte noch immer über diese rücksichtslose Geschäftspraktik. Mittlerweile wusste sie allerdings, dass es ganz typisch war für Hollywood. Hire and Fire. Hier zählte nur der Erfolg. Da war kein Raum für Entwicklung und Lernen. Wer es nicht brachte, wurde umgehend ausgetauscht. Ärgern wollte sie sich nicht länger darüber. Immerhin war sie Schriftstellerin, also hatte sie eine ganz eigene Art von Rache genommen und schrieb nun einen Roman. Einen, der Hollywood in all seiner Bitterkeit zeigte, denn die Traumfabrik war ein hartes Pflaster. Sie hatte ein Liebespaar ersonnen: Oliver Dent, ein erfolgreicher Hollywoodstar, der seine Stellung mit jedem Film beweisen musste und Donka Morescu, eine Stummfilmschönheit, die, auf ein Comeback im Tonfilm hoffte und bereit war, dieser Chance alles zu opfern. Auch die Liebe. Sie arbeitet Tag und Nacht, angetrieben vom fluchenden und rauchenden Regisseur Eisenlohr – ein heimliches Porträt Ernst Lubitschs, der sich bei Paramount nur zögerlich für Vicki eingesetzt hatte. Das Studio verheimlicht Morescu die Krankheit ihres Geliebten, doch als sie durch Zufall davon erfährt, entscheidet sie sich, den Film zu Ende zu drehen, ehe sie zu Dent fährt. Sie will ihr Comeback nicht gefährden.

Am Ende wird sie zu spät sein. Zu spät am Krankenbett des Geliebten, der schon gestorben ist und auch zu spät für Hollywood, denn ihr Comeback scheitert, ihre Karriere ist zu Ende. Schon längst sind frische Gesichter vor Ort und füllen die gerade geschlagene Lücke auf.

So war Hollywood. Hier arbeiteten die großen Regisseure, die wichtigen Schauspieler, die Starlets und Diven. Und alle anderen, all die kleinen Helfer, die mit Tee, Kaffee, Sandwiches oder Requisiten in den Händen zwischen den riesigen Studiohallen herumliefen, die sich scheuchen ließen, als Statisten oder in kleinen Rollen, die kaum genug einbrachten, dass es zum Leben reichte. Sie alle wollten einmal dazugehören, die Kaffeewagen und Sandwichkörbe hinter sich lassen und ihr richtiges Leben beginnen. Der Konkurrenzkampf war äußerst brutal, aber für diese eine Chance waren die Menschen bereit, alles zu geben.

So wie Paul Sinderman, der noch auf seine große Stunde wartete, ehe er wieder in die Bedeutungslosigkeit zurücksank. Alles andere war ihm gleichgültig. »Besser ein Bote in Hollywood, als Geschäftsmann irgendwo sonst«, hatte er bei einem kurzen Schwätzchen vor ein paar Tagen zu ihr gesagt. Denn selbst Hoffnungen und Träume waren hier mächtiger als anderswo. Hollywood umschmeichelte das Ego und winkte den Glücklichen mit unvorstellbaren Geldsummen, mit Ruhm und Anerkennung. Nur hier war das Glück, nur hier wollte man sein.

Das war lächerlich. Vicki seufzte. Denn auch sie war diesem Taumel verfallen. Auch sie wollte es schaffen, hier in Hollywood. Nach dem Paramount-Desaster hatte Metro-Goldwyn-Mayer Vicki über ihren Agenten Dr. Pauker ein Angebot unterbreitet: Sie sollte am Drehbuch für *Grand Hotel* mitwirken. Und das tat sie nun, also in eineinhalb Stunden, wenn der deutsche Drehbuchautor Hanns Kräly eintraf. Bis dahin genoss sie die Stille und sah aus dem Fenster, vor dem die Morgensonne vorbildlich schien. Draußen riefen die Bühnenbildner einander Anweisungen zu. Requisiteure trugen Utensilien herum. Techniker und Kameraleute bauten ihr Equipment auf. Vicki mochte die Atmosphäre, die Vorbereitung, die Aufregung, den Moment, wo alle still und erwartungsvoll auf die Szene schauten, diesen kurzen Moment, ehe dann schon wieder alles in Bewegung geriet, für den nächsten Dreh, die nächste Szene.

Sie schrieb noch ein paar Seiten an ihrem Hollywoodroman, für den sich Nelson Doubleday schon so brennend interessierte.

VI

So schön wie in Hollywood kann es in Berlin gar nicht sein, dachte Vicki, während sie den Paternoster verließ. Sie ging die altbekannten Wege in der Kochstraße entlang, hängte ihren Mantel an die Garderobe hinter der Tür, setzte sich an ihren alten Schreibtisch, griff nach der Mappe oben auf der Ablage, und hatte Heimweh nach der Welt.

Der Zauber ihrer Reise hatte sich im Alltag schnell verloren. Ein kleiner Empfang im Besprechungszimmer, ein bisschen »Hallo« und »Wie schön!« und schon waren alle an die Arbeit zurückgekehrt, nur ihr ging sie nicht mehr so leicht von der Hand.

Nichts war mehr leicht, hier in Deutschland, hier in Berlin, wo ein peinlicher Schwätzer namens Adolf Hitler erfolgreich Wahlkampf machte und seine Prügelarmee durch die Straßen der Hauptstadt marschierte. Natürlich konnte sie sehen, dass weite Teile der Bevölkerung an den Folgen der Wirtschaftskrise litten. Sie sah die Bettler auf den Plätzen und die verzweifelten Augen der Frauen. Sie sah die Schlangen vor den Suppenküchen und die hohlwangigen Kinder. Was sie aber nicht verstand, das war der Mangel an Anstand, das Wild-um-sich-Treten gegen alle, die schwächer waren. Immer auf der Suche nach der einfachen Lösung. Das war doch Unsinn.

In den Vereinigten Staaten schaute man besorgt nach Deutschland. Vicki war regelrecht gewarnt worden vor Hitler und seinen Mannen und jetzt sah sie es deutlicher als je zuvor: Krawalle, Kundgebungen, Gewalt. Die Nazis setzte ihre Sturmabteilung ungeniert ein, sie besetzten den öffentlichen Raum, störten Veranstaltungen, demonstrierten vor Kinos, marschierten, schikanierten und schlugen Leute zusammen oder Schlimmeres. Kürzlich stürmten zweihundert uniformierte Nazis eine Parteiversammlung der Kommunisten und töteten zwei Menschen. Und immer wieder nahmen sie Juden ins Visier, tyrannisierten unschuldige Passanten oder griffen jüdische Geschäfte an. An der Berliner Universität hinderten nationalsozialistische Studenten ihre jüdischen Kommilitonen am Betreten der Hörsäle und verletzten dabei vier von ihnen. Zum Glück war niemand zu Tode gekommen.

Möglich, dass es sich dabei nur um ein kurzzeitiges Phänomen handelte, um eine Reaktion auf die Wirtschaftskrise. Möglich, dass sich alles wieder beruhigen würde, irgendwann, aber die Arbeitslosenzahlen waren auf einem Rekordhoch. Mehr als fünfeinhalb Millionen Menschen waren ohne Arbeit. Und an den meisten von denen hingen Frau und Kinder, die alle nicht genug zum Leben hatten. Was, wenn das erst der Anfang war?

»Amerika hat mich einfach verzaubert!«, erklärte sie ihrer Freundin und Kollegin Greta Fischer beim Mittagessen.

»Das sehe ich«, erwiderte Grete über ihren Bratkartoffeln. Es war seltsam, diese neue Vicki anzusehen, in diesem amerikanischen Stil, so blond, so extravagant. Ein bisschen lächerlich sah das aus. Vicki hatte den Stil von Elizabeth Arden beibehalten, auch wenn sie sah, dass ihr Auftreten in Berlin irritierte. Was sollte sie tun? Eine einmal gemachte Entwicklung konnte sie nicht wieder rückgängig machen.

Vicki erzählte vom Treiben in New York, von den Menschen, die sie getroffen hatte, von den Skyscrapern und den Straßenschluchten, von den Berühmtheiten in Los Angeles und den beeindruckenden Villen der Hollywood Hills. »Und dazwischen weites Land mit einer atemberaubenden Landschaft. Ich muss unbedingt dorthin zurück!«

Grete hielt inne, sah von ihrem Teller auf. Vicki widmete sich ihrem Salat, als wäre nichts gewesen. Hatte sie richtig gehört?

»Du willst zurück?«

»Ich muss! Ich will dort leben.« Vicki seufzte. Wie sollte sie dieses Empfinden verständlich machen? »Du kannst es dir nicht vorstellen, aber es ist, als wäre ich in meinem Herzen schon immer Amerikanerin gewesen, noch bevor ich das Land gesehen habe. Ich gehöre dort hin und ich möchte, dass meine Söhne dort aufwachsen. Sie sollen echte Amerikaner werden. Sie sind noch jung genug dafür.«

»Und was ist mit deiner Arbeit?«, fragte Grete, noch immer verdutzt. War das ein Hirngespinst oder plante die Autorin und Redakteurin Vicki Baum tatsächlich auszuwandern?

»Was soll damit sein? Schreiben kann ich auch in den Vereinigten Staaten. Ich habe dir doch von meinem Verleger erzählt. Nelson Doubleday. Ein stattlicher Mann, ein Amerikaner, wie die Zeitschriften ihn nicht besser erfinden könnten.«

»Aber was ist mit Ullstein? Bedeutet dir das nichts?«

Vicki beschwichtigte. »Natürlich bedeutet es mir was. Ohne Ullstein säße ich wahrscheinlich noch immer in Mannheim oder Gott weiß wo fest. Aber ich habe mich weiterentwickelt. Meine Zukunft liegt in Amerika. Und der Verlag hat sich auch weiterentwickelt. Vielmehr, wir entwickeln uns auseinander. Sie haben mein neues Buch über Hollywood einfach an Bles verkauft, dabei hat er mich schon bei *Menschen im Hotel* um ein Vermögen gebracht.«

»Was meinst du?«

»Überleg doch mal. Für die Auslandsrechte habe ich 2000 Reichsmark bekommen. Weißt du, was Bles und die anderen mittlerweile damit verdient haben?«

Vicki schaute Greta erwartungsvoll an, aber die konnte nur mit den Schultern zucken.

»Ein Vermögen! Allein am Broadway läuft das Stück seit über einem Jahr und ist noch immer ausverkauft. Und wenn ich mir überlege, was MGM mit dem Film einspielen wird. Greta Garbo spielt die Grusinskaja. Habe ich das schon erzählt? John Barrymore ist Baron von Gaigern und Joan Crawford das Flämmchen – insgesamt fünf Stars packt MGM in eine einzige Produktion. Jeder Charakter mit Starbesetzung. Die Kinos werden überfüllt sein. Und von all dem sehe ich nichts, weil Ullstein mein Buch an Bles verschachert hat.«

»Du könntest das aber auch als Lehrgeld betrachten. Es ist ja immer auch Glück dabei, ob ein Buch auf dem amerikanischen Markt tatsächlich einschlägt. Und ob einer deiner Romane ohne Ullstein überhaupt so weit gekommen wäre, das ist ja gar nicht gesagt.«

»Ich weiß, aber es ärgert mich trotzdem über alle Maßen. Das war vielleicht meine große Chance. Ich wäre eine gemachte Frau, nie wieder Geldsorgen und ich hätte um die Welt reisen können, stattdessen präsentiere ich Ullstein vertragsgemäß den nächsten Roman, und was machen sie damit?«

»Was denn?«

»Sie verkaufen ihn schon wieder an Bles, obwohl ich meinem New Yorker Verleger schon zugesagt hatte, dass er es bekommt. Wie stehe ich jetzt da?«

Grete schaute betreten auf ihren Teller. Ihr fiel beim besten Willen nichts ein, was sie darauf erwidern könnte. All diese Vertragsangelegenheiten, das war doch arg verwickelt. Wer wusste schon, was der eine dem anderen schuldig war? Vicki hatte in den letzten Jahren nun auch nicht am Hungertuch genagt. Undankbar kam ihr diese neue Vicki vor, mit ihren flachsblonden Löckchen und dem winzigen kornblumenblauen Hütchen auf dem Kopf.

»Und was sagt Hans dazu?«, fragte sie schließlich.

Am Abend wartete Vicki im Wohnzimmer ihrer geliebten Mansardenwohnung darauf, dass Hans von der Oper nach Hause kam. Vor sechs Jahren war ihr diese Wohnung wie der Gipfel der Freiheit erschienen. Und jetzt? Sie saß dort, eine Tasse Tee vor sich auf dem Tisch, ein Buch auf dem Schoß, aber sie las nicht. Sie dachte nach, sie erwog alle Einwände, die Hans haben könnte, und argumentierte dagegen an. Als er endlich zur Tür herein kam, war sie gerüstet. Es war Zeit, ihm alles zu erzählen.

»Gar nicht bei der Arbeit?«, fragte Hans, als er eintrat. Er drückte ihr die Lippen kurz auf den Scheitel.

»Nein, ich warte auf dich.« Vicki klappte das Buch zu.

Hans schaute sie aufmerksam an, als wüsste er schon alles. »Was gibt es?«, fragte er ruhig.

»Hans, immer bin ich so dumm und vergesse, wie gut wir beide uns schon kennen. Aber jetzt setzt du dich hier zu mir und ich habe das Gefühl, als wüsstest du schon, worum es geht.« Sie lächelte ihn an, freundlich mit einem Hauch Unsicherheit in den Mundwinkeln.

»Ich denke mir, es geht um Amerika. Hab' ich recht?«

Sie machte eine kurze Pause, suchte nach den richtigen Worten, fand keine, die etwas geändert hätten, und sagte schließlich einfach: »Ich werde in die Vereinigten Staaten ziehen.«

Hans schwieg. Sein Blick war undurchdringlich, aber Vicki war sich sicher, dass er damit gerechnet hatte.

Sofort strömten alle anderen Worte hinterher. Sie handelten von den Menschen dort und den Menschen hier, von ihrer Arbeit, den Möglichkeiten, Doubledays Plänen, ihre Romane zu übersetzen, von zwei weiteren Broadwaystücken und einem Angebot von MGM. Sie führte ihm noch einmal die Freiheit vor Augen, die Schönheit der Landschaft und das Tollhaus Europa, wo sich Juden schon wieder Sorgen um ihre Existenz machen mussten. »Ich kann es nicht ändern, meine Zukunft liegt dort. Ich spüre es in meinem Herzen. Es ist der nächste Schritt und ich werde ihn gehen. Diese Chance kann ich mir nicht entgehen lassen.«

Hans hatte aufmerksam zugehört. Nun saß er da, etwas eingesunken vielleicht, als wusste er nicht, was er darauf erwidern sollte. »Das hört sich an, als wäre deine Entscheidung bereits gefallen.«

»So ist es. Ich wusste es schon, als ich auf dem Schiff nach

Hause war und der Hafen hinter mir immer kleiner wurde: Mein Zuhause ist jetzt dort.«

»Und was ist mit den Kindern?«

»Ich möchte, dass sie mitkommen. Sie sollen Amerikaner werden. Wenn sie sich weigern, dann finden wir hier eine Lösung. Aber ich möchte, dass sie mitkommen.«

»Und was hast du für mich geplant?«

Vicki seufzte vernehmlich. »Ich habe schon vor Jahren aufgehört für dich oder mit dir zu planen«, sagte sie mit einem Lächeln, das ihre Verbundenheit, ihre alte Kameradschaft beschwören sollte. »Natürlich möchte ich, dass du mitkommst, aber ich sehe die Probleme, natürlich.«

»Probleme, allerdings! Was soll ich in diesen Vereinigten Staaten, dessen Sprache ich auf so vielen Ebenen nicht spreche und nicht verstehe? Ich bin Dirigent, endlich hier in Berlin, an der Staatsoper. Davon haben wir immer geträumt.«

»Meine Träume haben sich verändert«, sagte Vicki, aber nicht unfreundlich. »Und auf Berlin folgte doch schon immer die Weltkarriere.«

»An Amerika hatte ich dabei nicht gedacht. Berlin sollte der Ausgangspunkt sein, die feste Anstellung an der Staatsoper.«

»Ich weiß.« Vicki legte ihre Hand auf seinen Arm. »Das weiß ich doch«, sagte sie.

Ein paar Augenblicke sagte niemand etwas. Vicki wusste, dass Hans diese Entscheidung nicht leicht fallen würde. Das kulturelle Leben in Amerika verlief nach ganz anderen Gesetzen, von denen er keine Ahnung hatte. Er kannte dort auch niemanden von Bedeutung und niemand kannte ihn. Natürlich waren die Chancen für einen unbekannten Dirigenten nicht die Besten. Sein Bruder Ernst war zwei Jahre lang Regisseur an der Metropolitan Opera gewesen, doch dann war sein Vertrag nicht verlängert worden. Jetzt tingelte er als freier Regisseur für Freilichtopern durch das Land. Musste sich der erste Kapellmeister an der Staatsoper Unter den Linden das antun?

»Ich muss darüber nachdenken«, sagte Hans.

Vicki stimmte ihm zu. Selbstverständlich musste er das. Die Entscheidung wollte nicht heute getroffen werden und auch nicht diesen Monat. Aber er sollte wissen, dass ihre Entscheidung feststand. Alle Unterlagen waren beisammen und eine Quota-Nummer beantragt. Man hatte ihr signalisiert, dass alles zügig vonstattenging. Sie würde auswandern.

VII

Am Ende rannen die Wochen bis zur Abreise nur so dahin. Der Arbeitsvertrag bei Ullstein war gelöst, ein paar freundliche Worte, ein paar klingende Gläser, ein paar gute Wünsche und jede Menge verständnislose Gesichter waren ihr begegnet – aber das konnte sie aushalten. Unerträglich waren die beleidigenden Briefe, die sie erhielt, *nachdem sie bekannt gemacht hatte, dass sie ihre Söhne in den USA aufziehen wollte. Üble Briefe, in denen ihr sanfte junge Männer Tiernamen gaben. »Alte Sau« war noch die freundlichste Bezeichnung.* Das konnte sie in ihrer Entscheidung nur bestärken.

Im März 1932 hatte sie ihr Büro in der Kochstraße geräumt. Natürlich war das ein seltsames Gefühl, alles aufzugeben, was sie sich so lange erträumt und so leidenschaftlich erkämpft hatte. Die Kinder immerhin waren die reine Freude. Sie wollten nach Amerika, am liebsten sofort. Vicki war erleichtert. Ohne die Jungen wäre es doch sehr schwer geworden. Die beiden würden in den Sommerferien nachkommen und hatten keine Sekunde gezögert. Für Hans dagegen war es hart. Er war nie so abenteuerlustig und entscheidungsfreudig wie Vicki gewesen. Sich vom guten alten Europa zu trennen fiel im schwer, aber er war schließlich doch aus dem Verband der Staatsoper ausgetreten, bereit es in Amerika zu versuchen.

Und nun stand sie da, in ihrem schweren Seidenmantel mit Hermelinbesatz, ihrem Nachmittagskleid aus dunkelgrünen Crêpe Bamboula und den passenden Pumps mit Stickerei aus Lederblättern. Dieses Outfit war keineswegs übertrieben für den Transatlantikdampfer *Europa*. Erst vor einer halben Stunde hatte sie Gary Cooper auf dem Deck flanieren sehen. Gerüchteweise kam er von einer Afrikareise zurück.

Die *Europa* war schon weit draußen, hatte das Land, den Kontinent weit hinter sich zurückgelassen. Für Vicki war es ein Leben. Ihr letzter Roman *Leben ohne Geheimnis* würde erst in einem Monat als Fortsetzungsroman in der *Berliner Illustrierten Zeitung* erscheinen, aber auch das lag schon hinter ihr. Sie wollte nach vorne schauen. In der Ferne verschwamm das Meer mit dem wolkengrauen Himmel. Der Horizont war kaum auszumachen. Vicki blickte diesem undurchdringlich fernen Grau entgegen – ihrer Zukunft, von der sie nichts ahnen konnte.

Sie sah nicht das Glück und den Ärger, der sie in Hollywood erwartete, sah nicht, dass *Grand Hotel* einen Oscar als bester Film gewinnen würde, nicht die Unsummen, die sie dort verdienen und ausgeben würde, denn Hollywoodgeld verschwand so schnell, wie es kam, für Partys und aufwändige Garderobe. Das Leben in der Traumfabrik hatte seinen Preis. Aber das wusste Vicki noch nicht, auch nicht, dass sie dort letztendlich nicht glücklich werden würden, dass sie als Drehbuchautorin scheitern und zu ihren literarischen Leisten zurückkehren würde. Sie ahnte nicht, dass Hans seinen Weg finden würde, als Dirigent und schließlich künstlerischer Leiter des Pasadena Symphony Orchestra wieder eine wichtige Position innehatte, die ihn glücklich machte. Sie sah nicht, wie Wolfgang und Peter zu Amerikanern heranwuchsen, zu Männern wurden und zu Soldaten, in einer Armee, die Europa nach langem Ringen vom Faschismus befreien sollte. Sie sah nicht die unglaublichen Reisen, die vor ihr lagen: Hawaii, Neuseeland, Japan, Mexiko, Bali und Shanghai. Sie sah nicht die Bücher, die noch entstehen würden, nicht die Bedeutung, die sie selbst, Vicki Baum, für viele Menschen haben würde, für ihre Leserschaft, aber mehr noch für die vielen Freunde, die sie jetzt zurückließ und die schon in wenigen Jahren selbst versuchen würden, Europa zu verlassen. Die nach Amerika kommen würden und Hilfe brauchten, Geld, einen Bürgen und Ratschläge. Vicki würde helfen, in aller Stille, aber unermüdlich.

All das wusste sie nicht, während sie versuchte im Grau von

Wolken und Wasser, einen Blick auf die Zukunft zu erhaschen. Sie musste es auch nicht wissen, es würde sich ergeben. Vicki fuhr mit ruhigem Herzen über den Atlantik, denn sie wusste eines ganz sicher: Dort lag das Leben.

Anhang

Ein Leben in Stichpunkten

1888	Hedwig Baum, genannt Vicki, kommt am 24. Januar in Wien zur Welt
1904	Vicki Baum beginnt ihre Ausbildung zur Harfenistin
1907	Erstes Engagement beim Wiener Konzertverein
1908	Die Mutter, Martha Baum (geb. Donat), stirbt nach monatelanger Krankheit an Knochenkrebs
1909	Vicki heiratet den Journalisten Max Prels und veröffentlicht unter seinem Namen erste Kurzgeschichten
1910	Max Prels gründet die Zeitschrift *Ton und Wort*, Vicki schreibt erste Artikel und Geschichten, zum Teil unter Pseudonym
1912	Der Name Vicki Baum-Prels erscheint erstmals in Kürschners Literatur-Kalender Scheidung von Max Prels
1913	Vicki Baum zieht nach Darmstadt und wird Großherzogliche Hof- und Kammermusikerin
1914	Der erste Roman *Frühe Schatten. Das Ende einer Kindheit* erscheint
1916	Hochzeit mit dem Dirigenten Richard Johann Lert. Vicki gibt ihre Musikkarriere auf und zieht mit Lert nach Kiel
1917	Geburt des Sohnes Wolfgang
1918	Umzug nach Hannover
1920	Vicki Baums erster Ullstein-Roman *Der Eingang zur Bühne* wird veröffentlicht
1921	Geburt des Sohnes Peter Der Roman *Die Tänze der Ina Raffay* kommt auf den Markt
1924	Umzug nach Mannheim Der Roman *Ulle der Zwerg* erscheint in der Deutschen Verlagsanstalt Vicki Baum schreibt die Novelle *Der Weg* und gewinnt

den ersten Preis im Literaturwettbewerb der *Kölnischen Zeitung*

1926 Umzug nach Berlin. Vicki Baum arbeitet beim Ullstein Verlag als Redakteurin für die *Berliner Illustrierte Zeitung*, *Uhu* und *Die Dame* und gibt die Literaturbeilage *Die losen Blätter* heraus

1927 Veröffentlichung des Romans *Feme*

1928 Der Roman *Stud. Chem. Helene Willfüer* erscheint und wird ein großer Erfolg

1929 Der Roman *Menschen im Hotel* wird veröffentlicht und begründet ihren internationalen Ruhm

1930 Das Theaterstück *Menschen im Hotel* wird im Berliner Theater am Nollendorfplatz uraufgeführt

1931 Vicki Baum reist in die Vereinigten Staaten, wo ihr Theaterstück am Broadway läuft. Sie arbeitet mit am Drehbuch für *Grand Hotel*

1932 Vicki Baum zieht mit ihrer Familie in die Vereinigten Staaten. Sie arbeitet als Plotterin und Drehbuchautorin für MGM, dann als freie Schriftstellerin. *Grand Hotel* erhält einen Oscar in der Rubrik Bester Film

Leben ohne Geheimnis erscheint als vorerst letzter Roman in Deutschland

1933 Die Bücher von Vicki Baum werden von den Nationalsozialisten verbrannt

1935 Weil die Bücher von Vicki Baum in Deutschland nicht mehr verlegt werden, veröffentlicht sie im Amsterdamer Exilverlag Querido.

Der Roman *Das große Einmaleins* kommt auf den Markt

Vicki Baum unternimmt ausgedehnte Reisen nach Mexiko, Bali und Shanghai

1936 Der Roman *Die Karriere der Doris Hart* erscheint

1937 Der Roman *Liebe und Tod auf Bali* wird publiziert

1938 Vicki Baum wird amerikanische Staatsbürgerin

1939 Veröffentlichung des Romans *Hotel Shanghai*

1941	Vicki Baum schreibt ihre Bücher in englischer Sprache. Sie wird zunehmend als amerikanische Schriftstellerin deutscher Herkunft gesehen
1942	Veröffentlichung des Romans *Marion Alive*
	Der Vater, Hermann Baum, wird im Alter von 90 Jahren beim Massaker von Novi Sad ermordet. Vicki Baum erfährt davon erst später
1943	Der Roman *The Weeping Wood* erscheint. Vicki Baum versucht noch einmal als literarische Autorin ernst genommen zu werden
1944	In ihrem Roman *Hotel Berlin '43* setzt sich Vicki Baum mit dem Nationalsozialismus auseinander. Sie will zeigen, dass nicht alle Deutsche Nazis sind
1949	Vicki Baum beendet ihre Arbeit in der Filmindustrie. Der große Erfolg war ausgeblieben
	Erste Europareise nach dem Krieg
1951	Die Romane *Danger from Deer* und *Rendez-vous in Paris* erscheinen
1953	Veröffentlichung des Romans *The Mustard Seed*
1958	Mit *Theme for Ballet* erscheint der letzter Roman von Vicki Baum. Insgesamt umfasst ihr Werk 29 Romane
1959	Eine deutsche Verfilmung von *Menschen im Hotel* kommt in die Kinos
1960	29. August: Vicki Baum stirbt in Los Angeles an Leukämie. Sie hatte ihre Krankheit bis zuletzt geheimgehalten. Auch ihre Familie wusste nichts davon. Ihre Asche wurde nördlich von San Francisco über den Redwoods verstreut
1962	Posthum erscheint Vicki Baums Autobiografie *Es war alles ganz anders*

Literaturangaben

Die kursiv gesetzten Passagen in der Romanbiografie sind folgenden Werken entnommen, um den Lesefluss zu bewahren, wurde die Rechtschreibung angepasst, Auslassungen sind nicht gekennzeichnet.

Gedruckte Literatur:

Apropos Vicki Baum. Mit einem Essay von Katharina von Ankum, Frankfurt/Main 1998.

Arna, Alfred: Modernes Mädchen, in: Vorwärts, (1.2.1929).

Baum, Vicki: Der Eingang zur Bühne, Berlin 1920.

Baum, Vicki: Der Weg, Berlin 1925.

Baum, Vicki: Die Ballettstunde. Bilder aus der Schule der Berliner Staatsoper, in: Berliner Illustrierte Zeitung, 21.11.1926, S. 1587–89.

Baum, Vicki: Die Tänze der Ina Raffay. Ein Leben, Berlin 1921.

Baum, Vicki: Es war alles ganz anders. Erinnerungen. Die Zitate auf den Seiten 159, 206-208 mit freundlicher Genehmigung von © 1987, Verlag Kiepenheuer & Witsch GmbH & Co. KG, Köln/Germany

Baum, Vicki: Feme. Bußfahrt einer verirrten Jugend, Berlin 1926.

Baum, Vicki: Frühe Schatten. Das Ende einer Kindheit, Berlin 1914.

Baum, Vicki: Leben ohne Geheimnis, Berlin 1932.

Baum, Vicki: Marion, Stockholm 1942.

Baum, Vicki: Menschen im Hotel, Berlin 1929

Baum, Vicki: Richard Katz. Ein Bummel um die Welt, in: Die losen Blätter, 6 (1927), S. 92.

Baum, Vicki: Stud. chem. Helene Willfüer, Berlin 1928.

Baum, Vicki: Ulle der Zwerg, Stuttgart 1924.

Die losen Blätter 1926/27–1930/31.

Grotjahn, Rebecca: Das Städtische Orchester 1921–1956, in: Das

Niedersächsische Staatsorchester 1636–1986, Hannover 2009, S. 129–158.
Kalenhusen, Ines: Kunst und Politik. Hannovers Auseinandersetzung mit der Moderne in der Weimarer Republik, Hannover 1998.
Maeterlinck, Maurice: Lied, in: La conque 1, (1891), S. 2.
Nottelmann, Nicole: Die Karrieren der Vicki Baum. Eine Biographie, Köln 2007.
Podewski, Madleen: Wie der Ullstein Verlag Werk und Autor in Bewegung versetzt. Zu Vicki Baums Menschen im Hotel, in: Oels, David (Hg.): »Der ganze Verlag ist einfach eine Bonbonniere«. Ullstein in der ersten Hälfte des 20. Jahrhunderts, Berlin 2015, S. 207-221.
Rahlfs, Heinz: Die städtischen Bühnen zu Hannover und ihre Vorläufer in wirtschaftlicher und sozialer Hinsicht, Hannover 1928.
Reuter, Gabriele, »Stud. chem. Helene Willfüer«, in: Vossische Zeitung, (17.3.1929).
Rössner, Michael (Hg.): Literarische Kaffeehäuser, Kaffeehausliteraten, Wien 1999.
Salten, Felix: Roman einer Studentin, in: Neue Freie Presse, (17.2.1929).
Steinacker, Stefanie, von: »A little lower than the Angels«. Vicki Baum und Gina Kaus. Schreiben zwischen Anpassung und Anspruch, Bamberg 2011.
Veigl, Hans (Hg.): Lokale Legenden. Wiener Kaffeehausliteratur, München 1991.
Weng, Joan: Ullsteins Hausmarke. Die Erschaffung der Marke Vicki Baum und ihre ironische Betrachtung durch die Autorin in der Komödie Pariser Platz 13, (1930), in: Oels, David (Hg.): »Der ganze Verlag ist einfach eine Bonbonniere«. Ullstein in der ersten Hälfte des 20. Jahrhunderts, Berlin 2015, S. 222–238.

Archivmaterial:

Vicki Baum Archiv, Archiv der Akademie der Künste, Berlin (Porträts, Familienfotos und Bilder und Unterlagen zu den Reisen, einzelne Familienbriefe)

Dokfonds-Theater 19976, Archiv der Akademie der Künste, Berlin (Programmheft *Menschen im Hotel* 16. Januar – 22. März 1930)

Dank

Ein besonderer Dank geht an das Archiv der Akademie der Künste, das den Nachlass von Vicki Baum verwaltet und mir in allen Angelegenheiten mit Rat und Tat zur Seite stand.

Ich danke von Herzen Pia Christ und Marion Appelt von der Literaturagentur wortvollendet und Ariane Hug vom Herder Verlag. Es war eine Freude mit ihnen zu arbeiten.

Für ihre Großzügigkeit, ihre Zeit, ihre klugen Ideen und kleinen Einwände danke ich: Verena Schuh, Jenny Niklas, Ines Haak und Franziska Rehlinghaus.

Am meisten aber danke ich Andreas Schymura, der ohne zwingenden Anlass immer an mich glaubt und nicht aufzuhalten ist, wenn es darum geht, den Weg zu meinen Zielen freizuhalten.

»Eine von uns«

KATJA KULIN
Irmgard
Keun
Nach Mitternacht
ein Leben
Romanbiografie
HERDER

»Mit dem Zeppelin bin ich geflogen, ganz allein!« Sechsunddreißig Münder bilden erstaunte Os und spornen an zu mehr. »Die Mannschaft konnt' ich wegschicken, ich wollt' ja selber steuern. Ganz schön schwer war das, weil so viel Wind war und der Zeppelin so groß. Immer weiter nach oben bin ich gestiegen, die Leute sahen aus wie Raupen von da!«

Die Blicke aus sechsunddreißig Augenpaaren folgen den ausholenden Bewegungen ihrer Arme, die jetzt zuerst die Maße des Zeppelins andeuten, mit dem Irmgard über die Welt gefahren ist, und dann die Höhe, in der sie schwebte.

»Ich bin aber leider immer an die Riesenhälse von Giraffen gestoßen, drum bin ich bald umgekehrt«, beendet sie schließlich bescheiden den Bericht von ihrem schönsten Erlebnis und blickt die Lehrerin erwartungsvoll an. Deren Mund bildet kein O, er ist ein schmaler Strich.

Die Mutter wird in die Cecilienschule bestellt. Während Irmgard an ihrem Pult warten muss und die Beine baumeln lässt, sitzt die Mama vorn bei der Lehrerin, die nichts Gutes zu berichten weiß. Das Kind habe eine rasche Auffassungsgabe, unbestritten, aber keine Disziplin, es träume immerzu. Dem müsse man einen Riegel vorschieben, denn mit dem Kopf in den Wolken werde man nichts. Schon jetzt versteige es sich so sehr in seine Fantasien, dass es Lügengeschichten erzähle und sie steif und fest für bare Münze verkaufen wolle.

Die Mutter nickt dazu, sie hört dergleichen nicht zum ersten Mal. Irmgard aber kratzt, während sie so tut, als höre sie nicht zu, mit den Fingernägeln über ihr Pult und weiß es besser; sie weiß genau: Die Lehrerin hat unrecht. Denn was man glaubt, gibt es.

1979

Jeder Platz im Hörsaal ist besetzt, auch auf den Treppenstufen sitzen die Mainzer Studenten, drängeln sich selbst noch auf dem Flur. Irmgard Keun ringt nach Atem, als sie den Saal, durch den jetzt ein Raunen geht, betritt; neben sich auf der einen Seite den Professor, der sie geladen hat, und auf der anderen ihren Lektor Klaus Antes.

Einführende Worte werden gesprochen, die Schlagworte *Neue Sachlichkeit, Bücherverbrennung, Exilforschung und Feministische Literaturwissenschaft* rauschen an ihr vorbei. Sie muss sich sammeln. Erwartungsvolles Schweigen tritt ein und dann tut sie, was sie am besten und noch immer kann: erzählen. Denn so klingt es, wenn sie liest. Wie eine Geschichte, die ihr nur für die Anwesenden über die Lippen kommt, ganz privat und exklusiv. Sie hat ihr *Kind aller Länder* mitgebracht, und die Gesichter der Studenten machen, dass sie länger liest als geplant. Frenetischer Applaus brandet auf, als sie schließlich endet. Sie ist *kurz vor dem Kollaps*, legt aber dennoch *einige Passagen nach*.

Während der Professor wieder übernimmt, denkt sie, dass es schon seltsam ist, das alles. Jetzt plötzlich wird sie wieder *verlegt, gelesen, gefeiert*. Nach all den gestohlenen Jahren. Seltsamerweise bedeutet es ihr inzwischen fast nichts mehr, *ein Glanz* zu sein. Meist – Abende wie heute ausgeschlossen – beobachtet sie eher amüsiert das allgemeine Treiben um ihre Person; die Bemühungen der Journalisten und Literaturwissenschaftler, Interviewtermine zu vereinbaren. Das Lohnende daran ist jetzt vor allem das Geld, das es bringt. Sie gibt viel davon für Schmuck und Pelze aus. Umgehen können mit Geld hat sie ja noch nie. Aber das fällt weniger auf, wenn welches da ist.

Damit es der Presse und auch ihr selbst nicht langweilig wird beim Immergleichen, variiert sie, was sie den Journalisten erzählt, aus reinem *Spaß am Fabulieren* und je nach Anlass, Gegenüber und Tagesform. Ihre Gesprächspartner glauben ihr gern, sind sie doch meist nicht gut genug informiert, um zu zweifeln. Das ist in Ordnung so, ärgerlich nur, dass ausgerechnet da, wo es nicht sein soll, in ihren Romanen nämlich, immer wieder mit hochgereckter Nase Autobiografisches gewittert wird.

Auch heute, natürlich. Eine Studentin fragt, ob *Kind aller Länder* nicht in Wahrheit ihre eigenen Emigrationserfahrungen, gefiltert durch die Kognition der vorpubertären Kully, wiedergebe; deutliche Ähnlichkeiten seien ja in jedem Fall vorhanden.

Sie könnte nun wiederholen, was sie schon einmal gesagt hat, mag es auch auf ein anderes Buch bezogen gewesen sein: »*Kaum. Wenig. Mehr Beobachtung an anderen. Da hab' ich viel zu viel Hemmungen, um meine eigenen Erlebnisse preiszugeben.*« Ob das so stimmt, muss niemand wissen, doch sowieso bleibt ihre Antwort heute ganz unverbindlich. »Ach, wissen Sie, die meisten Emigranten haben doch, irgendwie, sehr ähnliche Erfahrungen gemacht, vor, während, und zur Schande auch nach der Emigration, jeder Einzelne könnte da wohl Gleiches bei sich entdecken«, sagt sie nur und die Studentin nickt und setzt sich wieder.

Standing Ovations am Ende der Veranstaltung. Auf leicht wackligen Beinen geht sie nun am Arm des Professors dem entspannteren Teil des Abends entgegen – sie werden noch ein Gläschen trinken. Klaus Antes raunt sie zu: *»Mein Gott, ich bin doch nicht die Knef.«*

Aber innerlich, da sagt sie sich, dass nicht nur wichtig ist, was ist und was nicht, sondern auch, was hätte sein können.

1929

Kaum etwas los ist in dem Café, in dem Irmgard auf die bestellte Freundin warten will. Die Bedienung erzählt *auf den kleinsten Antipp hin von schlechtem Geschäftsgang*: »Die Leute han ja nischts mehr, keine Arbeit, kein Jeld, et is zum Heulen.« Die hoffnungsfrohe Zeit der Konjunktur ist schon wieder vorbei, die Zahl der Arbeitslosen schwankt, dass man seekrank davon werden könnte, und im Moment scheint sie sich auf hohem Niveau einzupendeln.

»Ein bisschen gut gehen lassen muss man es sich trotzdem, und gerade dann«, gibt Irmgard zurück und bestellt sich nicht nur ein Kännchen Kaffee und die Zeitung an den Tisch, sondern auch ein Stück Käsekuchen. Es ärgert sie aber ein wenig, dass sie sich Letzteres der Figur wegen nicht verkneifen kann; die Kellnerin freut es.

Nach dem Lesen der Zeitung löst Irmgard wie immer das Kreuzworträtsel, doch wollen ihr heute die rechten Wörter nicht einfallen. Ob das ein schlechtes Omen für den Entschluss ist, der wie ein unermüdlicher Trommler seit Tagen in ihrer Brust sitzt und ihr Herz beständig schneller schlagen lässt?

Nachdenklich faltet sie die Seiten wieder zusammen. Aber sie will jetzt schreiben, richtig schreiben, und den leicht bitteren Geschmack ihrer Rückkehr nach Köln vertreiben damit. Bloß nicht zu viele Gedanken darum machen. Versagt hat sie ja nicht, nicht wirklich. Die Schauspielerei ist bloß nichts für sie.

Etwas blass: Irmgard Keun – schiebt sich jetzt dennoch eine Kritik aus ihrer Hamburger Zeit auf die Titelseite der vor ihr liegenden Zeitung. *Der Künstlerin fehlten bisher ein wenig die Möglichkeiten zu reichen Nuancierungen.* Nun gut, sie muss es wohl, obgleich es ihr schwerfällt, sogar vor sich selbst, zugeben: Geschmerzt hat das alles schon ein wenig. Sie hatte sich ganz anderes erhofft, auch wenn sie recht früh spürte, dass ihr die rechte Leidenschaft für diesen Beruf fehlte; die Fähigkeit, die eigene Person zugunsten einer Rolle hintanzustellen. Ihrem Vater hätte sie aber gern bewiesen, dass die Erlaubnis, die er ihr nach langen Diskussionen für die Schauspielschule gab, die richtige war. Schließlich hat er auch die vierhundert Mark Schulgeld pro Jahr bezahlt, obwohl es um seine Firma, die *Cölner Benzin-Raffinerie GmbH*, eine ganze Weile alles andere als rosig stand.

Mit der Kladde, die sie jetzt aus ihrer Tasche holt, wischt sie die imaginären Zeilen und die Gedanken an den Vater energisch vom Tisch. Vorbei. Zeit für einen neuen Weg. Den richtigen diesmal, denn genau genommen hat sie an der Gabelung schon zweimal den falschen gewählt. Wobei, die Entscheidung für die *Berlitz-School* und den Stenografie- und Schreibmaschinenunterricht ist nicht einmal die ihre, sondern natürlich der Wunsch des Vaters gewesen. Freude hat ihr die Büroarbeit nie bereitet, und auch jetzt, da sie wieder aushilfsweise in der Firma ihres Vaters arbeitet, weiß sie: Für immer darf das nicht sein. Darum nun ein erster Test. Wo Gabi nur bleibt?

Zweifel, genährt von der Wartezeit, wagen sich aus den Ecken des Cafés bis an den Tisch heran und kriechen ihr langsam die Beine hinauf. Ist wirklich vorzeigbar, was sie geschrieben hat? Schon seit Längerem hält sie kleine Beobachtungen und Ideen fest, hat auf Drängen ihrer Schauspielfreundin Ria Hans damit angefangen. Aber dies ist etwas anderes.

Ein feuchter Finger blättert suchend in der Kladde. Da ist sie, ihre erste Geschichte: Eine Frau sitzt mit einem Mann, der mehr ein Auge auf sie geworfen hat denn umgekehrt, in einem Café. Plötzlich sieht sie unter dem Tisch etwas funkeln, erkennt es nicht genau, eine wertvolle Brosche vielleicht, silbern und mit echten Steinen. Ein Schmuck, der sich gut versetzen ließe; die aktuellste Mode würde sie sich davon kaufen können. Also muss die Frau einen Weg finden, unauffällig an die Brosche zu gelangen. Sie lässt versehentlich ihre Serviette darauf fallen und kann froh sein, dass ihr Gegenüber alles andere als ein perfekter Gentleman ist. Nun liegt das Kleinod im Papiertuch, das Papiertuch in ihrer Hand und die Hand unter dem Tisch auf dem Schoß.

Den Mann muss sie noch loswerden, damit sie endlich nachsehen kann. *Zuerst wird sie einsilbig, dann schroff. Der Mann geht.*

Nun also. Mit klopfendem Herzen öffnet sie die Faust, und wie eine Blüte öffnet sich die Serviette langsam und gibt den Blick auf ihren Inhalt frei. Es ist die eigene Talmibrosche, die ihr unbemerkt vom Revers gefallen ist.

Etwas Großes ist das sicher nicht, denkt Irmgard, aber auch nichts Kleines. Das hat sie im Gefühl. Gabi, so komm doch!

Als hätte sie's gehört, betritt die Freundin jetzt das Café. Herrje, wie fadenscheinig ihr leichter Mantel ist, wie oft gestopft der Rock. Gut aber, dass das Blitzen in Gabis Augen noch ganz das alte ist, ebenso wie die Energie, mit der sie jetzt zu ihr an den Tisch tritt und sie kräftig umarmt. »Irmchen, du lieber Himmel, was gibt's denn so Dringendes, dass du mich direkt nach der Arbeit herbestellt hast?«

Gabi hat mit ihr die Schauspielausbildung gemacht, aber vorzeitig abgebrochen. Jetzt arbeitet sie als Stenotypistin. Schwupps, ist der Mantel abgestreift und über die Stuhllehne geworfen. »Viel Zeit hab' ich auch nicht, ich tipp' doch jetzt abends noch Memoiren für'n Professor. Ich sag' dir, ich brech' gleich zusammen, so abgehetzt hab' ich mich für dich!«

Das Lachen, mit dem Gabi sich setzt, straft ihre vorwurfsvollen Worte Lügen. Ein erwartungsvoll in beide Hände gestützter Kopf heißt die Freundin anfangen.

Irmgard atmet durch und nimmt das Büchlein wieder zur Hand, streicht mit den Fingern über den Deckel. »Ich hätt' gern, dass du dir einmal etwas anschaust. Und du mit deiner so schön großen Klappe, ich besteh' drauf, dass du mir ganz ehrlich sagst, was du davon hältst.«

Gabi schnaubt und strafft sich. »Nu' bin ich aber neugierig, lass sehen!«

Aber Irmgard ist noch nicht bereit, die Kladde weiterzugeben, umständlich sucht sie die richtige Seite. Wie ein schüchternes kleines Mädchen bei ihrem ersten Liebhaber kommt sie sich vor. Sie kennt sich so nicht. »Geschrieben hab' ich was, ist nur eine kleine Geschichte, aber ...«

»Jetzt gib schon her!« Gabi hat über den Tisch gelangt und beginnt bereits zu lesen. Protestieren ist zwecklos.

Irmgard liest der Freundin jede Regung vom Körper ab. Wiedererkennendes Nicken zu Beginn der Geschichte, die Zeichnung der Umgebung ist ihr wohl gelungen. Wissendes Kichern, das muss die Stelle sein, an der sie den Kerl mit seinem Gehabe beschrieben hat. Ein unbewusstes Langen an die eigene Brosche, als der Schmuck erwähnt wird, und, am besten, das Schnappen nach Luft bei der Auflösung.

Nein, noch besser sind die glänzenden Augen, als Gabi wieder aufschaut und nach ihrer Hand fasst. »Irmchen, das ist gut, die Pointe, ich werd' nicht mehr! Und wie du das beschreibst, so lebensecht!« Kurz hält sie inne. »Jetzt versteh' ich! Unser Irmchen wird Schriftstellerin!«

Irmgard versucht, ganz nüchtern zu bleiben angesichts dieser Reaktion, obwohl der Trommler in ihrer Brust an Tempo zugelegt hat. »Ja, das hab' ich vor und meine auch, es passt. Niemand, nach dem ich mich richten muss, niemand, der mir sagt, wie ich's machen soll. So konnt' ich doch schon immer am besten.«

»Und wie du kannst!« Gabi schlägt mit der Faust auf den Tisch, steht schon wieder auf und streift schwungvoll den Mantel über. Dann fasst sie Irmgard so theatralisch, dass es nicht gespielt sein kann, bei den Schultern. »Unbedingt weitermachen musst du, am besten gar nichts anderes mehr tun, hörst du?«

Irmgard hört und befolgt den Rat auch gleich, nachdem die Freundin das Café verlassen hat. Ein gerade eingetretenes Pärchen diskutiert mit der Bedienung. Kaffee wollen sie, nur eine Tasse; serviert werden aber bloß Kännchen. Die beiden schauen sich an, der Blick der Frau geht verlegen zur Seite, dann stehen sie wieder auf.

»Kein Wunder, dass Ihnen die Kundschaft wegbleibt«, spuckt der Mann noch zum Bedientresen; halb geht es im Bimmeln der Türglocke unter, so heftig reißt er die Tür auf.

Das muss sie aufschreiben. Sie nimmt den Bleistift und weiß, hinter der Empörung versteckt sich Scham. Auch das muss festgehalten werden. Ja, es sind schon Zeiten. Not und Krise überall. Dass es bald besser wird, glaubt sie nicht. *Traurige Stadt. Trauriges Land.* Gut nur, wenn man über all das wenigstens schreiben kann.

Für ein paar Minuten vergisst sie die Welt, dann verrät ihr ein Blick auf die Uhr, dass sie nach Haus muss. Sie hat den Eltern versprochen, mit ihnen zu essen. Eine gern eingegangene Pflicht. Freuen kann sie sich auf den Abend. Dann wird sie wieder im *Treppchen* sitzen, bei Freunden und einem Glas Wein oder zwei. Das Beste: Es wird gemunkelt, Johannes Tralow würde heute erscheinen. Nicht jedes Wiedersehen mit ihm hat ihr bisher Freude gemacht, aber klug ist sie ganz offensichtlich nicht daraus geworden, verstehe es, wer will.

So erwartungsfroh ist sie, dass sie dem Servierfräulein, das daraufhin doch tatsächlich einen halben Knicks macht, ganze vierzig Pfennig Trinkgeld gibt. Dann noch von einem Versehen zu sprechen, ist natürlich unmöglich.

Rauchgeschwängerte Luft schlägt ihr entgegen, als sie am Abend endlich das *Treppchen* betritt. Aus Erfahrung weiß sie, dass ihre Augen später, wenn sie im Bett liegt, brennen und tränen werden. Aber irgendwie mag sie das.

Die besten Plätze an der Theke sind besetzt, auch sonst ist das Lokal gut besucht. Gestikulierende Männer, lächelnd nickende Frauen. Irmgard lässt den Blick von Tisch zu Tisch schweifen, grüßt ein paar Freunde, geht aber nicht zu ihnen, denn jetzt hat sie ihn entdeckt. Johannes Tralow. Wie hat sie zu ihm aufgeblickt, damals, sie die kleine Schauspielschülerin und er der große Regisseur und Dramatiker. Dreiundzwanzig Jahre älter als sie, vollschlank, mit Brille und längst zurückgewichenem Haaransatz ist er schon da kein Douglas Fairbanks gewesen, doch seine Ausstrahlung hat etwas so Fesselndes gehabt. Die Tatsache, dass er ihr nicht so viel Beachtung geschenkt hat wie manch anderer, mag dabei auch von Bedeutung gewesen sein. Für eine sechsmonatige Affäre hat es vor drei Jahren immerhin gereicht. Dann ist er ohne Bedauern nach Kassel gegangen, und beim nächsten Wiedersehen – überraschen wollte sie ihn mit ihrem Besuch, doch überrascht wurde nur sie – hatte er schon eine andere.

- Leseprobe -